1962 in Wien geboren, studierte Stefan Slupetzky an der Wiener Kunstakademie und arbeitete als Musiker und Zeichenlehrer, bevor er sich dem Schreiben zuwandte. Er schrieb und illustrierte mehr als ein Dutzend Kinder- und Jugendbücher, für die er zahlreiche Preise erhielt. Mittlerweile widmet er sich aber vorwiegend der Literatur für Erwachsene und verfasst Bühnenstücke, Kurzgeschichten und Romane. Über seinen ersten Roman «Der Fall des Lemming» urteilte Elisabeth Jändl im ZDF begeistert: «Witzig, skurril und abgründig, dabei aber auch grausam und brutal, so wie das Leben eben manchmal sein kann – mit seinem ersten Roman ist Stefan Slupetzky eine wunderbare Gratwanderung gelungen zwischen einer spannenden Kriminalgeschichte und einem bitterbös-ironischen Gesellschaftsroman, beides verpackt in eine wunderbare Liebeserklärung an die Stadt Wien.»

Stefan Slupetzky

LEMMINGS HIMMELFAHRT
LEMMINGS ZWEITER FALL

Rowohlt Taschenbuch Verlag

8. Auflage Januar 2010

ORIGINALAUSGABE | Veröffentlicht im Rowohlt Taschenbuch Verlag, Reinbek bei Hamburg, März 2005 | Copyright © 2005 by Rowohlt Verlag GmbH, Reinbek bei Hamburg | Umschlaggestaltung any.way, Barbara Hanke/Cordula Schmidt | (Abbildung: Michael Sowa) | Satz Minion PostScript (InDesign) bei Pinkuin Satz und Datentechnik, Berlin | Druck und Bindung Druckerei C. H. Beck, Nördlingen | ISBN 978 3 499 23882 6

FÜR
Marianne, Julia, Tomas und Fanny,
die mich durchs Leben begleiten.

VON HERZEN DANKE ICH
den Doktoren Johanna, Rudi und Philip
für medizinische Beratung
in Mord- und Folterfragen.

GROSSEN DANK AUCH
an Doktor Stocker von der Kunstsektion
des österreichischen Bundeskanzleramtes
für seine Unterstützung.

Das Wort braucht ein Ohr, seinen Klang zu vernehmen, das Licht braucht ein Auge, es leuchten zu sehen, die Liebe ein Herz, um an ihr sich zu wärmen, die Zeit einen Körper, an ihr zu vergehen …

Des Menschen Zweck? Der Sinn erwächst aus unseren Sinnen, ein Mann allein erschafft das All in seinem Mittelpunkt. Verrücke ihm den Kopf um einen Digitus, und du wirst sehn, mein Freund: Er macht die ganze Welt verrückt.

Palous Pandurek
Der Himmelsthor (1792)

1 In der Nacht zum 27. Juni 2001 schlägt die östliche Lithosphäre den Mantelkragen hoch. Es ist kurz vor halb drei, als sich die zähen Erdmassen des Wiener Beckens in Bewegung setzen, um ihre wellenförmigen Stöße, den wogenden Armen einer balinesischen Tänzerin gleich, gegen den Balkan zu senden. Ein Sandkastenbeben, im Grunde nicht mehr als ein seismischer Furz, aber doch stark genug, um in der Buckligen Welt ein paar tausend Menschen den Schlaf zu rauben und wenig später, wenn auch schon reichlich geschwächt, durch die Pforten Wiens zu branden, um daselbst mit letzter Kraft in der Küche einer Wohnung eines Hauses im neunten Gemeindebezirk die Lötstelle eines Wasserrohrs zu kappen.

Dass dieses Naturkataströphchen, diese winzige kontinentale Inkontinenz nur das erste Glied einer Kette weit schwerer wiegender Ereignisse bilden wird, ahnt zu diesem Zeitpunkt niemand. Nicht einmal der Lemming selbst. Er liegt und träumt.

In seinen nächtlichen Phantasien schaukelt er in einer kolossalen Hängematte, die zwischen den beiden Palmen einer klassischen Witzblatt-Südseeinsel aufgespannt ist. Nur wenige Meter entfernt hockt ein Löwe im Sand, ein zwar athletisches, doch leidlich wildes Tier von plüschartiger Beschaffenheit. Der Löwe wedelt fröhlich mit dem Schwanz, wie um den Lemming zum Spielen aufzufordern, aber der will weiterdösen. Lass mich in Ruhe, träumt der Lemming. Er versucht, dem Tier seine Worte begreiflich zu machen, sie in die Löwensprache zu übersetzen: «Rulichen hassim. Hich massli rune. Melissa nurchli», brummt der Lemming im Schlaf. Endlich scheint der Löwe zu verstehen, doch er billigt die kränkende Abfuhr nicht. Stummen Protest in den gelben Augen, beginnt er auf der Stelle, in den Sand zu urinieren. Endlose Schwalle glitzernden Löwenharns versickern in der Erde und lassen bald den Meeresspiegel steigen; nach und nach frisst der Pazifik die Insel, bis nur noch die Palmen aus dem Wasser ragen. Der Lemming fühlt sich sehr erschöpft und unerhört hoffnungslos. Am Ende zeichnet der große Zeh seines rechten, lässig über den Rand der Hängematte geworfenen Beines sanfte Kräusel und Schlieren in den Ozean.

Nicht selten spiegelt ein Traum die unvernarbten Scharten wider, welche die Vergangenheit in die Seele des Träumers geschlagen hat; zuweilen ist es aber auch die Gegenwart, die seine Visionen nährt: Die Hupe eines Automobils verwandelt sich ins unheilschwangere Nebelhorn eines Panzerkreuzers, das Krabbeln einer Stubenfliege auf dem Hals des Schlafenden wird zum frivolen Liebesspiel eines züngelnden Nymphchens. Manchmal aber, so heißt es, weisen die nächtlichen Schimären direkt auf die Zukunft hin, als seien sie der Trailer eines längst noch nicht gedrehten Films.

Der Traum des Lemming nährt sich offenbar aus allen dreien; Vergangenheit, Gegenwart und Zukunft verflechten sich darin zum abgründigen Gaukelwerk: Seine neue Stellung als Nachtwächter im Schönbrunner Tiergarten beschert ihm den Löwen; die Tatsache, dass sein rechter Fuß tatsächlich zur Hälfte im Wasser hängt, beschert ihm die Flut; und ein bislang noch nicht vorhersehbarer Umstand, dass sich nämlich vor Ablauf der nächsten vier Stunden sein leidlich geordnetes Leben in ein höllisches Chaos verwandeln wird, beschert ihm wohl seine paralytische Mutlosigkeit.

Kein guter Traum. Nicht besser als die Wirklichkeit, befindet der kleine, wackere Schutzmann, der tief in der Seele des Schläfers Wache hält. Das Männchen drückt einen Schalter, legt einen Hebel um, und schon schlägt der Lemming die Augen auf.

Er findet sich auf jenem hölzernen Eiland wieder, das sein Bett ist. Er wälzt sich mit verhaltenem Seufzen auf den Bauch. Er starrt eine Zeit lang auf den sanft oszillierenden Boden und wird dann seiner Filzpantoffeln gewahr, die mitten im halbdunklen Zimmer treiben wie zwei unbemannte Rettungskähne. Seite an Seite auf ruhiger See, einen halben Fuß unter dem Kiel das vertraute Fischgrätenmuster des Eichenparketts: ein malerischer Anblick, wenn auch kein tröstlicher um vier Uhr nachts.

Mit dem Ausdruck stiller Ergebenheit erhebt sich der Lemming und watet in Richtung Telefon. Ja, er ist müde. Ja, das Schicksal hat ihn gebeugt, ihn mehr als einmal in die Knie gezwungen. Es hat ihn aber auch eine gewisse Demut gelehrt, eine Art geistiger Elastizität, die ihn davor bewahrt, sich von Unbilden und Pechsträhnen vollends brechen zu lassen. Zumindest pflegt er sich das einzureden.

Die Türglocke schrillt.

«Grüß Sie, Frau Pawlitzky ...»

Durch die geöffnete Eingangstür flutet das Wasser auf den Gang und spült die beiden Pantoffeln, gefolgt von einigen kleineren Wäschestücken, die Treppen hinunter. Zugleich strömt dem Lemming ein nicht enden wollender Wortschwall entgegen. Die Nachbarin. Plump und gedunsen, hysterisch, gehässig, laut, hässlich und dumm.

«Ja, Frau Pawlitzky. Ich weiß, Frau Pawlitzky. Feuerwehr, natürlich. Ach, Sie haben schon ...»

Er schließt die Tür, ohne das Ende ihres Sermons abzuwarten.

Wenig später tritt er aus dem Haustor und strebt, einen hastig gepackten Koffer unter dem Arm, dem nächstgelegenen Taxistand entgegen. Er hat entschieden, dass seine Anwesenheit hier nicht mehr vonnöten ist. Die Feuerwehr wird, aufgemuntert durch Frau Pawlitzkys launige Kommentare, die Hauptleitung still- und sein sechzig Quadratmeter Mietaquarium trockenlegen. Um den Rest sollen sich der Hausbesitzer und die Herrschaften von der Versicherung kümmern. Er selbst ist entschlossen, noch ein wenig Schlaf zu finden. Es gilt, das Beste aus dieser Misere zu machen. Und das Beste ist, den nun schon drei Wochen lang schwelenden Streit mit Klara bei- und sich zu ihr zu legen.

Klara also. Klara Breitner, die ständige Begleiterin seiner Gedanken und gelegentliche Gefährtin seiner Nächte. Etwas länger als ein Jahr liegt es jetzt zurück, dass er im Zuge einer blutigen Mörderjagd ihrem Hund Castro begegnet ist, einem Leonberger, dessen unerwartet sozialer Charakter die erschreckend monströsen Ausmaße seines zottigen Leibes Lügen strafte. Durch Castro wieder hat er Klara kennen gelernt. Auch bei ihr konnte der Lemming bald nicht umhin, einen gewissen Kontrast zwischen innen und außen festzustellen: So anmutig ihre Erscheinung auch war, ihr Herz schien raue Stellen aufzuweisen, kleine Verhärtungen hier und da, die so unvermittelt zutage traten, wie sie sich wieder verflüchtigten. Dass sich seine Zuneigung zu Klara mit dem beharrlichen Vorsatz verknüpfte, Güte und Verständnis aufzubringen, lieferte den Lemming ihren Launen hilflos aus. Der Gedanke, dass es gerade seine unablässige Duldsamkeit war, die Klaras Nerven strapazierte, kam ihm nicht. Stattdessen schob er die Schuld an ihrem gelegentlich ruppigen und abweisenden Verhalten auf die allgemeine Natur des weiblichen Wesens, das er von jeher als einzige Gefahrenzone ansah: ein wuchernder Dschungel, ein Dickicht, gewoben aus Fallstricken der Irrationalität, verborgen hinter Nebeln von Zartheit und Grazie, genährt von reißenden, alles verschlingenden Sturzbächen aus Östrogen. Unergründlich, ja, aber je unergründlicher Klara ihm war, desto stärker zog sie ihn in ihren Bann, und desto verbissener suchte er das Geheimnis in ihr. Sie selbst vertrat einen minder abenteuerlichen Standpunkt: Nach ihrer Meinung war der Lemming ganz einfach konfliktscheu und bisweilen unerträglich harmoniebedürftig.

Dabei hatten sie damals keinen so schlechten Beginn; nach ein paar belanglosen Fehlzündungen sind sie halbwegs schwungvoll in die Startkurve ihrer Beziehung geschlittert. Aber schon auf der ersten Geraden erwartete sie eine üble Schikane: Des Lemming schlimmster Feind stand ihnen plötzlich im Weg, um sie am Punkt ihrer höchsten Beschleunigung brutal kollidieren und von der Strecke trudeln zu lassen. In einem Akt blinden Hasses hat Adolf Krotznig, seines Zeichens Polizeimajor und früherer Partner des Lemming, die beiden zutiefst gedemütigt und Klara zudem um ein Haar vergewaltigt. Wenn Krotznig auch am Ende seiner Strafe nicht entging, so gelang es ihm doch, das junge Glück schon im Ansatz zu schädigen. Krotznig – die bloße Erwähnung dieses Namens genügt, um den Puls des Lemming hochschnellen zu lassen: Ein beispielloser Zorn übermannt ihn dann, aber auch ein mehr als homöopathisches Quäntchen Angst vor der Grausamkeit dieses ledergepanzerten Schnurrbartflagellaten, dieses geistigen Koprolithen, dieser Güteklasse null auf zwei Beinen. Observieren und abservieren, das ist schon immer das Motto des Herrn Major gewesen: Wer trägt Schuld an der unehrenhaften Entlassung des Lemming aus der Kriminalpolizei? Wer hat ihn seinen Job im Detektivbüro Cerny und Cerny gekostet? Zusammen mit Schwarzafrikanern, Türken und Frauen aller Couleur ist es der Lemming, der von jeher ganz oben auf Krotznigs persönlicher Abschussliste steht.

Nach einer längeren Phase der inneren Sammlung hat der

Lemming wieder zu arbeiten begonnen. Vier Wochen ist es her, dass Klara ihm die Stellung im Zoo verschafft hat, in dem sie zuweilen auch selbst beschäftigt ist. Er hat den Job nur widerwillig angenommen, denn er ahnte, dass es sein angekratztes Selbstgefühl noch weiter untergraben würde, sich auf die nächtliche Jagd nach frechen Lausbuben und besoffenen Stadtstreichern begeben zu müssen, flankiert von nackten Nilpferd- und Pavianärschen, während seine Freundin tagsüber Spritzen und Klistiere in nämliche Ärsche versenkte – unter den adorierenden Blicken der Pfleger und für das zehnfache Gehalt, versteht sich. Das konnte auf Dauer nicht gut gehen und tat es auch nicht. Wie ein Virus ins geschwächte Immunsystem nistete sich die Eifersucht in das kränkelnde Ego des Lemming ein und fraß sich dort in Gestalt des Raubtieroberpflegers fest. Ein strohblonder Recke mit makellos weißem Gebiss, stahlblauen Augen und dem sauberen Humor eines Turnvater-Jahn-Epigonen.

«Wenn einer schon Rolf heißt», murmelt der Lemming im Fond des Taxis.

«Was willst du damit andeuten?», vernimmt er im Geiste Klaras Erwiderung.

«Sag bloß, es ist dir entgangen.»

«Was?»

«Dass er dir am liebsten sofort seine arische Rute zwischen die Hinterläufe schieben möchte.»

«Ach. Und wie kommst du darauf?»

«Du merkst also nicht, dass er dich ansieht wie ... wie heißt das in eurer Schönbrunner Safarisprache? Brunftig? Läufig? Rollig?»

So oder so ähnlich hat der Streit vor drei Wochen begonnen, und er ist zu einem hitzigen Monolog des Lemming ausgeartet, den Klara nur mit verächtlichem Kopfschütteln quittierte. Seitdem herrscht Eiszeit zwischen ihnen – während er vergeblich auf ein klärendes Wort von ihr wartete, zog sie sich schweigend von ihm zurück.

So gesehen kommt ihm die plötzliche Obdachlosigkeit ganz gelegen. Seine Notlage bietet ihm die Chance, Klara aufzusuchen, Asyl zu beantragen und das gestockte Gespräch vielleicht wieder in Gang zu bringen.

Kurz nach fünf hält der Wagen vor dem Breitner'schen Haus in Ottakring. Hier wohnen sie also, Castro und Klara, und manchmal auch deren jüngerer Bruder Max, falls er sich nicht gerade auf einer seiner dubiosen Geschäftsreisen in Ländern mit gesteigerter Cannabisproduktion befindet. Der Lemming zahlt, steigt aus und stapft den Kiesweg entlang durch den verwilderten Garten. Über ihm, in den Kronen der Obstbäume, schmettern zahllose Vögel ihre Morgenlieder. Sie kommen dem Lemming vor wie ein Haufen gefiederter Missionare, deren hehres Ziel es ist, ihn, den Unbeschwingten, mit ihrem grenzenlosen Frohsinn anzustecken.

Es dauert lange, bis Klara öffnet. Dreimal muss der Lemming klingeln, doch dann dreht sich endlich der Schlüssel im Schloss, und sie steht, knittrig und zerzaust, vor ihm.

«Ach ... du bist es. Ist dir klar, wie spät es ist?» Ihr bettschwerer Blick streift den Lederkoffer, der zu Füßen des Lemming steht, flackert argwöhnisch auf, erstarrt und beißt sich an dem unschuldigen Gepäckstück fest.

«Was willst du?», fragt sie, leicht angespannt.

«Ich ... ich kann nichts dafür ... Ich meine, ich wollte nur fragen, ob ...»

«Wieso bist du nicht im Dienst?»

«Nein ... nicht heute Nacht ... Ich habe mich eigentlich ... krankgemeldet ...»

«Und? Was fehlt dir?»

«Also im Grunde ... hör zu, ich wollte mich einfach mal ausschlafen.»

«Und das wolltest du offenbar hier tun – und die Zahnbürste hast du gleich mitgebracht …»

«Nein … Ja … Es ist nur, weil …»

«Ist dir klar, dass ich in zwei Stunden zur Arbeit muss? Ich kann's mir nämlich nicht so einfach leisten blauzumachen.»

«Ja, aber ich dachte, ich könnte inzwischen …»

«Hier einziehen? – Hast du den Möbeltransport auch schon organisiert?»

«Vergiss es …»

So kann das nichts werden. So nicht, das ist klar. Der Lemming spürt die Wut in sich aufsteigen, Wut auf sich selbst zunächst: dass er sich abermals einschüchtern lässt. Dass er schon wieder nicht in der Lage ist, richtige Worte zu finden, Worte von unwiderlegbarer Deutlichkeit, wie sie ihm noch vor fünf Minuten auf der Zunge gelegen haben. Dass es einmal mehr von Klaras Freundlichkeit abhängt, ob sich sein Geist versprüht oder verweigert.

Aber sein Zorn gilt auch ihr. Er mag ja seine Fehler haben, doch eine Abfuhr dieses Kalibers hat er nicht verdient. Die eisige Kälte, die ihm von Klara entgegenschlägt, scheint sogar die Vögel verstummen zu lassen – eine Wolkenbank hat sich vor die ersten Sonnenstrahlen geschoben. Der Lemming muss sich wohl damit abfinden: Vom heutigen Morgenrot wird kaum mehr übrig bleiben als ein düsteres Morgengrauen.

«Vergiss es …»

Er bückt sich und nimmt seinen Koffer, um wie ein geschlagener Hund das Weite zu suchen. Wie ein geschlagener Hund …

«Sag, wo ist eigentlich Castro?»

Wann immer er vor Klara Breitners Tür gestanden hat, ist ihm der Leonberger als Erster entgegengestürmt, hat ihm den Schweiß der Beklommenheit von den Händen geleckt und mit seinem freudig wedelnden Schwanz die dickste Luft in ein frisches Lüftchen verwandelt. Das ist es, was ihm fehlt. Jemand, der sich freut, ihn zu sehen, auch wenn es nur ein Hund ist.

«Wo ist er?»

«Im Haus. Warum?»

«Ist er krank?», fragt der Lemming, ehrlich bestürzt.

«Nein, ich musste ihn wegsperren. Er verträgt sich nicht mit …» Klara hält inne.

«Mit wem?»

Es bedürfte Klaras betretenen Schweigens gar nicht. Ihr Blick glimmt wie eine feuchte Lunte, indessen der Sprengsatz sich selbst entzündet. An der Schnittstelle zwischen Magen, Herz und Kopf, zwischen Angst, Ahnung und Gewissheit implodiert das Vakuum der Eifersucht mit einem dumpfen, nur für den Lemming hörbaren Ton. Aus einem klaffenden Riss in seiner Mitte ergießen sich unverzüglich die Ameisen. Es müssen Hunderttausende sein. Zusammengenommen scheint ihre Masse exakt seinem Körpervolumen zu entsprechen. Das ist interessant. Der Lemming denkt eine Weile darüber nach, während die Tiere durch seine Glieder strömen, um die Kontrolle seiner Muskeln zu übernehmen. Klara sagt etwas, aber der Lemming hört es nicht. Er ist jetzt nach innen gestülpt, ein finsteres Loch, bis zum Rand gefüllt mit kribbelnden schwarzen Insekten.

Der Koffer bleibt stehen. Der Lemming geht, und er geht mit sonderbar weichen, ferngesteuerten Knien. So fühlt sich also ein Ameisenhaufen an: vollkommen tot und doch in Bewegung.

2 Wenn Österreichs gegen das Meer gestreckte Arme auch im Laufe der Zeit amputiert wurden und die einstige Seemacht zur Spielwiese der Badewannenkapitäne verkommen ist, besitzt ihre Hauptstadt Wien nach wie vor einen höchst bedeutsamen Küstenstrich. Als Strand ohne Wasser, als rein metaphorisch maritimer Streifen erstreckt er sich nur über wenige hundert Meter und reicht dennoch von Varna bis Valletta, von Triest bis Tripolis. Ein Spaziergang auf dem Naschmarkt ist eine Reise um die halbe Welt, eine babylonische Irrfahrt für die Ohren und eine olfaktorische Odyssee. Die Menschenflut, die tagsüber zwischen den Buden mit Lammfleisch und Fisch, mit exotischen Früchten und fremden, nie geschmeckten Gewürzen wogt, weicht der Ebbe am Abend. Wenn die Läden dichtgemacht und die am Boden zertretenen Reste der manch ungeschickter Hand entglittenen Tomaten, Melonen, Auberginen und Kardonen in den Rinnstein gespült sind, zieht sich das Leben vom Naschmarkt zurück. Aber nicht lange, da kehrt es wieder, auf leisen Sohlen diesmal, kehrt sinistrer und abgründiger wieder als das lärmende Tagewerk der feilschenden Hausfrauen und prüfenden Köche, der staunenden Touristen und der laut ihre Waren preisenden Levantiner. Wenn die Nacht hereinbricht, wird das menschliche Treibgut der ganzen Stadt an die Gestade des Marktes geschwemmt und dümpelt bis zum nächsten Morgen in den umliegenden Buchten vor sich hin. Lokale gibt es viele an der Wienzeile. Es sind kleine Wirts- und Kaffeehäuser, so schwach beleuchtet wie stark besucht, deren Öffnungszeiten von jeher in antipodischem Verhältnis zu den honorigen Idealen gutbürgerlichen Lebenswandels stehen. Schnapsdrosseln und Schluckspechte bauen hier ihre schwankenden Nester, Pflastermaler und Stadtstreicher finden ihre verlorenen Perspektiven wieder, und soziale Nichtschwimmer fühlen den ersehnten Boden unter den Füßen, ohne deshalb auf dem Trockenen zu sitzen. Es wird getrunken, sinniert, gestritten, gejammert und wieder getrunken, bis die ungeliebte Sonne aufgeht und die Bourgeoisie draußen zur Arbeit treibt. Zeit für den Ausklang, Zeit für das klassische Frühstück, bevor man selbst in den Tag taucht, um sich irgendwo schlafen zu legen.

«Ein Gulasch und ein Seidel», murmelt der Lemming.

«Ein bisserl lauter, der Herr, wenn's recht ist!»

«Ein Gulasch. Und ein Seidel. Bitte!»

Der Ober nickt müde und entfleucht. An seiner Seite schlenkert schlaff eine Stoffserviette, die sich mit allem, was die Nacht hindurch an den Kehlen der Gäste vorbei- oder gar aus ihnen herausgeronnen ist, so angereichert hat, dass ihre ursprüngliche Farbe nicht mehr zu bestimmen ist.

Der Lemming sitzt in einer Nische des *Café Dreher*, hat die Hände auf die marmorne Tischplatte gelegt und starrt aus dem Fenster. Zwei, drei Lastwagen fahren fast lautlos vorüber; dann hält einer und öffnet seinen schwarzen Bauch, um den Blick auf mehrere Stapel bunter Kisten freizugeben. Ein paar Männer mit schmalen, unrasierten Gesichtern beginnen abzuladen. In ihren Mundwinkeln stecken verloschene Zigaretten. Der Himmel ist grau, aber es regnet nicht.

Der Lemming weint.

Schon auf dem Herweg sind die Ameisen nach und nach aus seinen Gliedern gewichen und haben seinen Körper zurückgelassen wie einen schlaffen Sack. Jetzt gibt es nichts mehr, was ihn erfüllt, im Gegenteil: Die Leere in ihm ist größer als er selbst. Sie greift auf alles über, das seine Sinne berührt, legt sich dumpf auf den Duft nach gebratenem Speck, der aus der Küche dringt, auf die Stimmen der anderen Gäste, auf das erwachende Markttreiben jenseits der Straße, auf das Muster der Gardinen, auf die Stühle, auf die Tische. Alles ist nichts, denkt der Lemming, das Leben eine flagrante Verhöhnung seiner selbst, jedes Reden und Tun, Wachsen und Blühen, Hoffen und Bemühen ein einziger zynischer Witz. Es tut weh, diesen Witz zu verstehen, denkt der Lemming. Es tut weh, Mensch zu sein.

Der Kellner bringt das Bier und das Gulasch und stellt es vor dem Lemming ab. Mag sein, dass er dessen rot geränderte Augen bemerkt, doch sieht er darüber hinweg, als sei er Tränen gewohnt. Wahrscheinlich ist er das auch. Der Lemming trinkt lustlos, mehr aus Reflex als des Durstes wegen.

«Jetzt versalzt sie sich auch noch das Seidel, die Rotznudel, die verheulte. Da muss einem ja der Appetit vergehen …»

Die Stimme schneidet tief in die trüben Gedanken. Lauter als nötig schallt sie durch das Lokal, denn der Mann, dem sie gehört, sitzt gleich am Nebentisch. Er ist von hagerer Statur, kaum älter als dreißig, trägt halblanges, schütteres Haar und ein Stecktuch hinter dem weit geöffneten Hemdkragen. Aufrecht, fast steif sitzt er vor einer entkorkten Flasche Bourbon und sieht den Lemming ungerührt an.

«Ja du, dich mein ich! Brauchst gar nicht so glotzen mit deinen Rehäugerln. Die Mama kommt eh gleich und stopft dir das Duttel ins Maul, damit eine Ruh ist …»

Normalerweise würde der Lemming diese jähe Attacke mit einem milden Kopfschütteln quittieren. Er würde dem Angreifer dann, zwar innerlich aufgewühlt, aber mit demonstrativer Geduld, den Rücken kehren. Es gibt eben solche Leute. Verbitterte Existenzen, die sich mit Vorliebe daran ergötzen, anderen Schmerz zu bereiten, sie zu erniedrigen, um sich selbst zu erhöhen. Nicht selten verbindet sich ihr versteinertes Herz mit einem messerscharfen Verstand; das macht sie zu gerissenen Pirschgängern auf der Jagd nach dem Unglück. Es befriedigt sie nicht, lebenden Kleintieren die Haut abzuziehen oder die Flügel auszureißen. Ihr Sadismus ist selten handgreiflicher Natur. Sie suchen das seelische, das menschliche Leid. Sie sind die Maden in der Wunde, die Pickel auf dem Arsch der Gesellschaft.

Es gibt eben solche Leute. Aber diesmal ist es anders. Diesmal ist dem Lemming nicht nach stummer Resignation zumute, die sich schlecht und recht in das Mäntelchen nobler Zurückhaltung hüllt. Er hat alles verloren, und damit auch die wenigen Dinge, über denen er früher gestanden hat. Ja, es tut weh, Mensch zu sein, und der einzige Trost liegt darin, dass alle im selben schäbigen Boot sitzen. Ein abscheulicher Verräter, ein gottverfluchter Teufel, wer diesen ohnehin schon abgewrackten Kahn auch noch von innen leckschlägt, indem er die einfachsten Regeln des Humanismus missachtet.

«Miese Drecksau.» Nicht gerade eine Meisterleistung an Schlagfertigkeit, doch als Essenz seiner Gedanken trifft die Replik des Lemming allemal den Punkt. Sein Tränenfluss ist in der Sekunde versiegt; das Bewusstsein der neugeborenen Feindschaft und das prickelnde Vorgefühl der Schlacht ersetzen mit einem Mal die innere Leere. Er erwidert den starren Blick des Mannes, und der Umstand, dass seine Augen immer noch feucht sind, erleichtert es ihm, sich jeglichen Zwinkerns zu enthalten.

Der andere zieht mit gespieltem Erstaunen die Brauen hoch. «Ja, wer hat denn dem Burli so schlimme Wörter gelernt? Soll ich dir das Popscherl versohlen, du Schneebrunzer?»

Nun reicht es dem Lemming. Ohne den Kopf zu wenden, tastet er nach seinem Bierglas und steht langsam auf. Es wird still im *Café Dreher*. Vielleicht ein Dutzend erwartungsvoller Augenpaare sind jetzt auf die Szene gerichtet, als handle es sich um eine eigens für sie inszenierte Gratisvorführung. Aber der erste Akt soll nicht halten, was er verspricht. Kein Blut. Noch kein Blut.

«Komm nur, Poldi, komm nur her, Wallisch, du kastrierter Bullenbeutel ...», sagt der Mann mit dem Stecktuch ausdruckslos. Der Lemming stutzt. Das Glas drohend erhoben, hält er im Angriff inne. Leopold Wallisch. Er kennt den anderen nicht, so viel steht fest. Er ist dem anderen noch nie begegnet. Aber: Der andere weiß seinen Namen.

«Woher … ich verstehe nicht …»

«Was ist, willst jetzt hinhauen oder diskutieren?»

«Eigentlich … hinhauen …» Sichtlich verwirrt lässt der Lemming den Arm sinken und setzt sich dann ohne weitere Umstände auf einen der freien Sessel am Tisch des Fremden. Sein Zorn ist, wenn auch nicht völlig abgeklungen, so doch gebändigt. Er fühlt sich wie ein Bauer, der vom eigenen Schlachtschwein erkannt und begrüßt wird; das nimmt ihm den Sturm aus den Segeln, das entlarvt und beschämt ihn, das raubt seinem Auftritt die Dramatik.

Die Enttäuschung der anderen Gäste ist nicht zu überhören. Zwar nimmt man die allenthalben gestockten Gespräche wieder auf, doch man tut es mit dem murrenden Missmut eines gelangweilten Premierenpublikums. Schlechte Regie, kein Blut, der reine Betrug.

«Herr Ober, bringen S' noch ein Glasel!», ruft der Hagere in den Raum und wendet sich gleich darauf mit gesenkter, beinahe vertraulicher Stimme an den Lemming:

«Trinkst eh einen Whisky, Wallisch … Siehst du? Ein kleiner Ärger – schon geht's dir besser … Was ist denn gar so Schlimmes passiert? Na, erzähl schon …»

Dieser plötzliche Schwenk im Verhalten des eben noch verhassten Gegners entwaffnet den Lemming vollends. Er muss dem anderen Recht geben: Seine Wut hat der Schwermut die Schwere genommen, sein vermeintlicher Feind hat ihm einen Freundesdienst erwiesen. Trotzdem zwingt ihn etwas, auf der Hut zu sein, vielleicht eine Trägheit des Geistes, der sich den neuen Umständen nicht so rasch anzupassen vermag, vielleicht aber auch eine unbestimmbare Ahnung.

«Wer sind Sie … Woher wissen Sie meinen Namen?»

«Ist das jetzt wichtig? Um mich geht's doch gar nicht … Du bist der mit den Schwierigkeiten … Weißt, Wallisch, Reden hilft, glaub mir … Also sag schon – nein, lass mich raten … eine Frau, stimmt's?»

«Möglich.»

«Eine Frau also … Es ist eh immer eine Frau … Erzähl schon – nein, wart kurz … Prost … Auf bessere Zeiten …»

Er streckt dem Lemming sein Glas entgegen, und der nimmt das seine, ganz automatisch, als hinge er an unsichtbaren, von der Willenskraft des anderen gelenkten Fäden, und stößt mit ihm an.

«Gut so … Kann schon verstehen, dass du jetzt ein bissel zurückhaltend bist … Tät mir nicht anders gehen an deiner Stelle … Aber am Ende führt das Misstrauen gar nirgends hin, nur in die Einsamkeit … Wir sind halt angewiesen aufeinander, wir Menschen – zum Glauben aneinander verdammt, meinst nicht?»

«Doch.»

«Na siehst du … Eine Frau also … Das kenn ich … Zuerst das ewige Suchen nach der fehlenden Hälfte, die uns passt wie ein Handschuh … Dann die große Erfüllung, das Ziel vor Augen – und dann … Warts ihr lange zusammen?»

«Ein Jahr.»

«Na servus … Lang genug, dass es wehtut … Und jetzt? Was war? Hat s' gar einen anderen?»

«Ja.»

«Au … Scheiße. Ich werd sie nie verstehen, die Weiber … Seit wann weißt es denn?»

«Seit einer Stunde …»

Es ist schon wieder so weit. Wieder steigen die Tränen hoch und drängen aus den verschwollenen Augen. Aber diesmal sind es andere, heißere Tränen als vorhin, Kindertränen, die man in den Armen einer Mutter weint, süße Tränen der Geborgenheit und des Verstandenseins. Der Damm bricht, und mit ihm bricht jeder Widerstand. Schluchzend, von Krämpfen gebeutelt, beginnt der Lemming zu erzählen. Der Fremde hört zu, und während ein wissendes Lächeln seinen Mund umspielt, hebt er an dieser oder jener Stelle der Geschichte mitfühlend die Augenbrauen und nickt.

Es geht wohl eine halbe Stunde so: Der eine schüttet dem anderen sein Herz aus; der andere schüttet dem einen seinen Whisky ins Glas. Wie sie da sitzen, bieten die beiden ein Bild der vollkommenen Freundschaft. Dass sich Barmherzigkeit und Hingabe ausgerechnet an diesem Schauplatz, zu dieser Uhrzeit offenbaren, verleiht dem Bild etwas Poetisches. Es erinnert an einen sprießenden Grashalm auf dem Mittelstreifen der Autobahn, an einen Schmetterling auf dem Fenstersims der Gefängniszelle. Not und Hoffnung miteinander vermählt, so ist es gut. So soll es sein. So soll es aber nicht bleiben.

Unvermittelt hebt der Fremde die Hand und gebietet dem Lemming Einhalt.

«Ende der Sitzung», sagt er in aller Ruhe. Er steht auf, ergreift die inzwischen geleerte Flasche und schlägt sie in kurzen Abständen gegen die Tischkante, um sich ringsum Gehör zu verschaffen. Es wird wieder still im Raum. Der Vorhang hebt sich zum zweiten Akt. Der Fremde beginnt zu sprechen, und er tut es direkt über den Kopf des Lemming hinweg, als sei dieser Luft für ihn.

«Damen und Herren, liebe Freunde, entschuldigts bitte, aber ich muss etwas loswerden. Es wird euch nicht entgangen sein, dass mich vorhin das heulende Elend heimgesucht hat, ein beleidigtes Leberwürstel an meinem Tisch, das ich gar nicht bestellt hab, oder, Herr Franz?»

Der Kellner, der müde an einem Stuhl in der Ecke des Raums lehnt, zuckt die Achseln.

«Mir scheint», fährt der Hagere fort, «es sitzt noch immer da, das Würstel, aber ich kann's nimmer anschauen, weil sonst muss ich mich anspeiben. Warum ich euch das erzähl? Als warnendes Beispiel quasi und weil so ein fauliger Schas für mich allein zu viel ist. Also, ganz kurz, damit ihr auch was davon habts: Seine Alte lasst sich grad ordentlich durchpudern, draußen in Ottakring, derweil er herumlauft und jammert und anderen Leuten den Whisky wegsauft. Sie pudert, er sudert. Was? Ihr fragts euch, wie der überhaupt zu einer Freundin kommt? Ganz einfach: Sie ist Tierärztin, und er ist ein Ochs. Ja, ehrlich, er ist ein Bulle gewesen, bevor man ihn kastriert hat. Na, wenigstens hat ihm die Frau Doktor seine Hörner wieder aufgesetzt … Momenterl! Nein, Wallisch, dableibst! Nicht weglaufen …»

Der Lemming hat sich von seinem Stuhl erhoben, ohne dabei deutlich an Größe zu gewinnen, und wankt dem Ausgang entgegen. Seine Hände fahren durch die rauchgeschwängerte Luft wie die eines Blinden, suchen Halt, finden ihn an einem Kleiderständer und reißen das Möbel zu Boden. Strauchelnd, halb auf den Knien, erreicht er die Tür. Das Publikum zeigt sich nun endlich amüsiert: Die unwidersprochene Behauptung, dass der Lemming früher Polizist gewesen sei, hat jeglichen Zweifel an der Rechtmäßigkeit seiner Exekution ausgeräumt, und so geht die allgemeine Befangenheit nach und nach in befreites Gelächter über.

«So wart doch, Poldi! Ich bin noch nicht fertig!» Beflügelt von den ermunternden Zurufen der anderen Gäste, läuft der hagere Unbekannte seinem Opfer hinterher, als sei er gerade vom Henkersknecht zum Kaiserjäger befördert worden.

Die Menschen kennen viele Gründe, um sich von einem Punkt zum anderen zu bewegen, und sie tun es oft und mit insektenhaftem Eifer, aber ihr häufigstes und zugleich abwegigstes Motiv für einen Ortswechsel heißt: *Einfach nur fort.*

Wer dagegen in sich ruht, ruht hier genauso gut wie dort in sich, er schweift mit dem Geist statt mit dem Leib, besitzt nur selten ein Wochenendhäuschen und verbringt seinen Urlaub nie und nimmer auf Mallorca. Schamanistische Sublimation, spirituelle Ubiquität, das ist es, woran es dem Lemming in diesen bitteren Minuten mangelt. Und so trägt er einfach nur seinen Körper fort, fort vom *Café Dreher*, und schleppt ihn die Straße entlang wie ein Reptil seinen Rumpf auf weichem Asphalt.

«Jetzt wart doch! Komm zurück! Glaubst, ich erwisch dich nicht?»

Der Lemming beschleunigt seine Schritte. Ohne sich umzudrehen, überquert er die Fahrbahn, um hinter den Marktständen auf der anderen Seite Schutz zu suchen. Er taucht in die lange Zeile zwischen den Kiosken und eilt, so rasch ihn seine Beine tragen, stadtauswärts. Die Corrida hat vorbei zu sein, wenn das verwundete Rindvieh aus der Arena flieht. Was aber noch nicht heißt, dass es dem Gnadenstoß des Matadors entkommt …

«Glaubst, ich erwisch dich nicht, du Hosenscheißer, so wie du meinen Bruder erwischt hast?»

Der Ruf des Verfolgers erreicht seine Ohren nur durch einen dichten Schleier. Noch bevor die Worte Bedeutung annehmen, um auf den Grund seines Bewusstseins zu sinken, biegt der Lemming in den engen Durchgang zwischen zwei Buden und hält abrupt an.

Keine fünf Meter entfernt steht ein Mann, dessen hervorragendstes Merkmal die silberne Damenpistole ist, mit der er auf den Lemming zielt. Kaum weniger ungewöhnlich sind die Handschuhe, die er trägt, weiße Stoffhandschuhe, so wie die jungen Herren Tänzer, die alljährlich den Wiener Opernball eröffnen. Gleich ihnen scheint sich der Mann im Zustand höchster Erregung zu befinden. Sein kleiner Leib zittert, als könne er die Waffe kaum noch halten, und die Brille in seinem verschwitzten Gesicht würde sich zweifellos beschlagen, wäre es ein kühlerer Tag. Aber so geben die Gläser den Blick auf ein Paar unnatürlich vorgewölbte, fiebrig flackernde Augen frei.

«Ich weiß, was ich tu!», stammelt er und umklammert den Pistolengriff noch ein wenig fester. «Ich weiß genau, was ich tu! Ich bin ein Mann! Ein Mann!»

Zwei dünne Speichelschlieren rinnen aus den Mundwinkeln des Schmächtigen, um sich am Kinn zu einem schlenkernden Schleimsack zu vereinigen; ein Tropfen löst sich daraus und fällt zu Boden. Mag sein, dass das der Tropfen ist, der das Fass zum Überlaufen bringt. Im Kopf des Lemming schnappt ein Schalter um und lässt ihn aus der Lethargie erwachen. In seinem Rücken das schmierige Schandmaul, den sadistischen Quälgeist aus dem *Dreher*, vor sich einen aufgeregt geifernden Zwerg, der seinen Wichtelrevolver auf ihn richtet, als sei es die Erektion des Gottes Pan persönlich. Zu absurd ist die Situation, zu verwirrend die Ereignisse der letzten zwei Stunden. Sie würden, selbst über ein ganzes Jahr verteilt, dazu ausreichen, einen stabileren Geist als den seinen aus dem Gleichgewicht zu bringen. Aber wahrscheinlich ist es genau dieser Überdruck, diese Gedrängtheit des Geschehens, was ihn nun schlagartig in die Gegenwart zurückruft. Er hat keine Zeit, um etwas zu begreifen oder gar zu überdenken; sein System ist heillos überlastet, also tut es das einzig Richtige: Es schaltet auf Stand-by-Betrieb. Das Notstromaggregat springt an, und siehe da, es funktioniert.

«Was tun Sie denn? Erklären Sie es mir …»

«Ich weiß schon, was ich tu! Es ist sein Befehl! Sein Gesetz! Ich muss ein Mann sein! Keiner macht mich kaputt! Keiner macht Gottes Schöpfung kaputt!»

«Aber was wollen Sie denn von mir?»

«Lassen Sie mich in Ruhe! Ich weiß, was ich tu! Nicht mehr krank sein! Nie wieder krank sein! Alles zerbricht sonst, Gott, das Gesetz und überhaupt alles!»

In diesem Moment tritt der Mann aus dem *Dreher* hinter den Lemming. Seine Stimme klingt leicht überrascht.

«Schau an … Die Oblatenstirn! Wann haben s' denn dich rausg'lassen, du Arschgeige?

Die Augen des Schmächtigen treten jetzt so weit aus ihren Höhlen, dass sie an der Innenseite der Brillengläser zu kleben scheinen.

«Da hast du es!», keucht er. «Sieh mich an, du Schwein! Ich bin der Zorn! Ich bin die Strafe!»

Dann drückt er ab.

3 Der Lemming weiß nicht mehr, ob sein Kopf im Augenblick des Schusses zur Seite gezuckt ist. Er kann sich seiner eigenen Reflexe nicht entsinnen; sie sind rein instinktiv erfolgt und haben keine Spuren im Bewusstsein hinterlassen. Umso genauer hat er alle äußeren Vorgänge wahrgenommen; die Zehntelsekunde des Mordes hat sich seinem Gedächtnis eingeprägt und zieht in Endlosschleifen daran vorbei.

Zunächst die drei Blitze; einer an der Mündung der Waffe, zwei in den Augen des Schützen. Natürlich sind es Spiegelungen der Brillengläser gewesen, aber sie haben gewirkt wie das erstaunte Aufflackern im Blick des Zauberlehrlings, dem erstmals ein magischer Trick gelingt. Dann der Knall, trocken und verhalten, als würde man eine schlechte Flasche Wein entkorken. Im selben Moment das Geschoss. Der Lemming bildet sich ein, er habe es im Flug *gesehen*: Klein, zylindrisch, glitzernd ist es auf ihn zugekommen, und hätte es sprechen können, es würde wohl etwas Ähnliches gesagt haben wie: *Verzeihen Sie, mein Herr. Ich bin Ihnen gar nicht zugedacht, mein Herr. Gleichwohl sehe ich mich nicht in der Lage, meine Richtung jetzt noch zu ändern. Diese Verwechslung tut mir Leid, mein Herr, für mich selbst nicht weniger als für Sie, denn schließlich haben wir beide nur dieses eine Leben …*

Ja, hätte es sprechen können. Stattdessen hat es sich seiner Wange genähert, ist, aus welchem Grund auch immer, daran vorbeigezogen und hat sein linkes Ohrläppchen nur um Millimeter verfehlt. Nicht mehr als ein flüchtiges Sirren ist zu hören gewesen, selbst den Lufthauch des Projektils hat der Lemming intensiver wahrgenommen. Gleich darauf hat er hinter sich einen kurzen, schmatzenden Ton vernommen, einen Klang wie aus der Küche, ein Geräusch, das ihn an rohe Hühnerleber oder Fischfilets erinnerte. Etwas ist ihm ins Genick gespritzt, etwas von der Wärme eines Sommerregens. Noch bevor seine Knie weggeknickt sind, ist dem Lemming schon klar gewesen, dass die Kugel ihr Ziel erreicht hat.

Hinter ihm liegt der Hagere auf dem Straßenpflaster. Eines seiner Augen steht offen, das andere ist keines mehr. Stattdessen klafft ein kleiner schwarzer Krater in seinem Gesicht, aus dem unaufhörlich die blutige Lava strömt, um ein paar Meter weiter im Kanal zu versickern. Es heißt oft, dass der Tod dem Menschen ein friedliches Aussehen verleiht, doch diese Leiche macht nicht den Eindruck seliger Entseeltheit. Sie wirkt wie das Aas und der Geier, verloren und hungrig zugleich.

Der Lemming kauert auf dem Boden und betrachtet die gestorbenen Überreste des Feindes. Er ertappt sich dabei, nicht das Maß an Genugtuung zu empfinden, das ihm eigentlich zustünde. Fast hat er ein schlechtes Gewissen für diesen Mangel an Schadenfreude: Hier tritt wieder einmal sein verkümmerter Egoismus zutage, der bisweilen an Selbstaufgabe grenzt. Mit einem resignierten Kopfschütteln wendet er sich von dem Toten ab und dessen Mörder zu.

Der Kleine steht noch immer da und hält den Arm von sich gestreckt. Erschrocken starrt er auf die Pistole in seiner Hand. Sein Mund steht halb offen, aber der Speichel hat zu rinnen aufgehört: Schrot und Schleim scheinen fürs Erste entleert.

«Und jetzt?», fragt der Lemming leise.

Der andere rührt sich nicht. Er kann es offenbar nicht fassen, dass sein Zeigefinger den Lauf den Welt verändert hat. Nur eine winzige Bewegung, ein unmessbar kurzer Moment, in dem der Wille eine Bresche in den moralgepolsterten Panzer der Phantasie schlägt, und schon ist nichts mehr, wie es vorher war. Vorstellung und Wirklichkeit stürzen plötzlich ineinander und vereinen sich zu einem neuen Kosmos, der sich vom alten dadurch unterscheidet, dass man ihn selbst erschaffen hat. Die Macht rauscht einem durch die Ohren, man fühlt sich geborgen, der Schöpfung verbunden – man hat sie ja mitgestaltet, ist endlich selbst zum Schöpfer geworden – und sei es als Zerstörer. Es ist leicht, zu töten. Aber es ist schwierig, ein Mörder zu sein, sobald der Rausch verfliegt und man begreift, dass die Unschuld für immer verloren ist. Die Herrschaft über die Welt ist ein Nebenjob im Vergleich mit der Herrschaft über das eigene Gewissen. Die Uhr lässt sich nicht mehr zurückdrehen, die Seele ist für alle Zeiten defloriert: Das ist es, woran die meisten Verbrecher zerbrechen. Einige wenige aber werden süchtig, erhöhen die Dosis und setzen den nächsten Schuss. Der Kater eines Killers ist ein Karnivore …

Der Lemming weiß, dass sein Leben in diesen Sekunden den seidenen Faden nicht wert ist, an dem es hängt. Er robbt zur Seite, ertastet eine Bretterwand und zieht sich daran hoch. Mit der Vorsicht eines Seiltänzers nähert er sich dem Todesschützen.

«Gib her ... ganz ruhig, ich tu dir nichts ... Komm schon, gib mir die Waffe ...»

In den Ecken und Winkeln der Marktstände werden jetzt Stimmen laut und hallen durch die dämmrigen Zeilen, Stimmen von Händlern und Arbeitern, denen der Knall nicht entgangen ist.

«Ubica! Ubica! Uhapsiti lopova!»

«Bleib da, Fredl! Gib Acht!»

«Atje ... Jo! Ndal!»

«So holts doch wer die Polizei!»

Der Kleine legt den Kopf zur Seite und schließt die Augen. Langsam lässt er die Waffe in die Hand des Lemming gleiten.

«Aber ich weiß doch, was ich tu ...», flüstert er. «Ich weiß es doch ...»

Dann läuft er los.

«Katil! Katil!»

«Mein Gott ... schau, da steht er!»

Bevor er sich noch in Bewegung setzen kann, um den Mörder zu verfolgen, treten dem Lemming drei graue Gestalten in den Weg. Schmal, unrasiert, mit verloschenen Zigaretten in den Mundwinkeln.

«Schnell ... die Rettung!»

«Verdammt! Revolver!»

So plötzlich, wie sie erschienen sind, verschwinden sie wieder hinter den Buden.

Jetzt ist es am Lemming, die Flucht zu ergreifen. Er hetzt auf die Straße, wirft die Arme hoch, quietschende Bremsen im Ohr, zwei Lichtkegel in den Augen, ein silbriges Glitzern in der Hand, einen Schrei auf den Lippen, erkaltetes, klebriges Hirn im Genick.

Es ist viertel sieben. Die junge Frau am Steuer des Wagens, ihres Zeichens Verkäuferin in einem kleinen Naturkostladen jenseits der Donau, wird an diesem Mittwoch nicht zur Arbeit erscheinen. Sie wird das Auto wenden, mit zitternden Knien nach Hause fahren, die Tür verriegeln und sich in ihr *Biosonne*-Bambusbett legen. Aber Joghurt und Yoga, Fengshui und Fliederkissen werden sie nicht von dem Albtraum befreien können, der da so jählings an ihrer Kühlerhaube vorbeigehuscht ist. Sie hat Ravana gesehen, den Dämonenfürsten und Todfeind des Vishnu; sie hat an jenem Morgen dem Inbild des Bösen ins Auge geblickt, aus und basta, und kein Therapeut dieser Welt wird je etwas daran ändern können.

4 Langsam und schwerfällig entfaltet sich der Tag. Die feuchte, drückende Luft, die gleichförmig düsteren Wolken lassen nicht daran zweifeln, dass ein Unwetter naht. Viele der Menschen, die, eben der U-Bahn entstiegen, durch die Passage unter dem Karlsplatz hasten, halten Regenschirme unter die Arme geklemmt, und kaum einer ist darunter, der seinen Schritt vor dem breiten Ausgang zum Resselpark nicht verlangsamt, um prüfend den Blick nach oben, zum Himmel zu richten, ehe er ins Freie tritt.

«Hast a paar Schilling zum Telefonieren?»

Der Lemming zuckt zur Seite, als habe ihm jemand einen Schlag versetzt. Er starrt in die großen Augen einer jungen Frau, die ihm in demutsvoll gebeugter Haltung ihre Hand entgegenstreckt. Schön, fährt es ihm durch den Kopf, ja, schön, diese Augen, wenn nur das Gesicht rundum nicht wäre, dieses ausgezehrte, knochige Gesicht mit dem schiefen Mund, beinahe zahnlos, aus dem die noch schiefere Wahrheit, die offensichtliche Lüge strömt. Ein paar Schillinge also. Zum Telefonieren …

«He du, was is jetzt? Soll i dir einen blasen, drüben am Häusl?»

Schon fühlt sich der Lemming von den Blicken der Passanten gestreift. Fühlt sich gemustert, beobachtet, verfolgt. Man bleibt nicht einfach stehen, nicht in dieser Unterführung, sofern man nicht selbst zu den Sandlern und Junkies gehört, die hier ihr tägliches Gift und etwas Wärme suchen. Wer hier stehen bleibt, wenn er angebettelt wird, der schlägt sich auf die Seite der Ausgestoßenen, der entpuppt sich als Dissident, als Verräter an der Gesellschaft, und sei es auch nur, weil ihn sein gutes, anarchisches Herz dazu zwingt. Er zieht die Brieftasche aus der Hose, bekommt einen Schein zu fassen, egal, jetzt nur keine Aufmerksamkeit auf sich ziehen, gerade hier sind Polizeistreifen an der Tagesordnung …

«He, super, du, dank dir.»

Sie schickt sich an, davonzuschlurfen, als ihr Blick auf den Rücken des Lemming fällt.

«Du, Alter, du hast da was, da hinten … Hat dir wer ins G'nack g'spieben?»

Der Lemming läuft los. Er achtet nicht auf den Himmel, an dem die ersten Blitze zucken. Er eilt quer durch den Resselpark, an Bäumen und Büschen vorbei, bis er sich vor der Karlskirche wiederfindet, deren mächtige Kuppel über ihm aufragt wie eine Doppelliterflasche Grünen Veltliners. Es ist aber weder die Form der Kuppel noch seine Frömmigkeit, was ihn die Stufen hinauf zum Haupteingang treibt, es ist vielmehr ein schlichter, naiver Gedanke: Kirche bedeutet Stille und Abgeschiedenheit. Kirche bedeutet Schutz …

Einem Schutzpatron ist sie auch gewidmet, die Karlskirche, dem Mailänder Erzbischof und späteren Pestheiligen Karl Borromäus nämlich, der im sechzehnten Jahrhundert zahlreiche Menschen vor dem schwarzen Tod gerettet haben soll. Nach der Wiener Pestepidemie im Jahr 1713 ließ Kaiser

Karl VI. das Monument zu Ehren seines heiligen Namensvetters errichten – und als Symbol für den imperialen Machtanspruch der Habsburger: Nicht nur Elemente der griechischen Antike und der italienischen Renaissance zieren das Bauwerk; sein Architekt, Johann Bernhard Fischer von Erlach, schreckte selbst davor nicht zurück, den barocken Tempel mit chinesischen Pagodendächern und islamischen Minaretten zu versehen.

Der Lemming hat kein Auge für derlei architektonische Feinheiten. Er eilt die Freitreppe hinauf, um die Pforte zwischen den beiden gewaltigen römisch-muslimischen Siegessäulen fest versperrt zu finden. Er läuft weiter, umkreist suchend die Kirche und stößt endlich auf eine unverriegelte Seitentür, durch die er ins Innere schlüpft. Während draußen die ersten Tropfen fallen, schlägt ihm hier die klassische Atmosphäre katholischer Gotteshäuser entgegen, jenes düstere, beklemmend klamme Klima, das all die Schrecken, all die Angst und all das geziemende Schuldbewusstsein der Christenheit über die Jahrhunderte aufzusaugen und zu konservieren scheint. Die überquellende Fülle barocker Schnörkel, wuchernder Kapitelle und Kartuschen, verschlungener Rocailles und Rosetten, Guarinesken und Bandelwerke widerlegt diesen Eindruck nicht; sie verstärkt den Kontrast zwischen himmlischem Prunk und irdischem Elend noch. Die goldenen Putten, die prall und feist auf den Lemming herabblicken wie verschrumpelte Michelin-Männchen: Sie haben in Wahrheit ein Herz aus Gips.

Der Lemming schleicht durch den menschenleeren Raum, lässt sich auf eine der Holzbänke sinken und schließt die Augen. Stille, endlich Stille. Abgeschiedenheit. Schutz … Braucht er Schutz? Er weiß es nicht. Noch ist es ihm unmöglich, die Tragweite der Ereignisse zu begreifen. Ein klarer Gedanke, das ist es zunächst, was er braucht …

In seine Wohnung kann er nicht mehr, so viel steht fest. Klara um Hilfe zu bitten kommt ebenso wenig infrage. Nein, Klara wäre die Letzte … Zurück an den Tatort? Sich den ermittelnden Beamten als Zeuge zur Verfügung stellen? Die ganze Sache aufklären? Was gibt es denn aufzuklären? Er versucht, sich der vergangenen Stunden in allen Einzelheiten zu erinnern, er versucht auch, sich auszumalen, was wohl inzwischen geschehen ist, drüben am Naschmarkt. Er sieht den regennassen Asphalt, auf dem sich die blinkenden Lichter der Einsatzwagen spiegeln, er sieht die Absperrungen, bewacht von mürrischen Streifenpolizisten, die bei diesem Wetter vor die Türen ihrer Wachzimmer gejagt worden sind wie räudige Hunde. Er sieht die beiden Männer mittleren Alters, wie sie in ihren billigen Anzügen die Straße überqueren und das *Café Dreher* betreten. Es fällt ihm nicht schwer, das alles zu sehen: Er hat früher selbst so einen billigen Anzug getragen …

«Er wusste, wie ich heiße … Woher wusste er …» Vom Klang der eigenen Stimme erschreckt, zuckt der Lemming zusammen. Seine Hand fährt instinktiv zum Hosenbund, in dem die kleine, silberne Mordwaffe steckt.

«Ich kann nicht zurück … Unmöglich … Keiner wird mir glauben …»

Die beiden Herren von der Mordkommission haben wahrscheinlich schon begonnen, die Gäste des *Dreher* zu verhören. Einer stellt die Fragen und schreibt Namen und Fakten in sein abgewetztes Notizbuch, der andere lauscht aufmerksam und zieht schließlich ein Handy aus der Tasche. «Wallisch», raunt er in den Hörer. «Ja, genau. Poldi oder Leopold, angeblich Exkollege … Nein, Abteilung weiß i net … Was habts ihr über den?»

Der Lemming stöhnt auf und verbirgt das Gesicht in den Händen. Seine Daumen beginnen, die schmerzenden Schläfen zu massieren, so wie seine Großmutter es manchmal getan hat, damals, als er noch ein Kind gewesen ist. Langsam streicht er sich durch die Haare nach hinten, bis seine Finger das Klebrige, Feuchte berühren, das Souvenir des Todes in seinem Nacken.

«Gottverfluchter Scheißdreck!» Der Lemming springt auf und steuert quer durch den Hauptraum auf eine der Seitenkapellen zu. Er sieht sich um, vergewissert sich, noch immer alleine zu sein, steigt dann über die kniehohe Balustrade und hält vor dem Beichtstuhl an. Schwer und drohend steht der dreigeteilte Schrank vor ihm, das dunkle Holz zerfurcht von Ornamentschnitzereien, links und rechts mit zwei halblangen Vorhängen versehen, dazwischen mit einer durchbrochenen Tür, die den Priester vor neugierigen Blicken schützt. Es ist ein barocker Seelentransformator, eine kathartische Zauberbox, die Sünder aufnimmt und Geläuterte ausspeit, also auch eine Art Umkleidekabine …

Der Lemming öffnet die Mitteltür und tritt in den Beichtstuhl. Er wartet, bis sich seine Augen an die Dunkelheit gewöhnt haben, zieht dann Jacke und Hemd aus und inspiziert den entstandenen Schaden. Das Hemd ist gerade noch tragbar, so entscheidet der Lemming. Es weist zwar einige kleinere Kleckse auf, doch er kommt zu dem Schluss, dass ein Mann mit ein bisschen Hirn am Hemd immer noch weniger auffällt als ein Mann ganz ohne Hemd. Die Jacke ist dagegen nicht mehr zu gebrauchen. Auf dem Kragen prangt ein dicker Blutfleck, von dem mehrere braune Schlieren sternförmig nach unten weisen, um sich erst spät im groben Stoff zu verlieren. Der Lemming wendet die Jacke, knotet sie zu einem Bündel, öffnet die Tür und lässt seinen Blick abermals durch den Kirchenraum schweifen. In der Nähe des Haupteingangs, halb verdeckt von einem der wuchtigen Marmorpfeiler, entdeckt er endlich das Weihwasserbecken. Er läuft hinüber, tränkt das Bündel in der steinernen Schale und beginnt, sich Genick und Rücken abzuschrubben. Ein paarmal noch taucht er die Jacke ein; schließlich greift er mit beiden Händen ins Wasser, um es sich über den Kopf zu schöpfen. Er zittert vor Kälte, als er in den Beichtstuhl zurückkehrt.

Nur wenig später wird einer der Patres das Refektorium verlassen, um die Pforten der Kirche zu öffnen. Pater Johannes wird gemessenen Schrittes und prüfenden Blickes das Hauptschiff durchqueren, wie er es jeden Morgen tut, um sicherzugehen, dass alles sauber und in Ordnung ist. Aber an diesem Tag werden keine vergessenen Butterbrotpapiere und Kaugummireste seine Aufmerksamkeit erregen, nein, die rötliche Färbung des Wassers im Weihwasserbecken wird Pater Johannes stutzig machen und ihn gleich darauf in helle Aufregung versetzen.

«Ein Zeichen des Herrn!», wird er rufen und lobpreisend die Arme ausbreiten, und in Gedanken wird er schon die zuständigen Beamten des Vatikans nach Wien reisen sehen, um das gesegnete Wasser zu inspizieren und zu analysieren. Der Pater wird sich ausmalen, wie Gottes Chemiker – mit Gottes Hilfe – menschliches Blut darin feststellen und wie sie umgehend dem Papst Bericht erstatten würden, und wie schließlich der Papst das Wunder von Sankt Karl Borromäus offiziell anerkennen würde. Die Karlskirche als Pilgerstätte, Wien als Wallfahrtsort, und er selbst, Pater Johannes, als bescheidener Held der Kongregation …

Aber am Ende wird es zu nichts von alledem kommen: Statt des Papstes wird der Pater doch die Polizei rufen. Denn er wird nicht nur das Wasser schändlich entweiht finden, er wird auch ein nasses, blutiges Bündel im Beichtstuhl entdecken, kein Grabtuch leider, sondern eine Windjacke mit der profanen Aufschrift *Kanga-Roo-Sportswear*. Ein Kleidungsstück also, das – Pater Johannes wird es zähneknirschend eingestehen müssen – unmöglich dem Heiland gehört haben kann …

5 Am Anfang war das Wort, und das Wort hieß: *Ich*.

Man hat behauptet, ich sei das Kind eines Mannes und einer Frau, die ums Leben kamen, als ich drei Jahre alt war. Aber ich kann mich weder ihres Todes noch ihrer selbst entsinnen. Die Vorstellung, überhaupt jemals Eltern gehabt zu haben, erscheint mir unwirklich, ja geradezu grotesk. Eltern sind etwas Nährendes, Beschützendes, Erziehendes, aber ich bin nie genährt, beschützt, erzogen worden; ich habe mich von Anbeginn meiner Erinnerung selbst genährt, beschützt und erzogen. Der einzige Hinweis darauf, dass meine Entstehung außerhalb meiner selbst erfolgt ist und dass ich in grauer Vorzeit abhängig und fremdbestimmt war, ist mein Nabel. Ich muss wohl mit einem Wirtskörper, einem Nährmenschen verbunden gewesen sein, aber mein Nabel ist die einzige Narbe, die darauf hinweist.

Am Anfang war *Ich*, das Wort *Ich*, und es entstand von selbst in meinem Kopf, es entstand aus dem Nichts, als ich neun Jahre alt war. Die Zeitrechnung begann, als ich neun war. Davor war nichts.

Man hat behauptet, ich sei zu Pflegeeltern gekommen, nachdem meine leiblichen Eltern gestorben waren, aber ich vermag mich an keine Pflegeeltern zu erinnern. Man hat behauptet, ich hätte nach zwei weiteren Jahren in jenem Waisenhaus Aufnahme gefunden, dessen Name hier nicht von Bedeutung ist, aber von diesen meinen ersten Jahren im Waisenhaus findet sich nichts in meinem Gedächtnis. Mag schon sein, dass etwas von mir existierte, so etwas wie ein Klumpen Fleisch, ein paar Kilo Kinderkörper. Aber mein Leben begann erst mit neun, als mein Geist erwachte und mein Mund das Wort *Ich* formte.

Dabei war der Anlass denkbar unbedeutend, wie so oft, wenn Großes aus Kleinem oder eben aus nichts entsteht. Es muss sich wohl in jener Stadt zugetragen haben, deren Name hier nichts zur Sache tut, der einzigen größeren Stadt in der Nähe des Waisenhauses. Auch der Name der Straße ist unwichtig; Namen und Daten waren schon immer belanglos für mich, sie haken die Dinge allzu schnell ab, und sie knebeln das Wesen dieser Dinge. Begriffe sind anders. Begriffe beschreiben die Welt, statt sie nur zu bezeichnen. Als Treibstoff der Gedanken bringen sie den Geist zum Fliegen.

Wir standen an jener Straße, und wir warteten darauf, dass die Ampel von Rot auf Grün schaltete. Ich sehe die Stelle genau vor mir, ich sehe die zwanzig Kinder, die elternlosen Kinder, von denen ich eines war, ich sehe sie in Zweierreihe an der Straße stehen, am Rand der Fahrbahn, und ich sehe die zwei namenlosen Frauen, eine an der Spitze, die andere am Ende jener Zweierreihe. Die Aufgabe der beiden Frauen bestand in der Kontrolle und Führung der Kinder; während die hintere deren Anzahl zu prüfen hatte, entschied die vordere über Tempo und Richtung der Zweierreihe, darüber, ob ein Bus zu besteigen, ein Haus zu betreten, eine Straße zu überqueren war.

Die Ampel zeigte Rot, und die Kinder warteten. Sie warteten, weil die Frau an der Spitze es so entschieden hatte, und sie ließ die Kinder warten, weil die Ampel Rot zeigte. Ich sehe die Fahrbahn vor mir, breit und grau, eine leere, unbenützte Fahrbahn. Es ist nicht wichtig, warum sie nicht befahren war; es mag an der Uhrzeit gelegen haben oder an einer Umleitung des Verkehrs an anderer Stelle. Ich konnte den Lärm von Motoren hören, aber ich sah keine Autos.

Ich sehe meine Geburt, das Erwachen meines Geistes. Ich sehe meinen ersten Gedanken, mein erstes Wort: *Ich.* Es war das erste Mal, dass ich mich selbst sah, dass ich verwundert und aufgeregt mich selbst betrachtete, und ich erinnere mich daran so deutlich, als geschähe es jetzt, in diesem Augenblick. Es war nicht so, dass der Gedanke das Wort hervorbrachte, und es war auch nicht so, dass das Wort den Gedanken hervorbrachte. Sie waren ident: Das Wort war der Gedanke und der Gedanke war das Wort, und gemeinsam brachten sie mich hervor.

Sie stehen und wollen gehen, aber sie gehen nicht; sie entsagen der Bewegung und wollen sich doch bewegen. Kein Einziger geht, weil die Gruppe nicht geht, und die Gruppe geht nicht, weil einer der Gruppe das Gehen verbietet, weil einer die Macht hat, der Gruppe das Gehen zu verbieten, weil sich die Gruppe der Macht dieses einen unterordnet. Und weiter: Dieser eine, scheinbar Mächtige, diese namenlose Frau an der Spitze der Zweierreihe, will selbst gehen, aber sie geht nicht. Diese eine, scheinbar mächtige Frau ordnet sich selbst einer weiteren Macht unter, einem zufällig erscheinenden Polizisten etwa, der sie bestrafen, oder ihrer intriganten Kollegin am Ende der Zweierreihe, die sie bei weiteren, noch höheren Mächten anschwärzen würde, oder ihrer eigenen Vorstellung, ihrem abstrakten Selbstverständnis als verantwortliche Erziehungsperson, das schweren Schaden erlitte, würde sie mit einer Gruppe ihr anvertrauter Waisenkinder bei Rot die Straße überqueren. Sie alle wollen gehen und gehen dennoch nicht, zwischen ihnen und der anderen Straßenseite liegt die Fahrbahn breit und leer und unbefahren, aber alle stehen sie und warten.

Ich sah mich umringt von Engerlingen, wie ich wohl selbst bis zu diesem Moment einer gewesen war, umringt von angstbleichen Fleischklumpen, in denen die Ohnmacht, die Fremdmacht regierte. Und indem ich sie erkannte, erkannte ich mich selbst.

Ich ging los.

Ich ging los und dachte, ich ging denkend; *Ich* sagen, losgehen und denken waren eins.

Es waren keine geordneten Überlegungen, die meinen Kopf

durchfluteten; keiner meiner Gedanken bildete eine logische Ableitung des vorausgegangenen, und keinen meiner Gedanken goss ich in jene verfeinerte Form, die sich Sprache nennt, indem ich den Versuch unternahm, ihn in Worte zu fassen. Aber ich habe im Laufe der Jahre all diese wirr durcheinander und nebeneinander gedachten Gedanken auf anderen Wegen wiedergefunden, und jeder einzelne erwies sich als fundierte und unwiderlegbare Deduktion des Unumstößlichen:

Wahrer Wille schuldet keine Rechenschaft.

Das Wesen der Allmacht ist ein zügelloser Geist.

Gott ist frei von Gottesfurcht.

Moral ist eine rote Ampel.

Dann stand ich auf der anderen Straßenseite und drehte mich um, und ich blickte zurück auf die Gruppe und auf die zwei Frauen an deren Spitze und Ende. Ich sehe ihre Gesichter vor mir, den Ausdruck auf ihren Gesichtern, diesen Ausdruck von Wut und Hilflosigkeit; Wut, weil ich das Gesetz gebrochen hatte, dessen Hohepriesterinnen sie waren, Hilflosigkeit, weil sie es nicht wagten, mir nachzueilen, um meinen Frevel zu bestrafen: Den Regeln, die sie vertraten, hatten sie selbst zu dienen; der Quell ihrer Macht beraubte sie der Macht. Die rote Ampel stand zwischen ihnen und mir; das Gesetz schützte mich, der es missachtet hatte, vor ihnen, die ihm verfallen waren.

Ich muss nicht betonen, dass ich später, als die Ampel grün geworden war, meine Strafe erhielt, aber es waren bedeutungslose Schläge und fernes Gezeter, es war eine Strafe, der ich nicht mehr als distanziertes Interesse zollte. Ich habe mich, nebenbei, auch nie dafür gerächt. Rache ist ein denkbar niedriges Motiv, und der Begriff Rachegott ist demzufolge ein Paradoxon.

Ich bin kein Gott der Rache.

Mit neun Jahren erblickte ich also das Licht der Welt, indem ich ihren Schatten sah, und ich sah den Schatten der Welt, weil ich in ihr Licht getreten war. Die Welt war mein Geist, und das Licht darin wurde mir erst durch den Schatten bewusst – durch den Schatten, in dem all die anderen standen und in den ich, einmal aus ihm herausgetreten, nie wieder zurückkehren würde.

Wie es zu diesem Vorgang kam, weiß ich nicht. Man mag es als verirrte elektrische Entladung in meinem Gehirn bezeichnen, als winzige Anomalie in meinem biologischen Betriebssystem. Aber so unsichtbar und unhörbar jener Vorgang für die Außenwelt auch gewesen sein mag, für mich war es der Urknall meiner Existenz, vergleichbar mit jenem Blitzschlag, der vor Jahrmillionen das erste organische Molekül in der irdischen Ursuppe entstehen ließ.

6 «In den frühen Morgenstunden hat sich heute im sechsten Wiener Gemeindebezirk ein Mord ereignet. Das Opfer, der vierunddreißigjährige Ferdinand B., wurde kurz nach sechs Uhr auf dem Naschmarkt erschossen. Zeugen berichten, dass der Tat ein heftiger Streit des Krankenpflegers mit einem Unbekannten vorausgegangen war. Der verdächtige Mann ist flüchtig.»

Endlich Kaffee.

«Sodala, der Herr!» Die ältliche Frau stellt das Tablett ab und schiebt es dem Lemming hin. Kaffee, endlich Kaffee, ein Glas Wasser, ein Teller, darauf eine frische, knusprige Buttersemmel.

«A Sauwetter, was?» Die Wirtin mustert ihren klatschnassen Gast und zieht besorgt die Brauen hoch. «Sie werdn Ihnen noch an Schnupfen holen, nur mit den aufg'weichten Hemmat ... Haben S' kan Regenschirm?» Ohne eine Antwort abzuwarten, fährt sie fort: «Des Wetter is a nimmer, was's einmal war ... Ozonlöcher und Treibhaussachen, wo man nur hinschaut. Überhaupt die Zeiten, heutzutag ... Haben S' grad ghört, in Radio? Scho wieder a Mord! Nix wie Räuber und Banditen rundherum, und des nennen s' dann vereintes Europa ... I sag Ihnen, wenn so aner bei mir da einekummt, dann ...»

Der Lemming nickt zustimmend, räuspert sich und wendet sich schweigend seiner Buttersemmel zu.

«Ja also ... Dann lassen S' Ihner's schmecken ...» Leicht indigniert zieht die Alte ab.

Endlich Kaffee, heißer, dampfender Kaffee. Der Lemming gähnt und nimmt einen Schluck.

Ferdinand B. hat er also geheißen, der Typ mit dem Stecktuch. Kein Name, der dem Lemming geläufig ist. Auch fällt ihm kein Krankenpfleger in seiner Bekanntschaft ein – nur ein Tierpfleger ...

Obwohl sie erst vier Stunden zurückliegt, ist die Szene vor Klara Breitners Haus seinem Gedächtnis schon fast wieder entglitten. Nun kehrt die Erinnerung mit aller Wucht zurück, und sie schmerzt umso mehr, als der Lemming gerade jetzt eine Stütze brauchte, sich gerade jetzt unendlich gerne an Klara anlehnen würde. Stattdessen sitzt er hier, in einem jener namenlosen, billigen Espressos, die nach ranzigem Öl und Raumspray stinken, sitzt alleine hier, betrogen und verstoßen, obdachlos und von der Polizei gejagt ... Die Wut wallt in ihm hoch, die Wut auf Klara, das treulose Drecksweib, und die Wut auf sich selbst, auf sein eigenes Leben, das ihm erscheint wie das Ergebnis einer endlosen Subtraktion. Zieh alles ab vom Dasein eines Durchschnittsmannes, so grübelt er, zieh die Arbeit ab, den Monatslohn, die Wohnung und am Ende die Geliebte, und was bleibt ... bin ich. Ich, der Versager, ich, das wandelnde Nichts ...

Noch längere Zeit ergeht sich der Lemming in solchen und ähnlich trüben Betrachtungen, stellt Gleichungen auf, kalkuliert und kürzt, verstrickt seinen Geist in masochistischen Nullsummenspielen. Eintönig schlägt der Regen ans Fenster, hinter der Theke raschelt die Wirtin mit einer Illustrierten. «I bin so schön, i bin so toll, i bin der Anton aus Tirol ...», stimmt sie fröhlich in den blechernen Klang des Radios ein.

Irgendwann aber brechen die Gedanken des Lemming aus ihrem fruchtlosen Kreislauf aus und geraten in ein ruhigeres, gedeihlicheres Fahrwasser. Er beginnt, die Möglichkeiten abzuwägen, die ihm bleiben, überlegt, was nun, Schritt für Schritt, zu tun ist. Zunächst braucht er einen Platz, um die Nacht zu verbringen. Seine Freunde lassen sich an einem Finger abzählen; die meisten hat er verloren, als er vor fünfzehn Jahren in den Polizeidienst getreten ist, der Rest hat sich von ihm abgewandt, als ihn die Exekutive wieder davongejagt hat. Der einzige Vertraute, der ihm bleibt, ist Huber, ebenfalls ein junger Kriminalbeamter, den der Lemming erst vor einem Jahr kennen gelernt hat. Huber hat damals mit Krotznig gearbeitet; er ist nach der Entlassung des Lemming in dessen Fußstapfen getreten. Kein Wunder, dass Huber inzwischen selbst das Handtuch geworfen hat, um das Geschirrtuch in die Hand zu nehmen. Er ist mit seiner Freundin nach Triest ausgewandert, wo die beiden ein Restaurant betreiben. Im Übrigen wäre es bei aller Freundschaft fraglich, ob Huber, der bisweilen mit einem übertriebenen Hang zur Korrektheit ausgestattet ist, einem flüchtigen Mordverdächtigen Unterschlupf gewähren würde.

Die *Meldemannstraße* fällt dem Lemming ein, das berühmte Obdachlosenasyl im zwanzigsten Bezirk. Vor fast einem Jahrhundert erbaut, ist es wenig später einem ganz berühmten Österreicher zur jahrelangen Schlafstätte geworden: dem untalentierten Postkartenmaler und umso begabteren Meister des Genozids, Adolf Hitler. Seitdem hat das Männerwohnheim keine Prominenten mehr hervorgebracht, und auch der Lemming hat nicht vor, einer zu werden. Im Aufenthaltsraum der *Meldemannstraße* gibt es einen Fernsehapparat, das weiß er von früheren Ermittlungen. Er hat keine Lust, sich einer Horde betrunkener Vagabunden auszusetzen, die sein Phantombild, womöglich sein Fahndungsfoto in den Abendnachrichten sehen und sich ein Kopfgeld für seinen mit Krücken, Fäusten und Bierflaschen mürbe geprügelten Schädel erhoffen würden.

Auch ein Hotel aufzusuchen erscheint ihm zu gefährlich, abgesehen davon, dass er nun Geld sparen muss: Über Kreditkarten verfügt er nicht, und sein Bankkonto liegt in den letzten Zügen. Er hat selten mehr als zwei, drei Hunderter eingesteckt; wenn er nun die nächtliche Taxifahrt und die milde Gabe in der U-Bahn-Passage davon abzieht …

Der Lemming nimmt sein Portemonnaie heraus und klappt es auf. Er sieht nichts, was ihn erstaunt, nichts, was ihn verwirrt. Er sieht nichts. Gar nichts. Gähnende Leere.

«War's recht so?» Mit dem tief verwurzelten Spürsinn aller emsigen Kleinunternehmer tritt die Wirtin an den Tisch und versucht, einen Blick in den Geldbeutel zu erhaschen.

«Ja, ja … Danke, aber … Eine Melange noch, bitte …»

Bei der Alten Schulden zu machen ist sicher ein Ding der Unmöglichkeit, denkt der Lemming. Wenn die schon je etwas anschreibt, dann höchstens diverse Beschwerdestellen, das imaginäre Salzamt vielleicht, an das alle notorischen Wiener Nörgler verwiesen werden. Nein, kein Kredit; er wird die Zeche prellen müssen. Plötzlich fällt ihm ein, dass er das, unter anderen, wenn auch nicht weniger widrigen Umständen, schon heute früh im *Dreher* getan hat.

«Auch schon egal», murmelt der Lemming, «alles egal …»

Was er jetzt braucht, ist eine Idee. Und noch eine Melange.

Hinter der Theke läutet ein Telefon. «Ja ... Na, hab i net. Nur Radio ... Na geh ... Ehrlich? Mitten in ... Na geh ... Und wer ... Ah so ... Ja, na, du, i hab a Kundschaft ... ja, nachher dann ... pfiat di ...» Die Wirtin legt den Hörer auf.

«Mitten in Kopf haben s' ihm g'schossen, haben s' grad g'sagt, in Fernsehen!» Wieder schiebt sie das Tablett vor seine Nase, und wieder wird die Geste von einem nicht enden wollenden Wortschwall begleitet.

«So a Jammer, ganz jung soll er g'wesen sein, ganz a junger Mann noch, und dann einfach so in Kopf g'schossen, am helllichten Tag, mitten auf der Straßen ... So was tut man doch net! Mein Gott, und dann die Eltern, die Eltern von den armen Hund, stelln S' Ihner vor ... I sag's Ihnen, und da bin i net die Einzige bei uns im Land: A starker Mann g'höret wieder her, so wie ... na Sie wissen scho. Damals hätt's so was net gebn ...»

«Ja, ja ... die gute alte Meldemannstraße ...»

«Was sagen S'?»

«Nein, nichts. Traurig, das Ganze ... Die Nachrichten ... Weiß man schon mehr?»

«A geh, was sollen die scho wissen, die Krimineser? Des is doch a einziger Sauhaufen bitt schön, der Verein. Stecken alle unter einer Decken, liegen auf der faulen Haut und kassieren ihre vierzehn Monatsgehälter. Und alles von unsere Steuern. Na, na, die in Fernsehen haben nur g'sagt, dass s' den Toten gleich weg'bracht haben, auf die Prost... auf die Prosti... na, zum Leichendoktor. Wissen S' eh, der Herr: Vier Tag herumschnipseln und dann die Leich in die Gruft und den Fall zu die Akten legen, so lauft des bei die Herren da oben ...»

«Ja, ja, verstehe ... Danke für den Kaffee ...»

Immerhin, denkt der Lemming, haben die Herren da oben seinen Namen noch nicht bekannt gegeben, und auch sein Foto flimmert noch nicht über die Bildschirme der Nation.

Es ist aber nur eine Frage der Zeit, und diese Zeit muss er nutzen. Er muss es irgendwie schaffen, den Wolf im Schafspelz aufzustöbern, bevor die Jäger ihn, den Lemming im Wolfspelz, zur Strecke bringen …

«Prosektur!» Der Lemming reißt die Augen auf und schlägt sich an die Stirn. Prosektur! Natürlich! Er wird Bernatzky anrufen! Wenn jemand den Stand der polizeilichen Ermittlungen kennt, ist er es, der alte Bernatzky, dieses Urgestein der Wiener Gerichtsmedizin, und er kennt den Stand der Ermittlungen meistens besser als die ermittelnden Beamten selbst. Professor Bernatzky ist schon eine Legende gewesen, als der Lemming noch in den Windeln gelegen hat, denn schon damals pflegte er – nur mit seiner Lupe – Geheimnisse zu enthüllen, die selbst den modernsten Mikroskopen verborgen blieben. Seine Autorität ist kein Kind von Graden, Titeln oder Positionen; als eine Macht des Geistes steht sie über hierarchischen Geplänkeln und politischen Scharmützeln aller Art. Er ist eben eine Kapazität, ein Gelehrter der alten Schule, zuweilen ironisch, meistens gütig, und immer ein wenig wunderlich. Der Lemming hat ihn von jeher gemocht, und diese Sympathie beruht, wie ihm scheint, auf Gegenseitigkeit. Wenn ihm Bernatzky schon keinen Schlafplatz anbieten wird, so darf er doch auf ein offenes Ohr und den einen oder anderen Hinweis hoffen.

«Wo ist denn bitte die Toilette?»

«Zweimal rechts, der Herr, und dann gradaus.»

Der Lemming erhebt sich, biegt gemächlich um die Ecke, nimmt dort, vor den Blicken der Wirtin geschützt, einen Anlauf und stürzt zur Tür hinaus.

«Falott! Mistg'sindel!», tönt das wütende Keifen der Alten hinter ihm her. «I sag's doch! A starker Mann g'höret wieder her! So wie der … Bruno Kreisky! Des war halt noch a Kanzler …»

7 Der Regen hat nachgelassen. In den Gassen der Innenstadt werden die Schirme zusammengefaltet wie schläfrige Blütenkelche. Drüben, im Westen, reißt die Wolkendecke auf und gibt ein Stückchen blauen Himmel frei. Die Luft, gereinigt und klar, riecht nach Aufbruch, nach Neubeginn.

«Hätten Sie ein paar Schillinge zum Telefonieren?»

Verlegen lächelnd tritt der Lemming einem jungen Mann mit Anzug und Krawatte entgegen und hält die Hand auf. Erfolglos. Der andere weicht zurück, greift sich mit dem Ausdruck höchster Konzentration ans Kinn und biegt dann, ohne den Lemming eines weiteren Blickes zu würdigen, nach links ab. Seine plötzliche Eile und sein selbstironisches Kopfschütteln deuten darauf hin, dass er etwas Wichtiges vergessen hat.

«Hätten Sie bitte ein paar Schillinge …»

So schnell kann es gehen. Dass er sich im Geiste ein wandelndes Nichts geheißen hat, erscheint dem Lemming nun wie übertriebene Eitelkeit. Nein, er ist weniger als nichts, er ist eine grellrote Zahl, ein dickes Minus, ein ekliges Manko.

«Hätten Sie bitte …»

Er passiert die Freyung, erreicht das Schottentor, schlägt einen großen Bogen um die Ehrfurcht gebietende Festung des Landesgerichts und strebt weiter, die Alser Straße stadtauswärts Richtung Gürtel.

«Bitte … Ich brauch's zum Telefonieren …»

Eine junge Frau in Jeans und T-Shirt steht am Straßenrand und wartet auf das Grünlicht der Ampel.

«Entschuldige … Hättest du …»

Abwehrend zieht sie die Schultern hoch, wirft einen kurzen Blick auf ihre Armbanduhr und murmelt, halb dem Lemming zugewandt: «Zwanzig nach neun …»

«Danke …»

Das Charisma eines Bettlers ist sein ganzes Kapital. Sein

Wesen sondert ein Aroma ab, das chemisch nicht zu messen ist, ein Potpourri aus Aura und Odeur, einen mentalen Geruch sozusagen, der nur allzu leicht die Grenze zum Gestank überschreitet. Der Lemming wird sich bald darüber klar, dass er auf diese Art nicht weiterkommt. Zu defensiv ist seine Körperhaltung, zu schüchtern sein Blick, zu ehrlich seine Worte …

«Verzeihen Sie, junger Mann, so was Blödes … Ich hab doch glatt die Schlüssel im Auto stecken gelassen – mein Sakko, das Portemonnaie … Könnten S' mir aushelfen … Wenn Sie mir ihre Adresse oder Kontonummer geben, versprech ich – spätestens morgen …»

«Aber selbstverständlich … Wieviel brauchen S' denn … Ist mir auch schon passiert …»

Kaum eine halbe Stunde später hat der Lemming genügend Geld gesammelt, um alle schlüpfrigen Mehrwertnummern im pazifischen Raum anzurufen. Inzwischen am Gürtel angelangt, betritt er die nächste Telefonzelle.

«Institut für Gerichtsmedizin, Watzka!», bellt ein abgehackter Männerbass ins andere Ende der Leitung.

«Guten Tag … Ich hätte gerne … Professor Bernatzky, bitte.»

«Moment!»

Ein Knacken im Hörer, zwei, drei Sekunden verstreichen, doch dann heben die Streicher an, die vergnügten Violinen, die fidele Viola und das heitere Cello, um dem Lemming ein Privatkonzert zu geben, ihn aufzumuntern in seinem ganz privaten Konzerthäuschen, seiner schmutzigen Telefonzelle am Währinger Gürtel. Man spielt Mozarts Quartett Nummer 17, *Die Jagd* genannt. Man spielt es in das linke Ohr des Lemming, während er sein rechtes, der dreispurigen Fahrbahn zugewandtes, vor dem Lärm der Motoren zu schützen versucht.

«Blaschek, Sekretariat. Was kann ich für Sie tun?»

«Ich möchte gerne … Professor Bernatzky, bitte.»

«Momenterl, ich verbind Sie …»

Die Streicher streichen unermüdlich in der Warteschleife. Warum gerade Mozart?, überlegt der Lemming. Vielleicht eine forensische Anspielung auf den legendenumwobenen Tod des Komponisten? Ist Mozart am Ende doch von seinem Rivalen Salieri vergiftet worden?

«Kubitschek.»

«Ja … Bin ich da nicht bei … Professor Bernatzky?»

«Augenblick.»

Diesmal geht es schneller. Höchstens zwei Takte, nicht einmal lange genug für eine Umdrehung Mozarts in seinem Grab.

«Institut für Gerichtsmedizin, Watzka!»

Beherrschung, Lemming, Beherrschung. Jetzt nur nicht die Fassung verlieren. Ohne Höflichkeit geht hier gar nichts, das steht fest. Wenn er auch im Blinddarm von Watzkas unergründlichen Schaltkreisen gelandet ist, bleibt Watzka immer noch Pförtner dieser elektronischen Erlebniswelt. An Watzka führt kein Weg vorbei. Mit Watzka ist nicht zu spaßen, denn: Ohne Watzka kein Bernatzky.

«Bitte, wenn Sie so freundlich wären …»

Und wirklich: Vierzehn Schilling und ein halbes Köchelverzeichnis später ertönt endlich die vertraute Stimme aus dem Hörer:

«Bernatzky, wer stört?»

«Ich bin's, Professor …»

«Wie können S' denn *Ich* sein, wo ich doch grad bei mir am Schreibtisch sitz?»

«Ich mein, ich … Der Wallisch …»

Für einen Augenblick herrscht Stille, und diese Stille schockiert den Lemming zutiefst. Es ist allgemein bekannt, dass sich Bernatzky durch nichts und niemanden aus der Fassung bringen lässt. Wenn es ihm nun die Sprache verschlägt, dann muss die Lage katastrophal sein.

«Wallisch, Wallisch ... Was hast denn diesmal wieder ang'stellt, du Dummerl ...»

«Aber ... gar nichts! Ehrlich, Professor ...»

«Aha ... Na dann ... War nett, mit dir zu plaudern ... Servus, Wallisch ...»

«So warten S' doch ... Ich hab wirklich nichts getan ...»

Wieder Stille am anderen Ende der Leitung. Bernatzky räuspert sich.

«In Ordnung. Dann erzählst mir jetzt, was da heut früh los war am Naschmarkt, und zwar Schritt für Schritt. Verstehst, Wallisch, ganz langsam erzählst du's, damit's auch ein alter Dodel wie ich begreifen kann.»

Und der Lemming hebt an zu berichten. Schon bald sprudeln ihm die Worte aus dem Mund, und er gestikuliert in seiner gläsernen Zelle wie ein Flaggen schwenkender Maat auf der Kommandobrücke.

«Du hast dich ... was?», unterbricht ihn Bernatzky.

«Gewaschen. Ich hab mir die Sauerei abgewaschen ...»

«Meiner Seel, Wallisch, du bist, mit Verlaub, ein Trottel. Tragst das Hirn am rechten Fleck und putzt es mir nix, dir nix weg ... Dann warst du also das Schweinderl in der Karlskirche ...»

Das Schweigen des Lemming ist Antwort genug.

«Also, pass auf», fährt Bernatzky fort, «ich will jetzt einmal, nur so zum Spaß, annehmen, dass dein abstruses G'schichtl wahr sein könnt. Obwohl sich der Spaß in Grenzen hält: Ich bin nämlich Hippokratiker, ka Hypothetiker ... Aber bitte, meinetwegen. Wie weit, sagst du, war der Schütze von dir entfernt?»

«So an die zwei Meter ...»

«Zu weit. Das bringt uns nix. Wo ist die Waffe geblieben?»

«Die hab … Die hat er mitgenommen», lügt der Lemming. Dass die Pistole in seinem Hosenbund steckt und dass er bis auf weiteres nicht gewillt ist, sie herzugeben, würde Bernatzky gewiss nicht goutieren. Der alte Herr liebt die Sprache der Wunden, aber jene der Waffen missbilligt er.

«Mitgenommen also …Verstehe …»

«Und die Jacke?», wirft der Lemming ein, um das Thema zu wechseln, «könnte die nicht beweisen …»

«Stell dich net blöd. Die Jacken is ein Nebbich, das weißt du genau. Die kannst dir bei mir abholen, falls dir einmal kalt is. Die Flecken hinten heißen nur, dass sie, die Jacken nämlich, dem Opfer den Rücken hingedreht hat. Du könntest sie ja übern Arm g'legt haben oder verkehrt herum an'zogen, was weiß ich. Die Jacken is höchstens ein Indiz, aber noch lang ka Beweis … Was anderes tät mich mehr interessieren: Den Buchwieser hast du also net gekannt?»

«Buchwieser?»

«Na, den toten Zyklopen, der nebenan bei mir im Kühlraum liegt … Ferdinand Buchwieser …»

«Ferdinand Buchwieser … Mit einem Christian Buchwieser hab ich einmal zu tun gehabt …» Im Hinterkopf des Lemming flackert ein Gedanke auf und drängt energisch ins Bewusstsein. Was hat ihm der Mann aus dem *Dreher* hinterhergerufen? *Glaubst, ich erwisch dich nicht, so wie du meinen Bruder erwischt hast?*

«Der Fall Buchwieser … Natürlich! Vielleicht erinnern Sie sich, Professor …»

Wie lange das doch her ist … Die Sache mit Christian Buchwieser ist vor etwa sechs Jahren passiert, als er, der Lemming, noch mit Krotznig zusammengearbeitet hat. In mühevoller Kleinarbeit haben sie es damals geschafft, Buchwieser des Mordes an seiner Freundin zu überführen und ihn in einer Wohnung hinter dem Westbahnhof aufzustöbern. Der Fisch hatte schon fast im Netz gezappelt, um dann doch noch durch eine der Maschen zu schlüpfen. Buchwieser hat Reißaus genommen; er ist, vom Lemming verfolgt, die Stiegen hinunter bis auf die Straße gerannt und hat versucht, mit seinem Auto zu entkommen. Die Flucht wäre ihm zweifellos gelungen, wäre der Lemming nicht, ohne zu zögern, vor den fahrenden Wagen gesprungen. Er wusste, dass Buchwieser kein kaltblütiger Killer war, sondern ein schüchterner und chronisch eifersüchtiger junger Mann. Buchwieser hätte ihn niemals überrollt, dessen war sich der Lemming sicher. Den Beweis für diese These sollte er allerdings schuldig bleiben, denn am Ende kam alles ganz anders: ein kurzer Knall, eine berstende Seitenscheibe und ...

«Aber sicher kann ich mich erinnern, Wallisch. Major Krotznigs Meisterschuss, aus dreißig Metern glatt in die Schläfe ... Ich hab die Leich gekriegt und ihr euern Fernsehauftritt ...»

Es kommt dem Lemming vor, als sei es gestern gewesen: die grellen Scheinwerfer, die einfältigen Fragen der Journalisten und die widerlich selbstgefälligen Antworten Krotznigs, der sich nicht entblödete, vor laufenden Kameras seine Dienstwaffe zu küssen. Der Lemming hat damals stumm daneben gestanden, mitgefangen, mitgehangen, und er wäre am liebsten im Boden versunken, als ein launiger Reporter Krotznig und ihn *die zwei tollkühnen Sheriffs* nannte.

«Dann ist Ferdinand Buchwieser also Christians Bruder gewesen ...»

«Bravo, Wallisch! Gefinkelt wie eh und je ... Er hat den Krotznig und dich wahrscheinlich aus dem Fernsehen gekannt. Wer von euch beiden seinem kleinen Bruder den Schläfenlappen perforiert hat, dürft ihm ziemlich egal g'wesen sein. Wie er dich dann plötzlich im Kaffeehaus g'sehn hat ... Na, was erzähl ich dir ...»

«Verstehe ... Ja, so muss es gewesen sein ...»

«Was aber noch lang net heißt, dass du aus dem Schneider bist. Im Gegenteil: Wenn er ein Motiv g'habt hat, dich zu kompromittieren, dann hast du umso mehr eins g'habt, ihm das Aug auszuschießen …»

«Ich war's aber nicht!»

«Schon gut, reg dich net auf. Der hysterische kleine Kerl, von dem du erzählt hast, was genau hat der g'sagt?»

«Ich weiß nicht … Es war alles ziemlich wirr. Etwas von Gottes Befehl, Gottes Gesetz. Und dass er nie wieder krank sein will …»

«Und der Buchwieser?»

«Das war seltsam. Ich bin sicher, die zwei haben sich gekannt. *Arschgeige* hat der Buchwieser gesagt, und *Oblatenstirn*. Und dann hat er ihn gefragt, wann man ihn rausgelassen hat …»

«Wo rausg'lassen?»

«Ich weiß nicht …»

Eine Zeit lang ist nur Bernatzkys leiser Atem zu vernehmen. Sein Schweigen klingt jetzt anders als zuvor, klingt versunken und grüblerisch. Der Lemming kann ihn förmlich denken hören.

«Rat einmal, was der Buchwieser von Beruf war.»

«Krankenpfleger, haben sie im Radio gesagt …»

«Richtig. Draußen in Döbling hat er gearbeitet, *Unter den Ulmen*, um genau zu sein. Schon gehört?»

«Nein.»

«Ein Sanatorium am Stadtrand, oben in Döbling zwischen Bellevue und Pfaffenberg. Entsprechend ruhig, entsprechend grün und mehr als gediegen. Die *Ulmen* sind eine – und jetzt sperr die Ohrwascheln auf – psychiatrische Klinik. Klingelt's bei dir?»

Es klingelt heftig in den grauen Zellen des Lemming.

«Das heißt, der Winzling könnt einer von den Irren g'wesen sein …»

«*Irre* sagt man net, Wallisch. Das heißt heutzutag *verhaltens-kreativ*. Aber egal. Der Buchwieser hat sich jedenfalls vor zwei Wochen ins Privatleben z'rück'zogen. Er hat gekündigt, nach fünf Jahren *Ulmen*.»

«Ja und?»

«Nix und. Mehr hat mir die Leich net erzählt …»

«Wie komm ich dort rein, Professor?»

«Wo rein?»

«In diese … Ulmenklinik …»

«Am besten gar net, mein Lieber. Erstens sind die *Ulmen* nur was für sehr bemittelte Minderbemittelte. Mit Krankenschein geht da gar nix. Zweitens bist du, soweit ich's beurteilen kann, noch net irre genug. Aber lass dich beruhigen, Wallisch, das wird schon, du bist am besten Weg dahin …»

«Schon möglich … Wär ja auch kein Wunder …»

«Schau, Bub … Ich tät dir ja raten, dich zu stellen. So gut kannst die Spuren gar net verwischt haben, dass sich net irgendwas zu deiner Entlastung find't. Und dann, mit einem g'schickten Anwalt … Das Problem is nur, dass da noch ein Problem is …»

Bernatzky zögert, ehe er weiterspricht. Dieses Innehalten, dieses Luftholen, um den richtigen Tonfall zu finden, kennt der Lemming nur allzu gut. Es ist das verlegene Zaudern, das ihn selbst immer dann befallen hat, wenn er der Familie eines Mordopfers die Schreckensbotschaft überbringen musste.

«Du hast doch die Nachrichten g'hört. Was glaubst du, Wallisch, warum die Herren Redakteure deinen Namen unterschlagen haben?»

«Keine Ahnung …»

Bernatzky seufzt.

«Weil s' ihn gar net kennen. Und warum kennen s' ihn net? Weil's einem gewissen Herrn ein großes Anliegen is, dich eigenhändig zu erwischen … Kannst dir schon denken, wem.

Ihr habts dem Herrn zwar die Nasen brochen und die Zähndt ausg'schlagen, der Huber und du, und degradiert is er auch noch worden, der Herr, alles zu Recht, alles hochkorrekt. Aber das, mein Lieber, sind die Heldensagen der Vergangenheit. Seit ein paar Wochen is er nämlich wieder da, der Krotznig, voll da. Die Zähne und die Weste weißer denn je. Der alte, neue Herr Major kümmert sich höchstpersönlich um die Naschmarktg'schicht, er hat sich quasi selber auf den Fall ang'setzt, und er wär, glaub ich, net sehr erfreut, wenn ihm irgendwer seinen alten Spezi Wallisch vor der Nasen wegschnappen tät …»

«Der Krotznig also …»

«Beileid, Wallisch.»

«Ich muss in diese Klinik, Professor. Das ist meine einzige Chance, die einzige Spur zum Mörder …»

«Vielleicht hast ja Recht … Wart ein Momenterl …»

Bernatzky legt den Hörer hin. Kurz darauf vernimmt der Lemming das Knarren von Schritten auf altem Parkett, entferntes Gemurmel und schließlich, nun wieder lauter, das Rascheln von Papier.

«Sodala, da haben wir's. Pass auf … Hast schon einmal von *retrograder Amnesie* g'hört? Nenn's meinetwegen Gedächtnisverlust … Klingt aber net so schön. Wichtig ist dabei das Worterl *retrograd*: Stell dir vor, du hast einen Unfall. Zum Beispiel … Ein Blitz trifft dich, wie du grad frisch g'waschen aus der Karlskirchen kommst. Dann kannst dich bei der *Retrograden* an nix mehr erinnern, was vor dem Blitz war. Die *Anterograde* is gewissermaßen das Gegenteil, die könn'ma net brauchen, die interessiert uns net. Aber wennst Lust hast, kannst dir noch zusätzlich eine *dissoziative Fugue* zulegen. Dann kannst dich an den Blitz selber auch nimmer erinnern. Dann war der Schock so groß, dass du völlig aus der Haut fahrst. Du nimmst eine neue Identität an, gehst auf Reisen, irgendwohin, und benimmst dich gleichzeitig, wie wenn nix g'schehen wär. Wohlgemerkt: Das hat keine organischen Ursachen und is medizinisch trotzdem verbürgt. Das könnt funktionieren, Wallisch. Da steht's: *Größte differenzialdiagnostische Schwierigkeit ist das Ausschließen einer bewussten Simulation von Konversionsstörungen infolge traumatisierender Ereignisse* … Was du also brauchst, is ein Malheur, und zwar eins, das sie dir im Sanatorium auch abkaufen. Wenn das vor ihrer Tür passiert und die das mitkriegen, müssen s' dich einfach aufnehmen. Fragt sich nur, für wie lang …»

«Professor … Ich weiß gar nicht, wie ich …»

«Keine Ursache, Wallisch. Ah ja, und fahr dir manchmal mit der Hand übern Mund und die Stirn, wie einer, der sich was wegwischen möcht; das macht sich gut bei Gedächtnisverlust …»

«Danke …»

«Gib Acht auf dich … So schön bist auch wieder net, dass ich dich als Patienten haben möcht. So, jetzt muss ich mich aber um den Buchwieser kümmern, der wird mir sonst ungeduldig …»

Als der Lemming aus der Telefonzelle tritt und seine Schritte den Gürtel entlang in Richtung Döbling lenkt, trägt er das erste Lächeln seit Tagen auf dem Mund. Er konzentriert sich, hebt die Hand und wischt es fort.

8 An der Donau zwischen Alpen und Karpaten hängt wie ein Spinnennetz die Wienerstadt. Sie ist ein Netz mit dreiundzwanzig Zonen, deren erste das Zentrum bildet, um das sich schicht- und kreisförmig die anderen Bezirke auffächern. Gegen die Mitte dicht aneinander gedrängt, nach außen sich zusehends weitend, unterliegen sie einer ungeschriebenen hierarchischen Ordnung, die nur bedingt aus ihrer Lage oder numerischen Reihung abzulesen ist.

Je näher zum schüsselförmigen Nabel Wiens, zu diesem an Ämtern und Ministerien reichen Fressnapf, in dem die unersättliche, alles regierende Bundestarantel hockt, desto höher scheint das Ansehen des Viertels zu sein. Die an den Stadtkern grenzenden Bezirke zwei bis neun, die im Zuge der ersten Wiener Stadterweiterung im Jahr 1850 eingemeindet wurden, bilden die so genannten *bürgerlichen* Bezirke. Trotzdem zahlt das hier ansässige Bürgertum ganz unstandesgemäß fürstliche Mietpreise; vielleicht deshalb, weil es sich dadurch ein bisserl aristokratischer fühlt, vielleicht auch, weil es dem Wörtchen *zentrumsnah* in den einschlägigen Inseraten der Wohnungsmakler nicht widerstehen kann. Man sieht sich eben auch als Bürger gern im Mittelpunkt.

Zwischen den *bürgerlichen* Bezirken und dem Stadtrand liegt die breite Pufferzone der *Arbeiterbezirke*. Als unmittelbare Folge von Industrialisierung und Landflucht schossen sie im Lauf der zweiten Hälfte des neunzehnten Jahrhunderts aus dem Boden, um der Wiener Gemeinde im Jahr 1890 ebenfalls einverleibt zu werden. Kaiser Franz Joseph lobte damals das «Blühen und Gedeihen dieses jungen Gartens» und den «erfreulichen Aufschwung der Vororte, welche auch keine physische Grenze von der alten Mutterstadt scheiden soll», womit er der traditionell tief verwurzelten Zuneigung des Adels zum Proletariat ein sprachliches Denkmal setzte.

Es gibt also *bürgerliche* Bezirke und *Arbeiterbezirke* in Wien, gute und nicht so gute Adressen, die besseren innen, die schlechteren außen. Das klingt zwar einfach, ist aber dafür auch eine äußerst ungenaue, die wahren Verhältnisse simplifizierende und verzerrende Orientierungshilfe. Denn die Sehnsucht der Städter gilt nicht nur dem imaginären absoluten Mittelpunkt, der – geographisch und ideologisch – mit dem Hauptaltar des Stephansdoms zusammenfällt. Noch begieriger streben sie dem Limes zu, an dem die Stadt aufhört, Stadt zu sein. Der unwiderlegbare Verdacht drängt sich auf, dass Wien den Wienern eine Hölle ist, in der sie zwar gefangen sind, der sie aber stets – nach innen oder nach außen – zu entfliehen trachten. Und so ersetzen Immobilienmakler den Begriff *zentrumsnah* nur allzu gerne durch einen anderen, noch weitaus lukrativeren, und der heißt: *Grünruhelage*.

Die meistbegehrten und teuersten Wohnadressen finden sich an der Peripherie im Norden und Westen der Stadt. Hier, am Rande des Wienerwalds, der sich vom äußersten Alpenzipfel hinunter ins Wiener Becken ergießt, liegen die Villenviertel, weitläufige, dünn bebaute Gebiete mit duftenden Gärten, hohen Hecken und tiefen Swimmingpools. Auf zwei Bezirke Wiens hat der Ruf seiner Villenviertel nachhaltig abgefärbt, auf den dreizehnten und auf den neunzehnten, Hietzing und Döbling, die deshalb auch als *Nobelbezirke* gelten. Aber so wie alle anderen Stadtteile eine Vielzahl verschiedener Charakterzüge aufweisen, die weit über die grobe Gliederung in *bürgerliche* und *Arbeiterbezirke* hinausgehen, lassen sich auch zwischen Hietzing und Döbling fundamentale Unterschiede feststellen. Während Hietzing auf eine ehrwürdige Tradition als *Sommerfrische* der Hocharistokratie verweisen kann, begründet von Kaiserin Maria Theresia, als sie zur Mitte des achtzehnten Jahrhunderts das Hietzinger Schloss Schönbrunn zum Prachtpalast ausbauen ließ, hat Döbling dergleichen nicht aufzubieten. Mögen auch beide Bezirke als *nobel* gelten, so ist Hietzings Noblesse eine vornehme, jene Döblings allenfalls eine luxuriöse. Es sind keine Bankiers, die hier leben, sondern *Banker*, keine Generaldirektoren, sondern *Topmanager*, und der österreichische Bundespräsident, der hier ebenfalls seinen Wohnsitz hat, bleibt einer der wenigen Präsidenten unter Myriaden von *Chief Consultants*.

Der neunzehnte Bezirk ist aber nicht nur die Heimat der fröhlichen Neureichen. An seiner den Gestaden des Donaukanals zugewandten Seite erstreckt sich ein kilometerlanger Wohnblock, der als Hochburg des Wiener Arbeitertums in die Geschichte einging: der legendäre Karl-Marx-Hof. Hinten in Nussdorf wieder und drüben in Neustift, oben in Sievering und vor allem in Grinzing lässt sich allabendlich die Reblaus besingen. Dort sitzt man inmitten der Winzergärten, sitzt, von grünen Reben umrankt, beim Heurigen und trinkt den guten Wein, der auch dann noch sein wird, wenn man selbst nicht mehr sein wird.

Auch nach dem dritten Viertel ist dem Lemming nicht zum Singen zumute. Er sitzt beim Zawodil, einem Heurigen am Fuß des Schenkenbergs, lässt seinen Blick über die sanften Hänge schweifen und trinkt sich Mut an. Fast zwei Stunden hat er bis hierher gebraucht, hat sich spähend und lauernd dem Stadtrand genähert, auf der Wacht vor jeder Wache, auf der Hut vor jedem Hüter des Gesetzes. Er hat sich's verdient, beim Zawodil sein Basislager aufzuschlagen, bevor er die Bergetappe in Angriff nimmt. Er hat sich's mehr als verdient. Der Mensch trinkt schließlich auch, um zu vergessen, und genau das will er ja, der Lemming, alles vergessen, alles, selbst seinen Namen.

«Ein Viertel noch, Fräulein!»

Die Schatten der Bäume werden länger; eine Amsel stimmt ihr Lied an. Nach und nach füllt sich der Garten mit Besuchern, mit dem Klang von Stimmen und Gläsern. Auf den Tischen werden Kerzen entzündet. Sie flackern im lauen Windhauch, den der Berg herab durch die Rebzeilen schickt.

«Gestatten?»

Eine junge Frau steht vor dem Lemming und lächelt ihn fragend an. «Bei Ihnen vielleicht noch ein Platzerl frei?»

Sie trägt eine weiße Bluse, ein textiles Nichts, durch das die

Spitzen ihrer kleinen Apfelbrüste blicken. Der Lemming erwidert den Blick.

«Äh …»

Ein Mann tritt neben sie, legt den Arm um ihre Schulter.

«Dürfen wir?»

Zögernd hebt der Lemming die Hand, lässt sie auf halber Höhe verharren. Legt den Kopf zur Seite. Starrt ins Leere. Fährt sich dann kurz und unvermittelt über Mund und Augen, als wolle er ein lästiges Insekt verscheuchen.

«Äh … Ja … Ich weiß nicht … Was möchten Sie?» Er runzelt die Stirn und betrachtet angestrengt seine Fingernägel.

Auf den Mienen des Pärchens zeichnet sich Erstaunen ab, das sich bald in Befremden und endlich in Mitleid verwandelt. Ein paar Sekunden stumme Anteilnahme, gepaart mit dem festen Entschluss, sich von diesem Kretin nicht den Abend verderben zu lassen.

«Schau, Schatzi», bricht die Frau das betretene Schweigen, und sie spricht laut, damit es auch der Lemming hören kann, «schau, da drüben is grad was frei geworden …» Und als sich die beiden abwenden, um in trauter Umarmung dem anderen Ende des Gartens entgegenzustreben, in dem nach wie vor alle Tische besetzt sind, fügt sie ein leise gemurmeltes «Armer Teufel …» hinzu. Der Lemming kann auch das noch vernehmen, zum Glück, denn es erfüllt ihn mit Trost und Hoffnung.

Kaum fünf Minuten sind verstrichen, als wieder jemand an seinen Tisch tritt. Ein Zeitungsverkäufer, der in einer jener übergroßen orange-gelben Plastikjacken steckt, mit denen die *Reine Wahrheit* ihre Kolporteure uniformiert.

«Zeitung morgen bitte!»

«Eine *Reine*», sagt der Lemming.

Noch bevor er die Zeitung in Händen hält, springt ihm bereits die Schlagzeile entgegen:

BLUTTAT IM HERZEN WIENS!

Er rückt die Kerze näher und liest:

Schreckliche Szenen spielten sich am Mittwoch auf dem Wiener Naschmarkt ab. Der arbeitslose Krankenpfleger Ferdinand B. fiel am frühen Morgen einem brutalen Mordanschlag zum Opfer. Laut Augenzeugenberichten hatte der Dreiunddreißigjährige keine Chance, als er mit einem gezielten Schuss in den Kopf hingerichtet wurde. Aufgrund der Kaltblütigkeit, mit der die Tat begangen wurde, schließen die ermittelnden Beamten (Gruppe Krotznig) einen Auftragsmord nicht aus. Das Tatmotiv dürfte nach bislang unbestätigten Berichten im Rotlichtmilieu zu finden sein: Die Zahl der auf heimischem Boden verübten Gewalttaten zwischen serbischen und russischen Mädchenhändlerringen soll sich in den letzten Jahren nahezu verdreifacht haben. Die Spuren der östlichen Profikiller enden meist an der österreichischen Grenze, über die sie bei Nacht und Nebel zurück in ihre Heimat flüchten, nachdem sie bei uns ihr hinterhältiges Werk ...

Der Lemming blättert weiter. Kein Foto, kein Name, kein Wort über Leopold Wallisch. Bernatzky hat also Recht gehabt. Krotznig will die Sache alleine erledigen. Auf seine Weise. Und das bedeutet: Krotznig wird alles versuchen, um den Lemming *nicht* hinter Gitter zu bringen ...

«Ein Viertel noch, Fräulein, und dann zahlen!»

Halb zehn ist es, als der Lemming die Talstation verlässt. Er geht an der Kaasgrabenkirche vorbei, nimmt einen schmalen Steig nach Norden und biegt in die Himmelstraße, die vom Grinzinger Friedhof direkt zum Himmel führt. Allerdings liegt jene Stelle, die von den Wienern *Am Himmel* genannt wird, nur knapp vierhundert Meter über dem Meeresspiegel. Unmittelbar dahinter erhebt sich der Pfaffenberg, dessen Gipfel um fast dreißig Meter höher ist – so wacht auch hier der Klerus über den Himmel auf Erden.

Schnaufend stapft der Lemming die Straße hinauf, die sich, zunächst noch von spärlich beleuchteten Herrschaftshäusern gesäumt, bald schon im nächtlichen Dunkel der Wiesen und Wälder verliert. Er geht langsam, setzt hastlos Schritt vor Schritt und versucht, sich einen Plan zurechtzulegen. *Du brauchst einen Unfall,* hat Bernatzky gesagt, *ein Malheur, das die in der Klinik auch mitkriegen …* Aber sosehr sich der Lemming auch bemüht: Der Wein hat ihn schläfrig gemacht, und die zündende Idee bleibt aus. Macht nichts, denkt er schließlich, macht nichts, Lemming. Dein größtes Malheur soll sein, dass du einmal keinen Unfall hast …

Nach einer Stunde flacht die Straße etwas ab, und er sieht einen Lichtschein durch die Baumkronen funkeln. Es ist eine Raststätte, das *Häuserl am Himmel* nämlich, das beinahe das Ziel seiner nächtlichen Bergtour markiert. Ein paar Meter weiter taucht am Straßenrand ein heller Fleck aus der Dunkelheit auf. Der Lemming tritt näher, erkennt eine Kreuzung, einen Baum, auf dem in Augenhöhe ein kleiner, weißer Pfeil befestigt ist. Im fahlen Mondschein entziffert er das Wort, das darauf geschrieben steht: *Sanatorium.* Nichts weiter, nur: *Sanatorium.* Er folgt dem Hinweisschild, verlässt die Himmelstraße und wendet sich nach links. Der schmale, gepflasterte Weg führt direkt in den Wald, sodass den Lemming bald völlige Finsternis umfängt. Er kommt nur noch stolpernd und strauchelnd voran, und nach zwei ungewollten Abstechern ins dornenreiche Unterholz beschließt er, den Nachtmarsch abzubrechen. Nachdem seine Hände eine ebene, weiche Stelle zwischen den Büschen ertastet haben, lässt er sich nieder und breitet die Zeitung auf den Boden, um dann seine Uhr, sein Portemonnaie und die Pistole hineinzuwickeln. Die *Reine Wahrheit* ist eben doch ein Revolverblatt, denkt er, als er das Päckchen neben sich ins Dickicht schiebt.

Unendlich erschöpft lässt er den Kopf auf die kühle Erde sinken, und schon senken sich auch die Träume herab und zaubern ein leises Lächeln auf seinen Mund. Gleichmäßig rauschen die schwarzen Wipfel. Ein Käuzchen schreit. Der Lemming aber liegt da wie das Fleisch gewordene Wort Immanuel Kants: *Der Himmel hat den Menschen als Gegengewicht zu den vielen Mühseligkeiten des Lebens drei Dinge gegeben: die Hoffnung, den Schlaf und das Lachen.*

9 «Die Sonne, der Regen, der Wind und der Schnee, der himmlische Segen von Faun und von Fee; wir tanzen, wir tanzen bei Tag und bei Nacht und loben und preisen die irdische Pracht …»

Er schlägt die verschwollenen Augen auf, um die Stimmen aus seinem Kopf zu vertreiben, doch der Gesang verstummt nicht. Über ihm das sanfte Schwanken der Bäume, deren Blattwerk mit den ersten Sonnenstrahlen spielt, unter ihm der feuchte Boden, der nun gar nicht mehr weich erscheint, sondern kalt und verhärtet wie seine eigenen Glieder, sein ganzer morgenschwerer Leib. Und in seinen Ohren dieses Lied, manchmal lauter, manchmal leiser, je nachdem, wohin der Wind sich dreht.

«Der Regen, die Sonne, der Schnee und der Wind, ein jedes der Waldgeister fröhliches Kind; wir tanzen, wir tanzen …»

Der Lemming fröstelt. Er richtet sich langsam auf, und der Schmerz durchzuckt seinen Kopf; es fühlt sich an, als sei sein Schädel mit eisernen Bolzen ans Rückgrat genietet.

«Wir loben und preisen die irdische Pracht …»

Eine seltsame, kindliche Melodie, hervorgebracht von Stimmen, die mädchenhaft und doch zugleich erwachsen klingen, von Stimmen aus einer anderen, einer fernen, einer Märchenwelt. Die steifen Beine des Lemming machen ein paar Schritte, während seine vom Morgenlicht geblendeten Augen nach der Quelle der wunderlichen Klänge Ausschau halten. Zunächst sieht er nur ein verschwommenes Flirren, ein Schimmern von leuchtenden Flecken, die sich vor ihm im Kreis drehen. Er blinzelt angestrengt, und als er sich endlich an die Helligkeit gewöhnt hat, kann er dennoch nicht glauben, was er da sieht.

Kaum dreißig Meter entfernt wogt der Reigen der Nymphen im raschelnden Laub. Sie haben einander die Hände gereicht und tanzen; sie tanzen mit wehenden Kleidchen und blonden, wallenden Schöpfen, um die sich bunte Blumenkränze ranken. Vier Gestalten macht der Lemming aus, vier Frauen mit sonderbar gedrungenen Leibern, deren Bewegungen so fröhlich wie schwerfällig wirken, weiblich und kindlich zugleich, genau wie ihr Gesang.

«Der Wind und die Sonne, der Schnee und der Regen, dem irdischen Leben ein himmlischer Segen, wir tanzen, wir tanzen …»

Im Schutz einer mächtigen Eiche schleicht der Lemming näher. So sehr zieht ihn das Schauspiel der Sirenen in den Bann, dass er weder das Straßenpflaster vor seinen Füßen bemerkt noch das Auto, das den Weg herauffährt. Er tritt hinter dem Baum hervor und auf die Fahrbahn.

Schwarz glänzender Lack. Dann die verzerrte Spiegelung seines eigenen Gesichts in der Windschutzscheibe. Dahinter entsetzte Mienen, die einer Frau und die eines Jungen. Schließlich die Wärme, die unerwartete Wärme auf der Motorhaube. Sie ist das Letzte, was der Lemming mitbekommt.

Der Chiffon bauscht sich wie ein weißer Spinnaker, flattert unentschlossen, fällt dann zurück, als wolle er Atem holen für die nächste Brise. Leise klimpern die Gardinenschnüre. Das zweite Mal an diesem Tag öffnet der Lemming die Augen.

Er liegt in einem hellen Raum, in dem vier Betten stehen – Krankenhausbetten, also jene konstruktivistischen Stahlrohrgefüge, die den doppeldeutigen Galgen bereits eingebaut haben: ein drohend erhobener Zeigefinger, der die Kranken wieder hinaus in die Welt der Gesunden treiben soll. Die beiden gegenüberliegenden Betten sind leer; so viel kann der Lemming erkennen, ohne den Kopf zu heben. Das vierte, das sich links von ihm an der Fensterfront befindet, ist offenbar belegt, denn zwei Stühle stehen daneben, und auf diesen Stühlen sitzen eine Frau und ein Junge.

«Er ist plötzlich aus dem Wald gekommen und auf die Straße gesprungen», sagt die Frau mit gedämpfter Stimme. «Unmöglich, ihn rechtzeitig zu sehen … Dabei sind wir höchstens zwanzig gefahren.»

«Du kannst ja eh nichts dafür», lässt sich jetzt der Junge vernehmen. «Die Mama kann nichts dafür», wiederholt er gleich darauf in Richtung des Krankenbetts. «Wir waren urlangsam. Aber der Irre …»

«Geh, Simon! Vielleicht noch ein bisserl lauter …»

«'tschuldigung …»

«Jedenfalls», fährt die Frau fort, «ist er kein *Ulmen*-Patient … na ja, bis heute. Die haben ihn hier noch nie gesehen. Aber jetzt kümmern sie sich um ihn, hat der Hardy gesagt.» Sie senkt die Stimme ein wenig. «Der Hardy war ganz nervös, von wegen Polizei und Skandal, weil ihm vorgestern einer durchgebrannt ist. Dieser Geiger, der Balint … Und du weißt ja, wie der Hardy ist: Nur keine Wellen schlagen, um den heiligen Ruf der Klinik nicht zu gefährden … Mag ja sein, dass er Recht hat … Er hat gleich gemeint, dass ohnehin nicht

viel passiert ist. Der Mann hat keine Brüche, nur ein paar
Schrammen und wahrscheinlich eine Gehirnerschütterung.
Höchstens eine leichte, hat der Hardy gesagt. Ich weiß trotzdem nicht, ob das in Ordnung ist ... Man muss doch Anzeige
erstatten ...»
Sie verfällt in Schweigen, das von niemandem gebrochen
wird. Aus dem Bett vor ihr kommt keine Antwort.
Bis zu diesem Zeitpunkt hat der Lemming reglos dagelegen
und gelauscht; jetzt aber gilt es, sich bemerkbar zu machen.
Er muss etwas unternehmen, musste diese Frau auf andere
Gedanken bringen. Das zweite Mal an diesem Tag fährt ihm
ein stechender Schmerz durch den Kopf, als er versucht, sich
aufzusetzen. Der Junge sieht als Erster, dass er aufgewacht
ist.
«Schau, Mama, er lebt noch!»
«Gott sei Dank! Lauf schnell hinüber, Simon, hol den Onkel
Dieter ... Na, mach schon!»
Der Junge setzt sich in Bewegung und geht zur Tür. Wäh-
rend er sie öffnet, wirft er dem Lemming einen neugierigen
Blick zu. Seine schlaksigen, betont coolen Bewegungen und
seine hellen Korkenzieherlocken deuten darauf hin, dass er,
obwohl für dieses Alter ziemlich groß gewachsen, nicht älter
als fünfzehn ist.
«Wie geht es Ihnen?» Die Frau tritt an das Bett des Lemming
und mustert ihn sorgenvoll.
«Danke, gut», lügt der Lemming. «Und Ihnen?»
«Ich ...» Sie blickt verwirrt. «Ich weiß nicht ... Nicht so gut.
Ich weiß nicht so recht, was ich sagen soll. Es tut mir furchtbar Leid wegen vorhin ...»
Jetzt nur nicht umfallen, Lemming. Jetzt keinen Fehler machen, und wenn sie dich noch so traurig ansieht mit ihren
dunklen, warmen Augen: Stelle die Rücksicht zurück und gib
einmal der Vorsicht den Vorzug ...

Er konzentriert sich. Es kostet ihn einige Überwindung, aber schließlich tut er, was zu tun ist. Er starrt an ihr vorbei auf die Wand und meint mit ausdrucksloser Stimme:

«Wieso? Was meinen Sie?»

«Na der Unfall, vorhin im Wald … *Ich* war es, die den Wagen gesteuert hat …»

«Ah, ja …» Er führt die Hand zum Mund. Beginnt, mit Daumen und Zeigefinger seine Unterlippe zu kneten. Fängt sich scheinbar wieder und blickt der Frau ins Gesicht. Ein schmales, gedankenvolles Gesicht, umrahmt von halblangen schwarzen Haaren, in denen die ersten grauen Strähnen schimmern.

«Wie heißen Sie?», versucht der Lemming das Thema zu wechseln.

«Stillmann. Rebekka Stillmann … Ich bin eigentlich hergekommen, um … Mein Mann. Er liegt da drüben, neben Ihnen. Er liegt schon lange da … sehr lange. Mein Sohn und ich, wissen Sie, wir besuchen ihn beinahe täglich … Sie können sich nicht erinnern, oder?»

«An Ihren Mann?»

»Nein, nein … An den Unfall.»

«Unfall …»

«Ja, vorhin im Wald.»

«Nein …»

Die Frau seufzt.

«Wie heißen Sie eigentlich?», fragt sie dann.

«Ich … Ich glaube … Warten Sie mal … Ich weiß es nicht …»

Rebekka Stillmann senkt den Kopf.

«Hören Sie … Ich denke, ich sollte doch besser die Polizei verständigen …»

«Polizei? Wozu? Es geht mir blendend», entgegnet der Lemming rasch. «Ich brauche nur ein wenig Ruhe … Im Übrigen», und er senkt seine Stimme zum betont vertraulichen Flüsterton, «im Übrigen verspreche ich Ihnen: Von mir erfährt niemand, was geschehen ist ...»

Ein irritierter Blick. Die Frau überlegt. Schöpft Hoffnung.

«Sie meinen ... Es bleibt unter uns? Sie können sich wieder erinnern?»

«Genau», meint der Lemming mit dem Anflug eines Lächelns, «was auch immer Sie meinen, es bleibt unter uns ...»

«Verstehe ...» Sichtlich enttäuscht, versucht sie, sein Lächeln zu erwidern. «Wenigstens haben Sie Ihren Humor nicht verloren ...»

Eine Zeit lang herrscht Stille zwischen ihnen.

«Was fehlt Ihrem Mann?», fragt der Lemming schließlich. «Er scheint sehr ... schweigsam zu sein ...»

«Schweigsam ... Ja, das ist er wohl.» Rebekka Stillmann spricht mit einem Mal sehr leise, und ihre Worte klingen heiser, trocken wie das Salz längst geronnener Tränen. «Er kann nicht reden ... Er kann sich auch nicht bewegen. Er ist vollkommen gelähmt ...»

«Meine Güte ... Das ... Das tut mir Leid ...»

«Man gewöhnt sich daran. Es ist siebzehn Jahre her, dass ich seine Stimme zum letzten Mal gehört habe.»

«Aber ... Was ist geschehen, damals?»

«Nicht viel.» Rebekka Stillmann dreht den Kopf zur Seite, wirft einen kurzen Blick zum Bett ihres Mannes, betrachtet dann die Schattenspiele auf dem wehenden Vorhang. «Ein Schlaganfall ... Er ist ins Koma gefallen, hat aber nach ein paar Wochen wieder die Augen geöffnet. Das war alles. Kein Wort, keine Geste, keinerlei Äußerung ... Ich weiß schon, *nomen est omen*: Damals ist er wirklich zum stillen Mann geworden ... Die Ärzte haben angenommen, dass er nach wie vor bewusstlos ist. Wachkoma – so nennen die das, wenn einer nichts von der Außenwelt mitbekommt, wenn einer kei-

ne Sinne hat, keine Gedanken, Gefühle … Aber die Art, wie
der Robert mich angesehen hat … Ich hab gewusst, dass er
bei sich ist. Ich hab es immer schon gewusst. Man hat dann
Versuche gemacht, Gehirnströme gemessen, was weiß ich …
Und schließlich, nach langer Zeit erst, haben auch die Ärzte
eingeräumt, dass es möglich wäre … Kurz gesagt: Mein Mann
ist nicht bewusstlos, verstehen Sie? Er ist nur ohnmächtig …
Machtlos eben …»

«Das *Locked-in-Syndrom* …»

«Sie haben also schon davon gehört.» Rebekka Stillmann
wendet sich wieder dem Lemming zu.

«Ja, anscheinend …» Vorsicht, Lemming, Vorsicht. Nicht in
die Falle tappen, die du dir wieder mal selbst gestellt hast.
Er legt die Stirn in Falten. Streicht kurz und scheinbar gedankenverloren mit der Hand darüber. «Ich weiß nicht …
Wollen Sie sich nicht setzen?»

«Nein … Nein danke.» Sie sieht auf ihre Armbanduhr. «Ich
werde mal nachschauen, wo Simon mit dem Doktor bleibt.»
Der Blick des Lemming begleitet sie, als sie das Zimmer verlässt, ohne sich noch einmal umzudrehen. Diese Frau, so
denkt er im Stillen, ist ein Paradoxon, ein wandelnder Wider-
spruch wie viele Menschen: Je tiefer das Schicksal sie beugt,
desto aufrechter gehen sie durchs Leben …

Und was für ein Schicksal: *Locked in*. Der Lemming kennt
diesen Ausdruck allerdings. Er hat ein Buch darüber gelesen,
ein Buch, das eines der Opfer dieser Krankheit nur mit dem
linken Augenlid diktiert hat, dem einzigen noch beweglichen
Teil seines Körpers. Robert Stillmann dürfte nicht einmal
dazu fähig sein. Ein wacher Geist, gefangen im eigenen lebenden Leichnam, eingesperrt, abgehakt, keines wie immer
gearteten Ausdrucks mehr fähig. Und Rebekka? Die eigene
Liebe, den eigenen Mann so nahe und wach, denkend und
fühlend zu wissen, ohne sein Denken und Fühlen je teilen zu

können, muss die Hölle sein, vergleichbar, nein schlimmer noch als die Qualen des Tantalus. Siebzehn Jahre kein zärtliches Wort, keine sanfte Berührung, aber auch kein heilendes Vergessen, kein erlösender Tod. Was tut ein geknebeltes Hirn siebzehn Jahre lang? Fällt es dem Wahnsinn anheim? Betritt es den Raum, den Buddhisten Nirvana nennen? Oder spielt es virtuelle Schachpartien, deren genialische Züge Karpov und Kasparov wie einfältige Bauerntölpel dastehen ließen? Plötzlich wird dem Lemming bewusst, dass er sich unwohl fühlt, seit Rebekka Stillmann aus dem Raum gegangen ist. Es kommt ihm so vor, als könne er die Seele des Mannes neben sich *spüren*. Keine zwei Meter entfernt schlägt ein Herz, denkt ein Kopf, sendet ein Wesen Signale aus, unsichtbare, vielleicht sogar bedrohliche Signale. Wäre es nicht denkbar, dass ein zu lebenslanger Stummheit verdammter Geist einen Ausweg in übernatürlichen Praktiken sucht? Dass er es vielleicht sogar schafft, die Mauern seines düsteren Gefängnisses mit den Mitteln der Telepathie und der Psychokinese zu sprengen?

Der Lemming hievt seine Beine aus dem Bett und versucht aufzustehen. Seine Knie knicken weg. Diese Schwäche, diese Benommenheit: ein Voodoo-Zauber Robert Stillmanns? Er stützt sich auf den Nachttisch und beugt sich zu seinem Nachbarn hinüber, bis er ein schmerzhaftes Ziehen in der Armbeuge spürt. Die Kanüle, natürlich, von der ein dünner Schlauch zu einem Säckchen auf dem Bettgalgen führt: Das ist die Schattenseite des Krankenhausdaseins, das ist der Preis, den man für ein sauberes, trockenes Bett inklusive Vollpension zu zahlen hat.

Robert Stillmann hat als Dauergast entsprechend höhere Kosten zu tragen. Sein Körper ist gleich mehrfach verkabelt: Ein Schlauch steckt in seinem linken Arm, ein zweiter, etwas dickerer führt unter die Decke; wahrscheinlich ein Harnkatheter, vermutet der Lemming angesichts des halb gefüllten Plastikbeutels an der Seite des Bettgestells. Von Stillmanns Mittelfinger reicht ein dünnes Kabel bis hin zu einem Monitor, der neben dem Bett aufgebaut ist. Knapp unter Stillmanns Kehlkopf, in dem Spalt zwischen Kissen und Decke gerade noch sichtbar, befindet sich ein weiterer, offenbar ungenutzter Anschluss, ein mit Klebeband befestigtes Röhrchen, das aus seiner Halsgrube ragt. Robert Stillmann wirkt wie ein Auto beim Tausend-Kilometer-Service, ein auf der Hebebühne festgenagelter Wagen, dem gleichzeitig Wasser zugeführt und Öl abgelassen, dessen Ladestand überprüft und dessen Luftdruck kontrolliert wird. Mit dem Unterschied allerdings, dass man dem Fahrzeug nach dem Check die Freiheit wiedergibt, während Stillmann seine Zulassung für immer verloren hat.

Der Lemming versucht, einen Blick auf Stillmanns Gesicht zu erhaschen. Eine schmale, leicht gebogene Nase erhebt sich über das Kissen, blassgrau die Haut, fein geädert wie Pergament, und darüber ein dichter Kranz tiefschwarzer Haare. Der Lemming reckt und streckt sich, stellt sich auf die Zehenspitzen, und endlich sieht er, was er sehen wollte: Stillmanns Augen, Stillmanns kleine Fenster, die in die Tiefen seines Kerkers führen.

Die Augen stehen offen. Weit offen. Die Pupillen fast unnatürlich zur Seite gedreht, starren sie den Lemming durchdringend an.

Auf der Stelle weicht er zurück, als habe man ihm einen Schlag versetzt. Seine Hände greifen ins Leere; er strauchelt, verliert das Gleichgewicht und fällt rücklinks auf seine Matratze. So erschrocken und zugleich beschämt hat er sich wohl zuletzt als Kind gefühlt, wenn er beim Stehlen von Naschwerk ertappt wurde. Voll Schuldbewusstsein, aber auch erleichtert, Stillmann nun wieder hinter dem schützenden Kissenhorizont zu wissen und der stummen Intensität seines Blicks nicht mehr ausgesetzt zu sein, kriecht der Lemming unter die Decke.

«Entschuldigen Sie», murmelt er kleinlaut. «Ich wollte nicht ...» Ja, was eigentlich? *Ich wollte dich nicht begaffen wie ein Tier im Zoo? Wie einen Krüppel auf dem Jahrmarkt? Wie einen wehrlosen Häftling in der Todeszelle?*

«Ich wollte Sie nicht stören ... Ich war nur ... neugierig ...» Endlich ein ehrliches Wort, auch wenn es vieles offen lässt. Dem Lemming scheint, dass er dem Häftling, dem Krüppel, dem Tier eine deutlichere Erklärung schuldet. Doch in diesem Moment wird die Tür aufgerissen und ein geschäftig wirkender junger Mann im weißen Ärztekittel rauscht herein.

«Sie sind also aufgewacht, wunderbar!» Er baut sich vor dem Bett des Lemming auf und rückt mit fahriger Hand seine randlose Brille zurecht.

«Helmsichl mein Name. Doktor Helmsichl. Wie geht es Ihnen? Wie fühlen Sie sich?»

«Ich, äh ...»

Ohne die Antwort abzuwarten, ergreift der Doktor die Hand des Lemming und beginnt, dessen Puls zu fühlen.

«Na bitte. Das sieht doch hervorragend aus. Ich kann Ihnen jetzt schon versichern, dass Sie noch am Leben sind ...» Ein schelmisches Zwinkern hinter den Brillengläsern. «Dann setzen Sie sich einmal auf und machen Sie sich frei.»

Der Lemming tut, wie ihm geheißen. Bald sitzt er mit hochgehobenem Krankenhemd auf der Bettkante und lässt sich von Helmsichl die Brust abklopfen. Der Doktor lauscht aufmerksam, um hin und wieder zustimmende Grunzlaute von sich zu geben. Gerade als er das Trommelfeuer seiner Fingerknöchel auf den Rücken des Lemming verlagern will, wird abermals die Zimmertür geöffnet.

Wieder flattert ein weißer Kittel in den Raum, dem zwei Gestalten in lindgrünen Poloblusen folgen, Krankenpfleger offenbar: ein Hüne, dessen Muskeln die Ärmel seines Hemdes zu sprengen drohen, und ein kleiner, gedrungener Kerl mit Halbglatze und missmutigem Gesichtsausdruck. Ein paar Schritte dahinter erscheinen nun auch Rebekka Stillmann und ihr Sohn.

«Ausgezeichnet, Herr Kollege, Sie haben also schon angefangen!» Der neu angekommene Arzt wirkt bei weitem entspannter als Doktor Helmsichl. Mag sein, dass dieser Eindruck von dem rötlich blonden Haarschopf hervorgerufen wird, der ungebändigt und wirr über der hohen Stirn wuchert. Vielleicht sind es aber auch die ausgeprägten Fältchen, die sich von seinen Augenwinkeln bis weit nach hinten zu den Schläfen verästeln, Tausende Lachfältchen, von jahrelanger, naturgewaltiger Fröhlichkeit in die sommersprossige Haut erodiert. Er tritt an das Krankenbett, nickt dem Lemming freundlich zu, legt Doktor Helmsichl sanft die Hand auf die Schulter und meint dann mit gesenkter Stimme: «Täten S' mir einen Gefallen, Herr Kollege? Ich hab da einen ganz verzwickten Fall von … Kakophobie, und zwar chronisch, wie mir scheint – den würd ich gerne mit Ihnen besprechen …»

«Aber selbstverständlich, jederzeit!» Kollege Helmsichl scheint richtiggehend aufzublühen. «Wann sollen wir?»

«Sagen wir … in zehn Minuten, drüben in meinem Büro? Ich hab die Unterlagen schon bereitgelegt. Wenn Sie wollen, kann ich ja inzwischen Ihren Patienten …»

«Wenn er nichts dagegen hat …» Helmsichl richtet einen fragenden Blick an den Lemming; der aber schüttelt nur stumm den Kopf.

«Großartig. Dann in zehn Minuten …» Helmsichl erhebt sich und setzt sich in Bewegung. Er hat den Raum schon halb durchquert, als plötzlich ein Ruck durch die zwei Männer mit den grünen Blusen geht. Kurz wirkt es so, als wollten sie Helmsichl von hinten packen, um ihn sicher zur Tür zu geleiten, doch noch im Ansatz werden sie zurückgehalten.

«Emil, Theo, nur die Ruhe. Der Herr Doktor findet den Weg alleine …»

Der Rotschopf blickt Helmsichl nach; er wartet, bis dieser um die Ecke gebogen ist, um sich dann endlich seinem neuen Patienten zuzuwenden.

«Sie können sich jetzt wieder anziehen – natürlich nur, wenn Sie das wollen …»

Erst jetzt wird es dem Lemming bewusst: Er sitzt noch immer nackt da, sitzt mit gespreizten, weit von sich gestreckten Beinen und hält das Nachthemd, dieses lächerliche Stückchen Stoff, mit beiden Fäusten unter dem Kinn zusammengerafft. Ein Kichern wird laut, das Kichern des jungen Simon, und während der Lemming hastig und mit heißem Kopf seine Blöße wieder bedeckt, vermeint er auch ein verhaltenes Schmunzeln über Rebekka Stillmanns Gesicht huschen zu sehen.

«Gut … Dann sind wir ja nun wieder alle gesellschaftsfähig …» Der Rotschopf grinst und streckt dem Lemming seine Rechte hin. «Willkommen *Unter den Ulmen*. Ich bin Doktor Tobler.»

«Danke … Ich … Ich weiß es leider nicht … Meinen Namen, meine ich …»

«Alles klar.» Tobler hebt einen Zipfel der Decke und bedeutet dem Lemming, wieder darunter zu kriechen. «Kein Problem. Die Frau Stillmann hat mir schon so etwas erzählt. Von dem Unfall wissen Sie auch nichts mehr?»

«Ich …» Der Lemming starrt in die Luft. Führt die Hand zum Mund und fängt blitzschnell einen imaginären Schmetterling. «Ich … Nein. Was haben Sie gesagt?»

«Also gut. Kein Grund zur Sorge.» Der Arzt wirft Rebekka Stillmann einen beruhigenden Blick zu. «Das wird sich bald geben. Ich sag Ihnen jetzt, wie es weitergeht. Beim ersten Check war körperlich alles in Ordnung; wir werden Sie aber noch einmal gründlich untersuchen, nur um ganz sicherzugehen. Sie haben eine leichte *Commotio cerebri*, also eine Gehirnerschütterung infolge einer, na ja, Kollision mit Frau Stillmanns Wagen. Und jetzt macht Ihr Gedächtnis Urlaub davon. Also werden Sie auch Urlaub machen, sich ein paar Tage erholen, ein bisserl spazieren gehen und unsere deliziöse Krankenhauskost genießen. Und dann, Sie werden sehen, kommt die Erinnerung ganz von allein wieder, vielleicht sogar rascher, als Ihnen lieb ist. Wir werden die Sache leider melden müssen, also eigentlich die *beiden* Sachen: den Unfall und Ihre Amnesie ... Sie könnten – verzeihen Sie – ja auch ein entflohener Sträfling oder so was sein. Mein Kollege Lang, Doktor Lang wird das übernehmen – er leitet unsere schöne Klinik. Bis dahin werden wir uns in der Nachbarschaft umhören, ob jemand Sie vermisst, und wir werden uns ein wenig im Wald umschauen. Sie haben nämlich keine Brieftasche, keine Papiere bei sich gehabt; wahrscheinlich haben Sie die auch bei dem Zusammenstoß verloren ...»

Nur das nicht, denkt der Lemming, nur keinen Brieftaschensuchtrupp ... «Danke, Herr Doktor ... Sie sind sehr freundlich ...»

«Ach ja», setzt Tobler noch hinzu, «was Ihre Unterbringung betrifft: Unsere Gäste bevorzugen normalerweise Einzelzimmer. Aber drüben im Hauptgebäude ist leider alles belegt, also war Frau Stillmann so freundlich, uns vorübergehend das Zimmer ihres Mannes zur Verfügung zu stellen. Sie befinden sich hier», Doktor Tobler macht eine ausholende Geste, «im Siegfried-Pavillon, in dem sonst nur aussichts-, also Pflegefälle liegen. Verzeih, Rebekka ...»

«Du kannst es ruhig aussprechen, Dieter. Der Robert weiß selbst am besten, wie es um ihn steht ...»

Tobler räuspert sich. «Ja, also ... Sobald drüben etwas frei wird, werden wir Sie selbstverständlich ... Was habts denn dahinten?» Er dreht sich zu den beiden Pflegern um, zwischen denen ein heftiges, wenn auch gedämpftes Wortgefecht ausgebrochen ist. Sofort tritt verlegenes Schweigen ein.

«'tschuldigen, Herr Doktor», hebt dann der Muskulöse zu sprechen an, «es ist nur wegen dem Balint ... Der Theo sagt, sein Zimmer ist eh frei, weil nämlich der Balint ... Na weil der sowieso nimmer z'rückkommt ...»

«Scheißkerl! Petze!» Wütend zieht der andere die Mundwinkel nach unten. Sein Antlitz, bis zum Scheitel puterrot, könnte nicht stärker mit dem Lindgrün seiner Bluse kontrastieren.

«Und was ist Ihre Meinung?», fragt Doktor Tobler den Hünen, ohne auf den Ausbruch seines reizbaren Kollegen zu achten.

«Wie Sie immer sagen, Herr Doktor ... Die Hoffnung stirbt zuletzt.»

Tobler nickt, und sein Haarschopf wippt im Rhythmus mit.

«Mag ja sein, dass Sie Recht haben, Emil. Vielleicht stirbt aber auch die Hoffnung irgendwann ... Wir machen's also so: Falls der Balint bis morgen nicht wieder auftaucht, verlegen wir den Herrn ... Wie wollen S' denn heißen?»

«Äh ... Weiß nicht ...» Der Lemming ringt die Hände.

«Den Herrn ... Odysseus in sein Zimmer. Sie wissen schon, Odysseus, der Grieche, der dem Zyklopen seinen Namen auch nicht verraten hat ...»

«Weiß ich nicht», murmelt der Lemming.

«Macht nichts ... Wenn Ihnen das recht ist und wenn unser Geigenvirtuose weiterhin verschollen bleibt, übersiedeln Sie morgen in den Haupttrakt ...»

«Ja ... gut.»

«Also abgemacht. Ach, und Theo ...»

«Herr Doktor?» Der stämmige Theo nimmt Haltung an und senkt den Kopf wie in Erwartung einer Rüge.

«Danke für den Tipp mit dem Balint. Wär ich nicht darauf gekommen …»

Tobler steht auf, wirft einen letzten prüfenden Blick zu Robert Stillmanns Bett hinüber und reicht dem Lemming die Hand.

«Noch etwas, Herr … Odysseus: Vom Kollegen Helmsichl brauchen Sie sich nicht mehr untersuchen zu lassen – es sei denn, Sie leiden an chronischer Kakophobie … Der Herr Helmsichl ist nämlich erst vorige Woche zu uns gestoßen – als Patient.»

Mit einem breiten Grinsen auf dem Gesicht verlässt Tobler, Rebekka und Simon im Schlepptau, den Raum. Auch die beiden Pfleger folgen dem Tross, während der Streit zwischen ihnen erneut aufflammt.

«Was willst wetten?», dringt das zornige Zischen Theos an die Ohren des Lemming. «Sag schon, Trottel! Was willst wetten?»

«Mir doch wurscht, du Häusel …»

Und dann, im selben Augenblick, in dem die Zimmertür geschlossen wird, vernimmt der Lemming das Wort. Dieses Wort, das ihn trifft wie der letzte, verirrte Blitz einer flüchtigen Gewitterfront.

«Nie im Leben, verstehst, nie wieder kommt die z'ruck, die Oblatenstirn …»

10

Es wäre falsch, zu behaupten, dass ich um jeden Preis anders sein wollte als die anderen, dass ich aufbegehren und mich widersetzen wollte um des Aufbegehrens und des Widersetzens willen. Trotz ist ein schlechter Ratgeber; er zwingt den Trotzigen dazu, nein zu sagen, wenn er ja sagen möchte; er versklavt ihn nicht weniger als die Vorschriften, deren Joch er abstreifen möchte. Die Wahrheit ist, dass ich ebenso gut einen Weg hätte nehmen können, der bei den Engerlingen auf Lob und höchste Anerkennung gestoßen wäre: Ich hätte dann mein Leben den Leprakranken und Hungernden verschrieben oder der Rettung gestrandeter Wale. Und ich würde versucht haben, es ebenso makellos zu tun wie das, was ich stattdessen getan habe. Wirkliche Heilige, echte Narren und wahre Verbrecher sind die Einzigen, deren Denken Wert und deren Handeln Gewicht hat. Es ist also kaum von Belang, welchen Weg man nimmt. Wichtig ist nur, ihn rücksichtslos und ohne Zögern zu beschreiten.

Noch im Waisenhaus begann ich, jenes Hirngespinst zu studieren, das die Menschen *Gewissen* nennen und das sie täglich aufs Neue erfinden, um den eigenen Geist zu versklaven. Bald erkannte ich, dass es selten die Androhung unmittelbarer Bestrafung war, die sie zur Redlichkeit trieb; fast immer ließen sich Tugend und Ethos auf eine Furcht zurückführen, älter als die Menschheit selbst: die archaische Angst nämlich, von der Herde ausgestoßen zu werden. Ich konnte und kann mir keine souveräne Sittlichkeit vorstellen, keine Sittlichkeit, die ohne Zwang gleichsam aus sich selbst entsteht. Das absurde Gerücht, es gebe eine höhere Ordnung, einen mächtigeren Leitsatz als den der Lust und der Willkür, des Fressens und Gefressenwerdens, muss von sehr alten, gebrechlichen Herdentieren verbreitet worden sein. Um nicht verhungern zu müssen, behaupteten sie, der bestirnte Himmel sei mit Göttern bevölkert, und zwangen dem ganzen Rudel deren ebenso über- wie unnatürliches moralisches Gesetz auf. Ein Gesetz, zu dessen ersten Geboten es freilich zählte, die altersschwachen Hohepriester der neuen Heilslehre zu ernähren und zu beschützen …

Dieser Herdentrieb, dieser unaufhörliche Drang nach Geborgenheit bleibt eines der großen mentalen Mysterien der Engerlingsmenschen. Von Geburt an todgeweiht, kennen sie kein höheres Ziel als zwischenmenschliche Nähe und soziale Sicherheit. Sie ringen beharrlich darum, verzweifelter oft als um Gesundheit oder Leben; in der kurzen Zeit, die ihnen bleibt, spinnen sie erstaunlich filigrane, unentwirrbare Netze aus emotionalen Beziehungen und Abhängigkeiten, und sie scheinen nichts lieber zu tun, als sich selbst darin zu verstricken. So legen sie sich aus freien Stücken die Fußfesseln der Nächstenliebe an, um nicht von jenem engen Pfad abzukommen, den sie den *rechten Weg* nennen und der schon deshalb so ausgetreten, so unfruchtbar ist, weil er sie immer nur im Kreis führt. Der *rechte Weg* ist wohl der einzige, der nie für mich infrage kam; er ist die geistige Sackgasse der Zauderer.

Demzufolge blieb der Tanz in jenem süßen Fettnäpfchen, das die Menschen als *Büchse der Pandora* bezeichnen und das sie fürchten und meiden wie die Pest, mir alleine vorbehalten. Ich musste keine Netze spinnen; es reichte, die ihren auszuwerfen. Allerdings hatte ich längst begriffen, wie unvernünftig es war, sich offen gegen die Regeln zu stellen. Im Gegenteil: Je fügsamer ich nach außen hin wirkte, desto bunter konnte mein Geist im Geheimen blühen. Mein Vergnügen an der Welt sollte ja lange währen, statt vorzeitig in einer Gefängnis- oder Gummizelle zu enden. Ich gab mich also umgänglich und verschaffte mir so den Spielraum für weiterführende Studien und Experimente.

Seit der Entdeckung meines *Ich* waren knapp zwei Jahre vergangen, als ich beschloss, erstmals den Schritt in die Praxis zu wagen. Mein Zimmerkollege brachte mich auf die Idee, und obwohl ich nicht ganz sicher war, einem Versuch dieser Größenordnung schon gewachsen zu sein, schien mir sein Angebot doch zu verlockend, um es auszuschlagen. Er war ein blonder Knabe, etwas jünger als ich, aber fast doppelt so schwer. Eine seiner hervorragendsten Eigenschaften, die nicht zuletzt auch seinen Körperumfang begünstigte, war der Umstand, dass er zu schlafwandeln pflegte. Ich weiß nicht, wie oft ich des Nachts vom Klatschen seiner nackten Sohlen geweckt wurde, die sich durch den finsteren Flur in Richtung Gemeinschaftsküche entfernten. Einem Aufsatz über Somnambulismus habe ich Jahre später entnommen, dass Kühlschränke und Vorratskammern zu den wichtigsten Anziehungspunkten der Schlafwandler zählen. Auch wenn sie sich noch spätabends den Bauch voll geschlagen haben, entwickeln sie bei ihren nächtlichen Ausflügen ein unstillbares Hungergefühl.

Die ungewollten Raubzüge des Dicken sollten schon bald für Aufruhr sorgen. Bei dem Waisenhaus, in dem uns Bett und Verpflegung gewährt wurden, handelte es sich nämlich um kein Waisenhaus im herkömmlichen Sinn. Es war vielmehr ein Waisendorf, das mehrere über eine parkähnliche Anlage verstreute Häuser umfasste. In jedem dieser Gebäude lebten sechs bis acht elternlose Kinder, betreut von einer Frau, deren Muttertrieb folglich den Rahmen des Üblich-Neurotischen zu sprengen pflegte. Die jüngeren von uns besuchten tagsüber die Volksschule in der nahe gelegenen Ortschaft, die älteren fuhren mit dem Zug in die Stadt, wo es mehrere Hauptschulen und ein Gymnasium gab. Ab und zu fand ein Wagen den Weg zu uns, dem ein jüngeres Pärchen entstieg – potenzielle Adoptiveltern, die das Angebot an fremdgefertigtem Nachwuchs prüfen wollten. Meistens spazierten sie im Dorf umher und taten so, als bewunderten sie die Landschaft, während sie die spielenden Kinder mit Seitenblicken taxierten.

Im Vergleich zu anderen Institutionen dieser Art lebten wir also in relativ kleinen Gruppen zusammen. So kam es auch, dass unserer so genannten *Mutter* der nächtliche Schwund an Lebensmitteln nicht verborgen blieb. Statt aber nahe liegende Maßnahmen zu ergreifen, wie etwa ein Schloss am Kühlschrank anzubringen, zog sie es vor, ihre Schäfchen einzeln ins Gebet zu nehmen. Sie wollte ein Geständnis hören, und sie wollte – gemäß dem Paradoxon sanfter Erziehung – den nächtlichen Dieb dazu *zwingen*, es *freiwillig* abzulegen.

Der Dicke litt. Obwohl er sich nie unmittelbar daran erinnern konnte, wusste er um seine nächtlichen Eskapaden, und er wusste auch, dass ich darum wusste. Umso dankbarer war er mir dafür, dass ich noch am selben Tag versprach, sein Geheimnis für mich zu behalten. Er war so gerührt, dass er sich nicht darauf beschränkte, einfach nur dankbar zu sein: Er schüttete mir gleich sein ganzes, weiches Herz aus. Er enthüllte mir den wahren Umfang seiner Verzweiflung und drückte mir so das lose Ende des eigenen Fallstricks in die Hand. Ich bin sicher, er tat das, weil er sich von mir die Erfüllung eines lange gehegten Wunsches erhoffte: endlich einen Freund zu haben.

Der Dicke litt. Und er litt nicht nur unter seinen nahrhaften Schlafstörungen. Der Ekel, den er vor seinem eigenen fetten Wanst empfand, überschattete längst seinen Geist, sein ganzes Wesen. Der Dicke fand sich rundum unerträglich. Vor allem aber – und das erregte mein Interesse am meisten – machte er sein Aussehen dafür verantwortlich, dass er keine Eltern mehr hatte.

«Wer will so ein Walross schon?», meinte er immer wieder. «Kein Wunder, dass sie gegen einen Baum gefahren sind ...» Und dann sagte er: «Wenn ich wenigstens ein paar Kilo weniger hätte, wer weiß, vielleicht würde mich ja doch noch jemand adoptieren ...»

Am folgenden Morgen sollten also *Mutters* Verhöre stattfinden, doch es kam nicht mehr dazu. Als sich der Dicke noch in derselben Nacht aus seinem Bett erhob und wie Frankensteins Monster hinaus auf den Flur trottete, schlich ich hinterher, um *Mutter* zu wecken, deren Zimmer auf halbem Weg zur Küche lag. Ich schlug ein-, zweimal gegen ihre Tür, lief rasch zurück und schlüpfte wieder unter meine Decke. Kurz darauf vernahm ich zwei spitze Schreie, das Klirren von Glas, gefolgt von hektischem Stimmengewirr. Lichter flammten auf, und nach einiger Zeit trat *Mutter* ins Zimmer, den verwirrten Dicken an der Hand, um ihn wieder ins Bett zu bringen. Ich selbst hatte die Augen geschlossen, stellte mich schlafend, aber ich konnte ihr besorgtes Gemurmel hören, als sie ihn zudeckte und sich an seinen Bettrand setzte, wo sie noch lange, bis tief in die Nacht, verharrte.

Das Geheimnis war gelüftet, die Netze waren ausgeworfen. *Mutter* machte sich Vorwürfe, weil sie den Dicken so abrupt aus seinem Zustand gerissen hatte, was man, wie sie anderntags in Erfahrung brachte, bei Schlafwandlern niemals tun soll. Sie befürchtete, ihrem Schützling durch den plötzlichen Schock einen seelischen Schaden zugefügt zu haben.

Der Dicke seinerseits verging vor Scham. Er redete sich allen Ernstes ein, dass die anderen nun glaubten, er täusche seine Mondsucht nur vor, um ungestraft den Kühlschrank leeren zu können. Er wollte nichts weniger, als sein feistes Gesicht zu verlieren; seine größte Sorge galt seinem Ansehen. Ein paar Kilo weniger und ein guter Ruf, dafür hätte er alles getan.

Was er selbst nicht zuwege brachte, das erledigte ich für ihn. Zwei Tage später waren meine Vorbereitungen abgeschlossen: Ich hatte am Bahnhof die Fahrpläne studiert, in den Büschen hinter dem Haus eine Schubkarre aus der benachbarten Gärtnerei versteckt, und ich hatte in einem unbeachteten Moment ein Fläschchen Äther aus dem Chemielabor meiner Schule abgezweigt, das nun gut verborgen unter meinem Kissen lag.

Nachdem *Mutter* das Licht gelöscht hatte, wartete ich, bis mir die tiefen und gleichmäßigen Atemzüge des Dicken verrieten, dass er eingeschlafen war. Ich hatte bereits festgestellt, dass er sich nach längstens zehn Minuten auf den Bauch zu drehen pflegte, also war rasches Handeln geboten. Ich trat an sein Bett, breitete vorsichtig ein Taschentuch über sein Gesicht und beträufelte es mit Äther. Er merkte nichts, blieb ruhig und unbewegt liegen; es war das reine Kinderspiel für mich.

Viel schwieriger war es schon, ihn aus dem Haus zu schaffen. Ich war sicher, dass *Mutter* voll der Sorge in ihrem Zimmer lauerte, unablässig an der Tür lauschend und bereit, ganze Regimenter schlafwandelnder Kinder sanft zurück in ihre Betten zu geleiten. Der Weg durch den Flur blieb mir also versperrt. Dass unser Zimmer im Erdgeschoss lag, war in diesem Fall von Vorteil. Ich schleifte den Dicken zum Fenster und versuchte, ihn möglichst leise ins Freie zu wuchten, was mich einigen Schweiß kostete und ihm einige Schrammen einbrachte. Obwohl es mir erst beim dritten Anlauf gelang, lag ich immer noch gut in der Zeit; der letzte Zug in die Stadt würde die Station um ein Uhr verlassen, und so blieb mir mehr als eine Stunde, um die Sache zu Ende zu bringen.

Wir erreichten den Bahndamm um Viertel vor eins, ich und der Dicke, der regungslos in der Schubkarre ruhte. Ihn meinem Plan entsprechend auf den Schienen zu drapieren war wohl der – künstlerisch betrachtet – anspruchsvollste Teil der Unternehmung. Es galt, eine Position zu finden, die er selbst dann nicht allzu sehr verändern würde, wenn er noch kurz vor der Operation aus seiner Narkose erwachte.

Als ich in der Ferne die Lichter des Zuges erblickte, machte ich mich auf den Heimweg. Ich stellte die Schubkarre an ihren angestammten Platz in der Gärtnerei, stieg durch das offene Fenster in unser Zimmer und ging zu Bett.

Der Lokführer muss sehr aufmerksam gewesen sein. Wie wir am nächsten Tag erfuhren, entdeckte er den auf den Geleisen liegenden Körper, leitete – wenn auch zu spät – eine Notbremsung ein und rief, noch bevor der Zug zum Stillstand gekommen war, einen Rettungswagen.

Der Dicke kam erst viele Wochen später aus dem Krankenhaus. Wir bereiteten ihm einen festlichen Empfang, wir alle bis auf *Mutter*. Sie hatte gekündigt und uns als gebrochene Frau verlassen, denn sie gab sich alleine die Schuld an dem Unfall. Es stand außer Frage für sie, dass ihr Schützling nur deshalb unbewusst seine Route geändert hatte und statt zum Kühlschrank zum Bahndamm gewandelt war, weil sie ihn zwei Nächte davor so erschreckt hatte.

Der Dicke selbst war wie ausgewechselt. Er strahlte in seinem Rollstuhl wie ein halbierter Buddha. Als ich mich zu ihm hinunterbeugte, schlang er mir die Arme um den Hals und sagte: «Jetzt wissen sie's. Jetzt wissen alle, dass ich nicht geflunkert hab …»

So gehen also Wünsche in Erfüllung. Der Dicke sah nicht nur seinen guten Leumund wiederhergestellt, ja sein gesamtes Prestige gehoben, indem er ein paar Kilo Beine verloren hatte; er würde darüber hinaus auch nie wieder schlafwandeln können. Den krönenden Abschluss fand seine Glückssträhne aber nur wenige Wochen später. Eines jener kinderlosen Pärchen, die uns ab und zu besuchten, nahm den Dicken mit und gewährte ihm Einlass in ihr kleines Familienhimmelreich. Warum ihn die beiden adoptierten, kann ich nur erahnen: Ich nehme an, sie taten es aus *Mitleid*. Die Menschen sind seltsam, und Gottes Wege sind unergründlich.

Was also mich betrifft, so war ich mehr als angetan von der Entwicklung der Dinge. Ich hatte etwas bewegt, in welche Richtung auch immer. Die Frage nach meinen Motiven ist völlig belanglos. Motive belasten stets den, der sie hat; man sollte sie daher tunlichst vermeiden. Meine einzige Absicht war es, das Außergewöhnliche wahr zu machen, um dessen Wirkung auf die Engerlingsmenschen, vor allem aber auf mich selbst untersuchen zu können. Und so stellte ich zufrieden fest, dass mich die Ängste und Sorgen, das Leid und die Freude der anderen auch in der Praxis nicht berührten. Die Luft war klar, mein Kopf war kühl hier oben, hoch über diesem affektiven Dschungel, der Gesellschaft heißt. Trotzdem – ich muss es zugeben – war ich noch ein wenig unsicher. Falls mein Geist doch noch unerwartete Grenzen aufwies, falls sich in einer entlegenen Falte meiner Seele doch noch ein Stückchen von dem verbarg, was die Menschen *Gewissen* nennen, so wollte ich es aufspüren und für immer vernichten.

11 Irgendwann hat ihn wohl der Schlaf übermannt. Es ist ihm entgangen, dass sie den Raum betreten hat, und so trifft ihn der schrille Klang ihres Organs unvorbereitet und mit voller Wucht. Sie, das ist eine schlingernde Fregatte, ein Schlachtschiff der ungebührlichen Mütterlichkeit, und ihre Kanonen feuern endlose Salven der Dummheit ab. Schwester Paula steht an Robert Stillmanns Bett, hantiert mit Schläuchen und Säckchen und spricht, nein, *lärmt* ohne Unterlass.

«Da sind wir aber brav gewesen, gell, da haben wir das Sackerl ganz voll gemacht!» Sie wiegt den gefüllten Urinbeutel und betrachtet ihn mit Kennermiene. «Und so eine schöne, gesunde Farbe haben wir gemacht! So mag ich das, gell, so mag das die Schwester Paula …»

In morphologischer Sicht, denkt der Lemming schlaftrunken, gleicht der pralle Beutel ihrem zitternden Doppelkinn.

Ja, man könnte fast meinen, die Schwester halte sich einen Handspiegel vors Gesicht ...

«Aber jetzt gibt's was Gutes, ein gutes, leckeres Pappi, damit wir der Schwester Paula nicht vom Fleisch fallen ...» Mit raschem Griff schlägt sie Stillmanns Decke zurück und legt dessen Unterleib frei. Eine Windel, eine lächerliche, viel zu groß geratene Babywindel, das ist das Erste, was dem Lemming ins Auge fällt. Dürre, verkümmerte Beine ragen daraus hervor, Beine, die kaum noch am Rumpf zu hängen scheinen, dann, weiter oben, ein schwammig gedunsener Bauch, der wohl seit Ewigkeiten kein Sonnenlicht mehr gesehen hat: Die Haut, die sich darüber spannt, ist knochenweiß. Zwischen Nabel und Brustbein wird ein weiterer Anschluss sichtbar, ein weiteres Loch in Robert Stillmanns geschundenem Körper, das die Schwester nun mit einem losen Schlauchende stopft. Eine Magensonde, vermutet der Lemming. So wird sein Nachbar also aufgetankt ...

«Mahlzeit! Und brav aufessen, sonst kriegen wir ein schlechtes Wetter!» Schwester Paula bricht in fröhliches Gelächter aus und tätschelt Robert Stillmanns Wange. «Nicht bös gemeint, gell? Auch Spaß muss sein, weil ohne Spaß hätten mir gar nix mehr zum Lachen, wir zwei ...»

Es geht noch eine Zeit lang so weiter: Während der Lemming sich schlafend stellt, um Schwester Paulas Aufmerksamkeit nicht auf sich zu ziehen, wird Robert Stillmann einer unbarmherzigen Wartung unterzogen, akustisch untermalt von einer noch weit gnadenloseren Tirade der Entwürdigung. Nachdem «das Pflanzerl fertig gegossen» ist, wird das «Winderl» gewechselt, das «Popscherl» wird gewaschen und das «Zumpferl», welches die Schwester auch launig als «junges Gemüse» und «Spargel» bezeichnet; nach dieser «kleinen Wurzelbehandlung» macht sie sich daran, das «Unkraut», also die «Nagerln», zu schneiden, die ja «im Wildwuchs vor sich hin wuchern», was «nur bei den ganz schlimmen Buben so ist». Zu guter Letzt jagt Schwester Paula Robert Stillmann eine Spritze in den Oberschenkel, Insulin offenbar, denn «das dürfen wir nicht vergessen, dass unser zuckerkrankes Pflanzerl auch gedüngt werden muss».

Der Teufel scheißt immer auf denselben Haufen, denkt der Lemming: Eine einfache Lähmung befriedigt ihn nicht; er muss Robert Stillmann auch noch Diabetes schicken. Und er liefert ihn zudem einer Frau aus, die nicht mehr in ihm sieht als eine vegetative Lebensform, eine Zimmerpflanze, die man von Zeit zu Zeit abstauben muss. Der Teufel scheißt immer auf denselben Haufen, und er scheint Robert Stillmann für eine Latrine mit unbegrenztem Fassungsvermögen zu halten. Der Lemming fühlt sich plötzlich wie ein Glückspilz neben ihm, ein Schoßkind der Götter, dem nichts mehr passieren kann mit solch einem zuverlässigen Blitzableiter an seiner Seite. Und wirklich: Wie um seine absonderlichen Gedanken zu bestätigen, schickt ihm das Schicksal noch in der Sekunde die Rettung vor Schwester Paulas drohender Zuwendung.

«Der da drüben ist Ihrer, Schwester Ines; der passt eh grad zu Ihnen, ist auch so ein Schlafmützerl, so ein tranhappertes. Den tun wir rasieren, dass er was gleich schaut, gell, und dann rüber zum CT. Na? Was stehen wir noch herum?»

Schwester Ines ist die Stille in Person. So lautlos hat sie den Raum betreten, dass der Lemming ihr Kommen gar nicht bemerkt hat. Erst als sich eine kleine Hand auf seine Schulter legt, um ihn sanft wachzurütteln, öffnet er die Augen.

«Gut geschlafen?»

«Ja ... gut.»

«Ich bin Schwester Ines. Wir werden jetzt entbarten.»

Dunkle Haut, Mandelaugen. Ein mächtiges Goldkreuz um den schlanken Hals.

«Woher kommen Sie, Schwester?»

«Von Philippinen.»

Der elektrische Rasierer summt leise über sein Kinn, seine Wangen. Behutsam zieht Schwester Ines die Haut straff, streicht Haare aus der Stirn, wischt ab und zu einen gefallenen Bartstoppel vom Aufschlag des Nachthemds. Schwester Paula hat inzwischen das Zimmer verlassen; Ruhe kehrt ein und Entspannung; es tut gut, wenn der Schmerz in den Ohren nachlässt. Sanfte Massage stattdessen, schlanke, zarte Finger, die über das Gesicht des Lemming tanzen …

«Gut so. Sie sind wieder Schönmann.» Schwester Ines schaltet den Rasierer ab. «Wir werden jetzt untersuchen gehen.» Sie verlässt das Zimmer und kehrt kurz darauf mit einem Rollstuhl zurück, den sie an das Bett des Lemming schiebt.

«Schwester?»

«Ja?»

«Ich würde mir gerne die Zähne putzen …»

«Ah ja … Sie haben Bürste?»

«Nein … Ich glaube nicht.»

«Macht nichts. Wir werden holen und nachher putzen.»

Mit wenigen Handgriffen entfernt sie den Schlauch aus der Armbeuge des Lemming, greift ihm dann unter die Achseln und stützt ihn mit ungeahnter Kraft, während er sich über die Bettkante gleiten und in den Rollstuhl sinken lässt. Müde und langsam sind seine Bewegungen, auch die Bewegungen des Geistes; er zweifelt längst daran, dass diese Trägheit nur gespielt ist – die Rolle des schwerfälligen Amnestikers scheint ihm bereits in Fleisch und Blut übergegangen zu sein. Schwester Ines stülpt ein Paar Filzpantoffeln über seine Füße, breitet dann eine Wolldecke über ihn und steckt sie mit flinken Fingern fest.

«Danke, Schwester. Wohin fahren wir denn?»

«Nicht weit weg. Nach *Walhall*.»

Das Sanatorium *Unter den Ulmen* besteht, wie der Lemming von Schwester Ines erfährt, aus fünf Gebäuden, die in einem weitläufigen, von einer hohen Mauer umgebenen Park verteilt stehen. Das ohne Zweifel eindrucksvollste ist zugleich das Zentrum der Klinik, in dem nicht nur Büros und Behandlungsräume untergebracht sind, sondern auch der Speisesaal und die Mehrzahl der Patienten. Mehr aus- als einladend thront es auf einem Hügel, der sich über den Rest des Geländes erhebt. *Walhall* wird es scherzhaft genannt, weil die Gründerin der Anstalt, Johanna von Ulmen, nicht nur Witwe eines steinreichen Industriellen, sondern auch glühende Wagner-Verehrerin gewesen sein soll. «Deutschkomponist», sagt Schwester Ines und zuckt die Achseln. «Ich habe nicht gehört, wie er klingt …» Johanna von Ulmen hat die Ulmenstiftung gegen Ende der fünfziger Jahre ins Leben gerufen; angeblich ihres eigenen Bruders wegen, der geistig zurückgeblieben war.

«Daher der Name», nickt der Lemming. «Ich hab mich schon gewundert; ich sehe keine Ulmen hier …»

«Nein, keine Ulmen», bestätigt Schwester Ines. «Nur Bäume.» Sie schiebt den Rollstuhl mit leichter Hand den blumengesäumten Weg entlang, der bald schon bergan durch ein schattiges Buchenwäldchen führt.

«Und die anderen Häuser?»

«Siegfried-Pavillon. Da kommen wir gerade. Sie sind dort und Herr Stillmann und drei noch andere. Ist eigentlich für Langekranke, für Bettlieger. Dann gibt es Schwesternwohnhaus, wir werden bald sehen, hinter *Walhall*. Und Kirchenkapelle von Kaiserin Sisi, sehr alt und kaputt, ganz dunkel, weit hinten schon im Wald … Ich mag nicht … Man geht dort nicht gerne, auch beten nicht …»

«Das waren erst vier», meint der Lemming, der aufmerksam mitgezählt hat.

«Vier, ja. Fünftes ist unten bei Haupteinfahrtstor …» Schwester Ines macht eine Pause, und kurz kommt es dem Lemming so vor, als müsse sie sich überwinden weiterzusprechen, wie jemand, dessen Gedanken ganz unerwartet in düstere Gefilde abschweifen.

«Ist Haus von Pförtnermann und Frau», sagt sie dann. «Kleines Haus … Das ist alles.» Sie beendet ihre virtuelle Führung und verfällt in Schweigen. Der Fuß des Hügels ist nun erreicht; der Pfad steigt in leichtem Bogen an; Schwester Ines stemmt sich gegen den Rollstuhl.

«Schön ist es hier …», versucht der Lemming das Gespräch wieder in Gang zu bringen, als der Weg nach einer Weile flacher wird. «Die Blumen, die Ruhe, die gute Luft …»

«Ja, Sie sagen vielleicht richtig. Aber manchmal …»

«Was manchmal?»

«Manchmal es ist nicht immer schön …»

«Was meinen Sie?»

Die Schwester bleibt stehen. Tritt an die Seite des Rollstuhls und blickt den Lemming an. Ihr Gesicht liegt im Schatten – in einem weit dunkleren Schatten, als ihn der schillernde Baldachin der Baumkronen zu werfen vermag.

«Es gibt Geister», sagt sie mit einer zum Flüsterton gesenkten Stimme, «schlimme Geister. Manchmal sie kommen hier und machen Unglück. Setzen sich auf die Seelen, machen die Menschen böse, verrückt. Man weiß nicht … Man weiß dann nicht, sind hohe Mauern gut oder sind nicht gut. Mauern um Ulmenklinik. Sie schützen Menschen dann nicht … Sie sperren ein und machen Geister bleiben lange, bis vieles Böses geschieht. Dann ist kein Liebe mehr, kein Liebe, nur viel Angst. Wenn ich muss nicht Geld schicken für Familie in Philippinen, ich bin weg von *Ulmen* …»

Sie hat es ganz ruhig gesagt, ganz langsam und leise. Jetzt greift Schwester Ines an die Kette um ihren Hals, führt das goldene Kreuz zum Mund und küsst es. «Ich habe nicht geredet, was ich geredet. Aber macht nichts …», sie beugt sich vor und streicht die Decke auf dem Schoß des Lemming glatt, «macht nichts, weil Sie sowieso nicht erinnern …»

Voll der Gedanken, voll der Zweifel, starrt der Lemming vor sich hin, während er weiter bergan geschoben wird. Sein angeschlagener Kopf versucht, einen Weg durch das Dickicht zu finden, durch diesen Dschungel der Absurditäten und Seltsamkeiten, in dem nichts ist, wie es anfangs scheint: ein toter Körper, von einem wachen Geist bewohnt. Ein Arzt, der sich als Patient entpuppt. Eine offenbar gläubige Frau, die von Gespenstern fabuliert. Ein Wald, in dem füllige Nymphen tanzen … Wer in dieser kleinen Welt des Wahnsinns am Rande der großen nicht irre wird, der muss es schon vorher gewesen sein, entscheidet der Lemming. Abgesehen davon, so grübelt er weiter, bin auch ich selbst nicht, was ich bin: scheinbar namenlos, obwohl ich meinen Namen kenne. Scheinbar von Sinnen und doch nicht verrückt. Scheinbar ein Killer, der gar nicht getötet hat. Und der wahre Mörder? Morgen werde ich wohl sein Zimmer beziehen, im Bett dieses abgängigen Geigers liegen … Oblatenstirn. Mag ja sein, dass er auch nicht der ist, für den ich ihn halte, und falls doch – dann ist er längst über alle Berge …

«Schwester? Die Zimmer in *Walhall* … Sind es schöne Zimmer?»

«Ja. Sehr gut. Alle sauber, hell und Eigenbad.»

«Ich soll nämlich … Ich soll morgen verlegt werden. In das Zimmer eines gewissen … Oblatenstirn.»

Schwester Ines' Lachen klingt wie helle Glöckchen.

«Ah ja, der Geigespieler. Ist aber nicht sein richtiger Name, Oblatestirn …» Wieder muss Schwester Ines kichern, bevor sie weiterspricht. «Grock hat den Namen gegeben. Manchemal Grock sagt immer so Sachen …»

«Grock?»

«Ja, ist Patient Grock, Autistpatient. Sie werden bald sehen.»

«Und der andere? Dieser Oblatenstirn?»

«Er heißt Balint in Wirklichkeit. Ist auch Patient, aber fort seit gestern. Armer Mann Balint ...»

«Was fehlt ihm denn?», fragt der Lemming wie beiläufig.

«Er ist, wie sagt man ... Hygieniker. Er hat viel Angst vor Kranksein, viel Schmutzangst. Er muss immer waschen, immer waschen, Gesicht und Hände und alles ... Und er hat immer Schuhe ... Schuhe auf den Händen ...»

«Handschuhe», nickt der Lemming grimmig. Die letzten Zweifel schwinden; der Mörder vom Naschmarkt ist entlarvt.

«Ja, Handschuhe. In der Woche ein Paar genau für jeden Tag. Aber das ist nicht ganz schlimm ...»

«Was ist dann ganz schlimm?»

Schwester Ines seufzt. «Er glaubt, sein Frau ... dass sein Frau ... betrügt. Dass sie Liebe macht mit andere Mann. Vor zwei Wochen erst glaubt, ganz plötzlich, vorher nicht ... Vor zwei Wochen sind Geister gekommen, haben Balint sehr böse gemacht. Viel Unglück, viel Eifersucht ... Armer Mann Balint ...»

Beinahe vergisst der Lemming in diesem Moment die Rolle, die er zu spielen hat. Er möchte aufspringen und jubeln, er möchte Schwester Ines ans Herz drücken und lauthals verkünden, dass der Mordfall Buchwieser hiermit geklärt ist. Zumindest das Motiv der Tat liegt nun klar auf der Hand: Vor zwei Wochen hat der Geiger Balint erkannt, dass er bei seiner Gattin nur die zweite Geige spielt. Genau zwei Wochen ist es aber auch her, dass Ferdinand Buchwieser seine Stellung *Unter den Ulmen* gekündigt hat, wahrscheinlich wegen all der Stellungen, die er neuerdings auf und unter der Frau des Musikanten einzunehmen pflegte ... Jedenfalls hat Balint rotgesehen. Hinter den Mauern der Klinik gefangen, ist der arme Mann Balint, die gehörnte Oblatenstirn, bei der ersten Gelegenheit ausgebrochen und hat seinen Rivalen ins Jenseits befördert. Ein klassischer Eifersuchtsmord: So muss es gewesen sein, denkt der Lemming, so und nicht anders.

«Dabei», fügt Schwester Ines jetzt hinzu, «ist arme Frau Balint schon lang tot ... drei Jahre lang. Damals ist Balintmann verrückt geworden und hier gekommen. Weil er hat Leiche nicht begraben viele Wochen, hat immer gesprochen mit Totfrau, hat immer so gemacht, wie sie noch lebt ...»

Eine bedauerliche Geschichte. Bedauerlich nicht zuletzt für den Lemming: Eben erst erbaut, ist sein Gedankengebäude schon wieder in sich zusammengestürzt.

«Dann hat es auch keinen Liebhaber gegeben, keinen anderen Mann...», murmelt er mehr zu sich selbst als zu Schwester Ines.

«Doch ... Na ja, nicht wirklich, aber ... scheinbar hat gegeben. Ein Pflegemann von hier, Balint hat geglaubt ...»

«Ein Pflegemann?» Der Lemming schöpft abermals Hoffnung. «Wie hat der geheißen, dieser Pflegemann?»

Schwester Ines antwortet nicht sofort. Stattdessen tut sie etwas, das ihr der Lemming niemals zugetraut hätte. Geräuschvoll zieht sie eine Ladung Speichel auf, beugt sich zur Seite und spuckt in hohem Bogen ins Gras.

«Buchwieser hat geheißen», sagt sie ausdruckslos.

Weit oben in den Bäumen ertönt das Krächzen einer unsichtbaren Krähe. Ein so genannter Pensionist wahrscheinlich, also einer jener altersschwachen Vögel, die den jährlichen Flug in den Norden nicht mehr wagen.

«Buchwieser ...», flüstert der Lemming. Also doch. Nur: Was nützt ihm die Besetzungsliste dieses Trauerspiels, wenn die handelnden Personen ohne Handlung bleiben? Was bringt ihm ein Opfer ohne Täter, ein Täter ohne Motiv, ein Motiv ohne Grund? Balints Frau ist längst verrottet, so viel scheint klar zu sein. Und selbst wenn sie der irre Geiger nach wie vor für lebendig hielt, was konnte ihn dann glauben lassen, dass sie ihn mit Buchwieser betrog? Der Lemming fühlt sich wie am Ende eines langen Weges, der sich plötzlich als Sackgasse entpuppt.

«Wie kam er denn auf Buchwieser?»

Eine Frage zu viel.

«Sie fragen immer! Fragen, fragen, fragen! Jetzt ist genug! Wenn Sie immer fragen müssen über diesen … diesen … Sie gehen zu Pförtnerfrau!» Wieder spuckt Schwester Ines aus, aber diesmal knapp an der Schulter des Lemming vorbei.

«Buchwieser ist weg jetzt. Fertig. Und wir sind da.»

Sie stehen vor den Toren von *Walhall*.

12

Walhall also. Betagt und trutzig, breit und plump, eine Matrone von einem Haus. Die blassgelbe Farbe erinnert an billige Schminke, die Erker und Giebelchen, Agraffen und Gesimse wirken wie veralteter Modeschmuck: unbeholfene Versuche, diesem Bastard aus Burg und Palast einen Anstrich von Charme zu geben.

An der Seite der Freitreppe, die zum Haupteingang führt, steigt in weitem Bogen eine Rampe aus Leichtmetall an. Auf den ersten Blick nicht mehr als ein weiterer baulicher Fehlgriff, erschließt sich dem Lemming schon bald ihre wahre Bedeutung. Natürlich: Sie ist das glänzende Innungszeichen, das flammende Fanal moderner gewerblicher Fürsorge, und ihre stumme Botschaft lautet: *Dieser Betrieb ist behindertenfreundlich …*

Schwester Ines schiebt den Rollstuhl die Rampe hinauf, aber schon nach wenigen Schritten verlangsamt sie das Tempo und bleibt stehen. Von oben her nähert sich jemand, und dieser Jemand ist das kolossalste Wesen, das dem Lemming je vor die Augen gekommen ist. An diesem Jemand gibt es kein Vorbei, *kann* es kein Vorbei geben, völlig unmöglich, da müsste die Brücke schon doppelt so breit sein.

Unbeirrt schaukelt der Riese heran, dieser Fleischberg von mindestens zwei Meter Höhe *und* zwei Meter Umfang; die Metallkonstruktion schwankt und ächzt bedenklich, quietscht im Rhythmus seiner Schritte. Ein leichter Wind kommt auf und bläht sein wallendes Gewand, ein Nachthemd von der Größe eines Campingzelts. Noch bemerkenswerter aber ist das Kleidungsstück auf seinem Kopf: eine knallig bunte Inkamütze, deren Ohrenklappen waagerecht abstehen und wippen wie die verbogenen Antennen eines Marsianers.

So stampft er die Rampe herab, der Gigant, wälzt sich dem Lemming ungebremst entgegen, und der hält entsetzt den Atem an, sieht sich bereits erdrückt und zermalmt von dieser Naturgewalt, von diesem menschlichen Tsunami. Im letzten Moment aber tritt der Koloss auf die Bremse und kommt kurz vor den Rädern des Rollstuhls zum Stillstand. Nun nimmt er Haltung an, räuspert sich und setzt ein breites Grinsen auf.

«Welch Glück, welch köstlich Freude, edler Freund, nunmehr in unsrer Mitte Euch zu wissen. So war denn all das bange Harren und das sorgenvolle Warten nicht vergeblich ... Gesegnet dieser Tag. Gesegnet auch das wunderschöne Weib an Eurer Seite: Ach holde Dame, deren Lieblichkeit die dräuenden Gewitterwolken lichtet, das düstre Firmament, die finstre Nacht mit einem kleinen Lächeln, einem Augenzwinkern vom Himmel fegt, auf dass er gleißend hell erstrahlt ...»

Die Stimme des Riesen ist hoch, beinahe eunuchenhaft hoch, und ganz im Gegensatz zum Inhalt seiner Rede klingt sie monoton und unlebendig, so als habe er die Worte auswendig gelernt. Auch seine Haltung gleicht der eines schüchternen

Schulkinds: Regungslos, mit seitlich angelegten Armen steht er da, hält den Kopf leicht gesenkt und starrt zu Boden, während die Verse seinem Mund entströmen.

«Und wär ich auch von wohlgestaltem Wuchs, und wär ich auch der Erste unter Vielen, ja wär ich selbst von edelstem Geblüt, ich würd es doch nicht wagen, Euch zu freien. Denn nur ein Tölpel denkt, er könne sich wie Ikarus zu den Gestirnen schwingen …»

Die Augenbrauen hochgezogen, die Kinnlade heruntergeklappt, so sitzt der Lemming in seinem Rollstuhl und lauscht dem Monolog des feisten Kastraten, der sich längst an Schwester Ines richtet, an Schwester Ines ganz alleine.

«… dringt Euer Lichtstrahl in mein darbend Herz …»

Blankvers, fährt es dem Lemming durch den Sinn, und er versucht, sich seiner Schulzeit zu entsinnen, jenes unendlich ermüdenden Deutschunterrichts, wenn draußen vor den Fenstern schwer und grau der Nebel lag. Es war immer winterlich düster während der Deutschstunden, jedenfalls kommt es dem Lemming in der Rückschau so vor. Trotzdem scheinen sich Teile des damals Gelernten eingeprägt zu haben; jetzt tauchen sie aus den Tiefen des Vergessens auf. Der Blankvers, so rekapituliert er, ist ein meist reimloser Jambenvers, der zunächst in der englischen, später dann auch in der deutschen Dichtkunst Verwendung fand. Allerhand, Lemming, eine beachtliche Leistung nach all der Zeit.

«So schönes Sprechen …» Schwester Ines hat sich vorgebeugt und flüstert dem Lemming ins Ohr. «Hanno sprecht immer so schön, sprecht wie altes Buch, aber immer ganz echt, nicht auswendig …»

«… doch lasst uns nun der Worte Ende finden. Willkommen in den Hallen von *Walhall* …»

Ansatzlos dreht sich der dicke Hanno um, setzt sich schnaufend in Bewegung und stampft die Rampe hinauf. Der

Lemming wird hinter ihm hergerollt, und sein Gesichtsfeld beschränkt sich jetzt auf diesen Ausbund an Monstrosität, auf diese unbeschreibliche Kehrseite, die da in Augenhöhe hin- und herwogt wie ein Dampfer bei Windstärke zwölf. So fährt der Lemming ins Zentrum der Klinik ein, mit nichts im Gesicht als Hannos Arsch und dem Ausdruck vollkommener Resignation.

Er kann sich seiner ersten Eindrücke von *Walhall* nicht mehr so ganz entsinnen. Ein Schwächeanfall hat ihn übermannt, eher geistig als körperlich und daher unbemerkt von Schwester Ines, die ihn durch das Foyer geschoben hat. Eine Mischung aus historistischem Gepränge und moderner Funktionalität, so viel ist ihm noch im Gedächtnis, ein großzügiges Vestibül, von dem Gänge und Treppen und Fahrstühle zu weiteren Räumen und Fluren führten. Zwei offene Telefonzellen unter einem mächtigen, goldgerahmten Gemälde, das die Belagerung Wiens durch die Türken zeigte: ein ausgedehntes Zeltlager vor den Toren der befestigten Stadt. Der grüne Gürtel um Wien war zu dieser Zeit noch unverbaut gewesen; Döbling und damit der Himmel hatte damals noch den Muselmanen gehört ...
Die Vorhalle ist menschenleer gewesen, beinahe jedenfalls: In einer Ecke hat ein Mann gestanden, ein schmächtiger Mann mit schwarzen Haaren und großen Augen, und hat völlig reglos vor sich hin gestarrt. Vor den Aufzügen hat sich Hanno verabschiedet – sie hätten ohnehin nicht zu dritt in die Liftkabine gepasst. Er hat so etwas gesagt wie:
«Nun müssen unsre Wege wohl sich scheiden, doch nicht für ewig trennt uns das Geschick: Wenn denn die Sterne wieder günstig stehen, dann mögen gnäd'ge Winde sich erheben und uns einander in die Arme wehen ...»
Dann sind sie hochgefahren, er und Schwester Ines, haben

lange neonbeleuchtete Gänge durchmessen, um endlich vor einer Tür mit der Aufschrift *Röntgen* Halt zu machen. Hier hat ihn die Schwester verlassen.

«Ich muss zurück in Siegfried-Pavillon. Sie warten hier.»

Eine Stunde, schätzt der Lemming, ist seither vergangen. Er sitzt und wartet, und er bemüht sich vergeblich, einen klaren Gedanken zu fassen. Wahrscheinlich, so denkt er, bin ich gar kein Simulant. Wahrscheinlich bin ich hier gerade richtig ... Mühsam bugsiert er den Rollstuhl näher an die Tür und klopft zaghaft. Kaum drei Sekunden später wird sie von innen aufgerissen.

«Was ... Ach ja, Griechischstunde ... Herr Odysseus, net wahr? Der Kollege Tobler hat Sie schon avisiert. Na kommen S' halt ...» Klein und athletisch ist die grauhaarige Frau, die nun hinter den Lemming tritt und ihn durch die Tür schiebt. Nicht älter als fünfzig, schätzt der Lemming. Aber auch nicht jünger. Sie parkt ihn neben einer hohen, mit grünem Tuch bespannten Liege, stellt einen Schemel vor ihn hin und setzt sich. Der Lemming betrachtet ihr breites Gesicht, die hohen Backenknochen, die weit auseinander liegenden, leicht schräg gestellten Augen. Ein Faun, fährt es ihm durch den Kopf, sie hat das Gesicht eines Fauns. Er findet es mehr als seltsam, im kargen Untersuchungszimmer einer Irrenanstalt auf den römischen Waldgott in Pumps zu treffen.

«Lieselotte Lang ist mein Name. Wenn S' unbedingt Liesel sagen wollen, dann bitte trotzdem nicht. Lotte allerhöchstens. Sie dürfen mich aber auch Frau Doktor nennen.»

«Ach so ... Ich dachte ... Ich dachte, Sie sind ein Mann ...»

«Ist mir noch nicht aufgefallen. Allerdings hab ich einen ...» Die Ärztin ringt sich ein säuerliches Lächeln ab. «Er ist hier der Chef.»

«Was ist Ihr Fachgebiet, Frau Doktor?»

«Neurologie. Also gehen S' mir ruhig auf die Nerven. Tut Ihnen was weh?»

«Ja ... Der Kopf ...»

«Gut so. Wem nicht?» Sie greift in die Brusttasche ihres weißen Mantels und holt eine kleine Taschenlampe heraus.

«Augen auf ...»

Vom Licht geblendet, weicht der Lemming zurück. Die Frau Doktor scheint zufrieden.

«Blaugrau und strahlend. Wunderbar. Spüren S' das?»

Sie beugt sich vor, hebt unvermittelt die Hand und zwickt den Lemming knapp über dem Knie in den linken Oberschenkel. Sein Bein fährt hoch, und während es heftig gegen die Kante des Hockers schlägt, entringt sich der Kehle des Lemming ein Schmerzensschrei. Auch die Ärztin schreit auf, aber mehr vor Verblüffung. Haltlos mit den Armen rudernd, versucht sie, das Gleichgewicht zu halten; dann kippt sie nach hinten.

«Quicklebendig, der Herr Odysseus ...», meint sie, noch auf dem Rücken liegend. «Wie ein Fisch im Wasser ...» Sie rappelt sich hoch und streicht ihren Arbeitsmantel glatt.

«Gut. Dann schauen wir uns einmal an, was in diesem Fischkopferl vorgeht ...»

Sie rollt den Lemming in ein dunkles Nebenzimmer und drückt auf den Lichtschalter. Neonröhren flackern auf; sie tauchen den Raum in kaltes, sirrendes Licht.

Folter, das ist der erste Gedanke des Lemming, als sein Blick auf die riesige Apparatur fällt, die sich drohend vor ihm erhebt wie eine mittelalterliche Streckbank. Daumenschrauben und spanische Stiefel kommen ihm in den Sinn, Spangenhauben und eiserne Masken, Ketzergabeln und Stachelstühle – all jene ingeniösen Erfindungen, die der menschliche Geist für den Körper ersonnen hat, um Anstand, Sitte und Kultur zu sichern ... Das Szenario, das sich dem Lemming hier bietet, ist aber alles andere als antiquiert, im Gegenteil: Er fühlt sich an Bord des *Raumschiffs Enterprise* gebeamt, und zwar genau auf die Krankenstation …

«Darf ich vorstellen? Unser Tomograph … Sie können Graf Tommy zu ihm sagen …»

«Lustig …», meint der Lemming. «Lustig. Graf Tommy …» Sein Lächeln misslingt.

«Wie auch immer … Dann wollen wir den Braten jetzt ins Rohr schieben …» Frau Doktor Lang verschränkt die Arme und sieht ihren Patienten fragend an. «Können S' selber aufstehen? Oder soll ich nachhelfen?»

Lautlos gleitet der Lemming in den Tunnel des Tomographen. Nach und nach erst nimmt er ein sonores Brummen wahr, das bald in einen dumpfen, drängenden Rhythmus übergeht. Warm ist es. Er schließt die Augen und fragt sich, ob Graf Tommy der faunischen Lotte am Schaltpult seine Gedanken verraten kann. *Wie ein Kaninchen in der Mikrowelle*, könnte sie dann auf dem Bildschirm lesen, und: *Wie der kleine Lemming im Mutterbauch …* Und noch so manches mehr. Eine untreue Frau namens Klara würde ihr aus dem Monitor entgegenspringen, dann ein grotesker, ein grundloser Mord, Verzweiflung, Hilflosigkeit und nagende Angst. Ja, vor allem Angst … Nicht lange, und die Polizei wird *Am Himmel* erscheinen – der Leiter der Klinik hat sie sicher schon informiert. Die Zeit ist knapp, zu knapp, und Balint, der Geiger, Balint, der Killer, Balint, die einzige Chance des Lemming, ist verschwunden …

«So, das hätten wir …» Die Bahre fährt langsam aus der Röhre, der Lemming öffnet blinzelnd die Augen und richtet sich auf. Ihm abgewandt sitzt die Ärztin am Computer. Sie drückt geschäftig auf die Tasten, um dann, mit einem Mal, in der Bewegung zu erstarren.

«Verstehe …», murmelt sie leise und wiegt ihren Kopf hin und her, «verstehe …»

«Was? Was verstehen Sie?» Sein Blick fällt über ihre Schulter hinweg auf den Monitor, und er fällt zugleich ins Bodenlose: Üppig, verschlungen und formenreich wuchert ihm das Bild entgegen, das Bild seiner eigenen Schaltzentrale, seines Gehirns. Zugleich aber erkennt der Lemming etwas Seltsames, einen morphologischen Missklang, der die nahezu perfekte Symmetrie des Bildes stört: abseits der Mitte ein ovaler, weißlicher Fleck.

«Was ist das?»

«Was ist was?»

«Na, das da, dieses ... Ei in meinem Kopf ... Ist das ... normal?»

Die Ärztin bleibt die Antwort schuldig. Stattdessen greift sie zum Telefon, das neben ihr auf der Tischplatte steht.

«Geben S' mir den Doktor Lang ... Ja ... Hardy? Es ist wegen unserem Neuen, du weißt schon. Geh, komm schnell rüber in den CT und schau dir ... Was, nein ... Du wirst aber Zeit haben müssen ... Weißt du, wie wurscht mir das ist ... Nein, du schaust dir das jetzt an ... Ja, sofort!» Die Frau Doktor knallt den Hörer auf die Gabel und wendet sich um.

«Kleines Momenterl nur», meint sie ruhig. «Der Chef wird gleich da sein ...»

Der Puls des Lemming geht nun merklich schneller. Er kann das Pochen seines Herzens hören, während er sein Hirn betrachtet.

«Können Sie mir nicht ...»

«Gleich, Herr Odysseus, ich möcht nur rasch eine zweite Meinung einholen ...», fällt ihm die Ärztin ins Wort. «Aber Sie können mir einen Gefallen tun und im Nebenzimmer warten ...»

Warten also. Sitzen und warten. Warten, das ist die Hauptbeschäftigung der Kranken. Warten auf Genesung, warten auf den Tod. Man sitzt und liegt, man wartet und man *wird*

gewartet, während die Zeit verrinnt. Baden, Essen, Fieber-
messen, ein leerer Tropf, ein voller Topf, zweimal täglich frische Betten und Tabletten auf Tabletten ... Das Warten auf
Wartung verleiht den Tagen des Siechtums Struktur, Mor-
gen- und Abendvisite sind gewissermaßen die Gezeiten der
Bettlägerigen. Man kann die Uhr danach stellen, die innere
Uhr mit all ihrer Unruh, während das Leben an einem vor-
über-, aus einem hinausfließt. Warten und Wartung, ein ewiger Kreislauf, dem der Kreislauf über kurz oder lang nicht
gewachsen ist ...
Der Lemming läuft im Kreis. Nichts und niemand kann ihn
mehr in seinem Rollstuhl halten. Wie ein Löwe im Käfig zieht
er seine Runden, geht an der Mauer entlang bis zur Ecke,
biegt ab zum Hocker, zum Bett und kehrt endlich wieder zur
Wand zurück. Als die Tür vom Flur her geöffnet wird, läuft
er um ein Haar dagegen.
Der Mann, der den Raum betritt, trägt keinen Ärztekittel.
In Anzug und Krawatte tritt er auf den Lemming zu. Streckt
ihm die Hand entgegen. Unter seinem angegrauten Schnurr-
bart ist ein gönnerhaftes Grinsen festgeklebt.
«Grüß Gott und herzlich willkommen ... Wir haben uns noch
gar nicht kennen g'lernt ... Sie sind also der arme Mensch,
der heut früh das Malheur g'habt hat, draußen im Wald ...»
«Jaja», murmelt der Lemming verstört, «ich weiß nur nicht,
ob ...»
«Sie müssen ja auch gar nix wissen, dafür sind S' ja Amnestiker. Das Wissen können S' ruhig uns überlassen ... Jetzt
hab ich glatt vergessen, mich vorzustellen, Eberhard Lang,
Doktor Eberhard Lang. Ich hab die Ehre, unser kleines Sanatorium leiten zu dürfen. Ein schönes Platzerl, nicht wahr?
Hoffentlich gefällt's Ihnen bei uns ...»
Der Lemming überlegt eine Antwort. «Ja», sagt er, «aber
ich ...»

«Na, wunderbar. Wenn S' irgendwelche Probleme haben, können S' immer zu mir kommen, ja?»

«Dann sagen Sie mir bitte …»

«Sodala, jetzt muss ich aber …» Doktor Lang wirft einen Blick auf seine Armbanduhr, wendet sich ab und betritt das Nebenzimmer.

«Schön, dass es dich auch noch gibt!» Die Stimme der Ärztin klingt zickig und spitz.

«Was hast denn schon wieder …»

Der Doktor drückt die Tür ins Schloss.

Zwei, drei eilige Schritte bringen den Lemming in Lauschposition. Er beugt sich vor und presst die Schläfe ans Schlüsselloch. So dringen die Worte gedämpft, aber deutlich genug an sein Ohr.

«Was schon wieder los ist, frag ich …»

«Nichts Wichtiges … Nur ein intrakranieller Tumor, faustgroß, also eine Bagatelle. Entschuldige, dass ich dich deshalb gestört hab …»

«Der Neue?»

«Ja, der Neue.»

«Lass sehen …»

Eine Zeit lang hört der Lemming gar nichts. Dann das wiederholte Tippen flinker Finger auf der Tastatur.

«Weißt du was?», murmelt der Doktor schließlich.

«Was?»

«Wir machen noch eine. Noch eine CT …»

«Du meinst, mit Kontrastmittel?»

«Nein. Ich mein, wir machen eine von dir, mein Schatzerl. Nur um zu schauen, ob du überhaupt noch ein Hirn hast. Weißt du, was das ist?»

Lotte Lang gibt keinen Ton von sich, und so beantwortet ihr Mann die Frage selbst.

«Das ist die letzte CT vom Lederer, und der Lederer hat vor

fünf Monaten die Patscherln g'streckt. Jetzt liegt er am Grinzinger Friedhof drüben. Grüß euch, die Maden, servus, die Wurm! Übrigens fehlt mir noch wer für unsere Wäscherei, also wenn du nicht einmal fähig bist, den Computer zu bedienen … Oder soll ich dir die *Enter*-Taste rot anstreichen? Das ist die große da rechts, Frau Professor! *Enter*, verstehst, *Enter*!»

Der Herr Doktor hat sich warm geschimpft. Immer lauter tönt seine Stimme aus dem Nebenzimmer. Der Lemming aber wendet sich ab und vergräbt das Gesicht in den Händen. Er atmet tief und langsam, bis sich die zitternden Muskeln entspannen. Minutenlang hat er dem Tod ins Auge geblickt, einem der hässlichsten Tode, die er sich vorstellen kann, und er ist ihm gerade noch von der Schippe gehüpft. Leopold Wallisch, am Weg zum Schafott, in letzter Sekunde begnadigt … Er fühlt sich auf einmal unendlich lebendig, und das verwundert ihn mehr als alles andere. Ein Tumor? Ein weißes Ei im Gehirn? Warum nicht? Man liegt von Geburt an im Sterben; man muss damit rechnen, solange man lebt. Aber nie zuvor war dem Lemming bewusst, wie sehr man an diesem Leben hängen kann.

«So! Voilà! Das ist der Kopf von unserem Gedächtniskrüppel! Ein kleiner Druck auf die *Enter*-Taste, und schon ist er pumperlg'sund! Kein Karzinom, kein Hämatom und kein Ödem – die reine Wunderheilung, was?»

«Du bist so ein Arschloch … so ein Arschloch …»

Ganz leise spricht die Ärztin, schon fast im Flüsterton, aber der Lemming kann sie immer noch hören, und nicht nur hören: Er sieht sie auch bildhaft vor sich, wie sie vornübergebeugt am Schaltpult sitzt, blass und gedemütigt, während ihr Herr und Gebieter neben ihr auf den Sohlen wippt und mit verschränkten Armen auf sie herabschaut.

«Vielen Dank für die fundierte Diagnose, Frau Kollegin. Eine weitere Demonstration deiner unübertroffenen Professionalität. Ich kann nur hoffen, dass ich *mein eigenes* Arschloch bin …»

Für einen Moment herrscht Stille, und alles deutet darauf hin, dass Lieselotte Lang aus Mangel an weiteren Argumenten in Tränen ausbrechen wird. Aber so ist es nicht.

«Weil wir gerade von Professionalität sprechen», meint sie mit schneidender Stimme, «ich nehme an, du hast die Polizei schon informiert?»

«Wovon? Von unserem amnestischen Neuzugang?»

«Stell dich nicht blöd. Du weißt ganz genau, worauf du hinauswillt. Oder ist der Herr Direktor neuerdings zu beschäftigt, um die Zeitung zu lesen?»

«Keine Ahnung, was du meinst. Den Balint vielleicht? Wirst sehen, der ist spätestens heut Abend wieder da. Wahrscheinlich hat er das Grab von seiner Frau besucht …»

«Du … Du bist wirklich unglaublich.» Die Ärztin stößt ein kurzes, zynisches Lachen aus. «Der Mord am Naschmarkt ist dir also entgangen?»

Der Lemming horcht auf, rückt wieder näher, drückt das Ohr ans Türblatt.

«Erstens», antwortet der Doktor jetzt, «ist noch nicht klar, ob das wirklich der Buchwieser war, und zweitens geht uns der Buchwieser nichts mehr an.»

«Ach! Geht uns also nichts mehr an! Und dass der Nestor Balint justament in der Nacht vor dem Mord das Weite sucht, ist nur ein Zufall, oder?»

«Willst du damit sagen, dass …»

«Allerdings. Und wenn du nicht so eine Scheißangst um deine Reputation hättest, würdest du die Möglichkeit auch in Betracht ziehen. Du weißt es genau: Der Balint hat den Buchwieser nie riechen können. Aber so richtig ausgerastet ist er erst, nachdem der Buchwieser gekündigt hat. Urplötzlich, fast so, als hätt ihm der Buchwieser was weggenommen oder so. Vielleicht hat er das ja auch, vielleicht hat's ihm ja Spaß gemacht, dem Balint noch einmal kräftig eins auszuwischen, quasi als Abschiedsgeschenk!»

«Natürlich! Klar! Dass ich nicht darauf gekommen bin! Der Balint ist der Profikiller, den die Polizei sucht; deshalb hat er immer diesen ominösen Geigenkoffer herumg'schleppt. Und deshalb hat er ganz genau gewusst, wann und wo er den Buchwieser antreffen kann, um ihm eine Kugel in den Kopf zu jagen. Natürlich nicht, ohne ihm vorher noch rasch den *Traurigen Sonntag* gefiedelt zu haben! Wenn ich so reich wäre, wie du blöd bist ...»

«Du willst also nicht anrufen?»

«Nein, ich werd nicht anrufen. Wenn das in die Zeitung kommt, können wir zusperren, verstehst? Auch wenn die G'schicht am Ende sowieso nicht stimmt. Egal. Eine üble Nachred, und zwar für nix und wieder nix, das wär alles, was wir davon hätten ...»

«Bravo, Herr Direktor. So hab ich mir das gedacht. Der Balint steckt wer weiß wo, wahrscheinlich bis zum Hals im Dreck, und es ist dir egal. Der Neue, der Amnestiker, wird sicher bald von seiner Familie gesucht, vielleicht gar für tot gehalten, aber auch das ist dir wurscht ...»

«Dem Balint geht's gut, das kannst mir glauben. Der macht grad einen Einkaufsbummel in der Mariahilferstraße und kommt morgen mit einem Koffer voll weißer Handschuhe z'rück ... Und der Neue hat den Jackpot geknackt: kostenloser Urlaub *Unter den Ulmen* ... In zwei Tagen ist der wieder g'sund, sagt danke und geht nach Hause. Und falls es doch länger dauert, wird sich schon eine andere Lösung finden. Also reg dich gefälligst ab und kümmere dich um deinen eigenen Schmarren ...»

Der Lemming weicht zurück. Streitgespräche können jederzeit

zu Ende sein; das weiß er nur zu gut. Man sagt nicht *Bis spä-ter* oder *Mach's gut*, man verzichtet bewusst auf den höflichen Schnörkel am Schluss eines Wortgefechts; die Disharmonie gehört zur Dramaturgie der Wut. Und der Lemming wünscht sich nichts weniger, als vom zornigen Doktor Lang beim Lauschen ertappt zu werden. Doch er wartet vergeblich darauf, dass die Tür geöffnet wird; noch ist das Duell nicht vorbei.

«Du richtest dir's also wieder …», hört er die Ärztin leise sagen. «Wie immer …»

«Worauf willst du hinaus?» Die Stimme des Doktors nimmt nun einen drohenden Klang an.

«Das weißt du genau. Wir wissen beide, wie du zu deinen Pfründen gekommen bist …»

«Ach so … Du wärmst die alte Scheiße also wieder auf. Dass dir nicht fad wird … Sechzehn Jahre lang wäschst du dieselbe schmutzige Wäsche, obwohl's nicht einmal deine eigene ist. Ich sag ja, ich könnt noch eine Putzfrau brauchen, unten in der Wäscherei; wär das nicht was für dich?»

Es ist so weit. Eberhard Lang reißt die Tür auf und tritt dem Lemming entgegen; das joviale Lächeln unter den gestutzten Schnurrbarthaaren hat sich um keinen Deut verändert.

«So, mein Lieber», meint er fröhlich, «alles halb so wild, kein Grund zur Sorge. Und wie gesagt …» Ohne den Satz zu beenden, eilt er weiter, rauscht am Lemming vorbei und verlässt das Untersuchungszimmer.

13

«Kommen S' rein …» Lotte Lang sitzt grau und gebückt auf ihrem Sessel. Sie scheint um Jahre gealtert zu sein.

«Na, kommen S' nur», murmelt sie und senkt den Blick, «ich beiß schon nicht …»

Der Lemming trottet näher, verwirft sofort die Idee, auf der Liege des Tomographen Platz zu nehmen, und bleibt vor der Ärztin stehen.

«Ja, also … Es tut mir sehr Leid …», beginnt sie jetzt. Sie wiegt den grauen Haarschopf hin und her, faltet die Hände im Schoß. Dann deutet sie zum Bildschirm hin, auf dem nun ein neues, ein anderes Bild zu sehen ist. Makellos symmetrisch wie einer jener Tintenkleckse Hermann Rorschachs, des Schweizer Psychiaters, dessen hundert Jahre alter Wahrnehmungstest auch heute noch zu den Lieblingskindern verschrobener Schulpsychologen zählt.

«Und?», fragt der Lemming leise. «Was sehen Sie darin?»

«Nichts, Herr Odysseus, nichts. Keine Schwellung, keine Blutung …»

«Keinen Tumor?»

«Aber nein. Ich hatte nur vorhin …» Die Ärztin spricht nicht aus. Stattdessen springt sie vom Stuhl hoch, um den Lemming aufzufangen. Er hat die Hände vors Gesicht geschlagen, schwankt hin und her und droht der Länge nach aufs Linoleum zu kippen. Er spielt gut, der Lemming. Er weiß genau, was er tut. Er weiß, dass ihm das leibhaftige schlechte Gewissen gegenübersitzt, und er weiß auch, dass dieses kleine Dramolett das Schuldbewusstsein Lotte Langs ins Unermessliche steigert. Wie sonst soll man einen Arzt dazu bringen, sich auf das Gesprächsniveau gemeiner Sterblicher zu begeben?, denkt er. Wie sonst könnte ich dieser Frau meine Fragen stellen, ohne ein herablassendes Lächeln als Antwort zu erhalten? Der Lemming weiß, was er tut, und er tut, was er tun muss: Er schafft Harmonie zwischen sich und der Göttin in Weiß, indem er ihrem hohen Ross den Fangschuss gibt …

«Kommen S' … Da, auf den Sessel …»

Jetzt ist er es, der am Schaltpult sitzt, und sie, die Frau Doktor, kauert neben ihm, unter ihm, und blickt zu ihm hinauf.

So ist es gut. So soll es sein. Das schlechte Gewissen des Lemming hält sich in Grenzen, ausnahmsweise.

«Und ich dachte schon …», flüstert er.

«Ist ja gut. Alles ist gut, Herr … Wenn ich nur wüsst, wie Sie heißen … Aber Namen sind ja nicht so wichtig … Ich wollt Ihnen keine Angst machen, hören Sie? Es war mein Fehler … Ich glaub, ich steh im Moment ein bisserl neben mir …»

Der Lemming starrt auf den Boden. Hebt langsam den Kopf und blickt der Ärztin ins Gesicht. «Warum? Haben Sie Sorgen?»

«Ich … Ja … Wieso interessiert Sie das?»

«Weil … Weil ich mein eigenes Leben verloren hab, heute früh. Man sagt mir, ich hätte einen Unfall gehabt. Meinetwegen. Aber ich bin … ich weiß nicht, wer … Ich komme, ich weiß nicht, woher …»

«Ich gehe, ich weiß nicht, wohin. Mich wundert, dass ich so fröhlich bin», vollendet Lotte Lang den alten Sinnspruch.

«Eben … Schauen Sie, ich … ich habe keine Geschichte mehr, aber Sie haben eine. Vielleicht hilft es mir ja, wenn Sie mir davon erzählen … Oder von den Leuten hier. Vielleicht wollte ich ja jemanden besuchen, wer weiß …»

«Verstehe. Also meine Sorgen … sind eher privater Natur. Mein Mann und ich, wir … verstehen uns nicht mehr so gut … Solche Dinge kommen vor …»

«Schon lange?», fragt der Lemming wie nebenbei.

«Seit fünfzehn Jahren …»

«Nein, nicht, wie lang Sie schon verheiratet sind, sondern …»

«Seit fünfzehn Jahren», bekräftigt die Ärztin. «Wir haben vor achtzehn Jahren geheiratet … Ich war, na ja, knapp einundzwanzig damals. Wir haben uns auf der Uni kennen gelernt …»

«Fünfzehn Jahre Streit? Das ist doch …»

«Ich würd's nicht Streit nennen», fällt ihm die Ärztin ins Wort. «Kalter Krieg, das wäre wohl passender ...»

«Aber ... Was ist passiert?»

Lieselotte Lang starrt auf den Bildschirm, betrachtet das Gehirn des Lemming, als ob es ihr eigenes wäre. Scheint den kleinen, bunten Bezirk zu suchen, der Erinnerung heißt.

«Er hat einen Freund betrogen», meint sie schließlich. «Mehr kann ich Ihnen nicht sagen ... So Leid es mir tut ...»

Soll mir recht sein, denkt der Lemming. Was interessieren mich die alten Querelen anderer Leute? Je eher wir zum Wesentlichen kommen, desto besser.

«Das ist sehr ehrenhaft von Ihnen. Ich will auch nicht in alten Wunden wühlen. Aber was ist mit den anderen Patienten? Zum Beispiel mit diesem ... Balint, dessen Zimmer ich bekommen soll? Wieso ist er ausgerissen?»

«Der Nestor Balint ... Mit so einem Namen werden dir schon bei der Taufe die ersten Neurosen gestreut ... Aber nein, leider. Ich darf Ihnen auch dazu nichts sagen, Sie wissen schon, ärztliche Schweigepflicht. Nur, dass der Balint früher Musiker war. Er hat Geige g'spielt, sogar bei den Philharmonikern, glaub ich ...»

Der Lemming lässt nicht locker. Seine Gedanken kreisen um den Toten vom Naschmarkt, der wohl längst aufgeschlitzt und ausgeweidet in einer von Bernatzkys Kühlboxen liegt. Wie soll er ihn nur ins Gespräch bringen, wie soll er auf Ferdinand Buchwieser anspielen, ohne seine Tarnung zu gefährden?

«Ich kannte einen Mann, der ...»

So. Jetzt ist es passiert. Jetzt ist er über den eigenen Starrsinn gestolpert. *Ich kannte einen Mann* ... Bravo, Lemming, welch phänomenales Gedächtnis für einen Amnestiker ... Das Blut schießt ihm unversehens ins Gesicht; er ringt nach weiteren Worten, um das Gesagte vergessen zu machen. Die Ärztin aber horcht auf, runzelt die Stirn wie jemand, der Verdacht zu schöpfen beginnt.

«Sie … was?»

«Ich … kannte einen Mann, der … hatte einen Schwamm. Der Schwamm war ihm zu nass …» Der Lemming reckt das Kinn vor, schlägt die Hand vor den Mund, starrt ins Leere.

«… Da ging er auf die Gass’ …», ergänzt Lotte Lang. «Ja, mein Lieber, das ist eben der Unterschied zwischen Wissen und Erinnerung. Sie haben schließlich auch die Sprache nicht verlernt … The rain in spain …»

«… stays mainly in the plain …», murmelt der Lemming.

«Da sehen Sie's, Mister Higgins, Sie können sogar Englisch.» Die Ärztin lächelt.

Gerade noch. Gerade noch die Kurve gekratzt. Der Lemming atmet auf.

«Danke, Frau Doktor.»

«Schon gut. Sagen S' einfach Lotte zu mir. Ich denke, Sie sollten sich jetzt ausruhen; das war alles ein bisserl viel für Sie. Kommen S', ich bring Sie zum Rollstuhl.» Sie erhebt sich und greift abermals zum Telefon. «Gehn S', schicken S' mir wen ins Röntgen, für einen Transport. Nein, einer reicht … Aber möglichst rasch, ja? So …», sie legt den Hörer auf und reicht dem Lemming ihren Arm, «dann ab ins Bett mit Ihnen. Sie werden gleich geholt … Ach ja, noch eine Kleinigkeit …» Sie hält kurz inne, und es scheint, als lägen ihr die eigenen Gedanken bitter auf der Zunge. Dann aber meint sie mit gesenkter Stimme: «Falls Sie telefonieren wollen … In der Empfangshalle unten steht ein …»

«Wen sollte ich denn anrufen? Ich kenn doch niemanden.»

«Ich weiß schon, nur … vielleicht vermisst Sie jemand … draußen, meine ich. Man sollte vielleicht die Polizei …»

«Es hat geheißen, Ihr Mann nimmt das in die Hand …», meint der Lemming scheinheilig.

«Ja ...» Lotte Lang gibt auf. «Ja. Sie haben Recht ...»
Sie öffnet die Tür und schiebt ihn auf den Gang hinaus.

Der Lemming wartet.
Eingemummt in seine Decke sitzt er im Krankenhausflur
und betrachtet die Pantoffeln, die Schwester Ines ihm gegeben hat. Oben an der Decke scheint eine Leuchtstoffröhre
defekt zu sein; sie flackert in unregelmäßigen Abständen auf,
summt müde vor sich hin wie ein sterbendes Insekt und erlischt wieder. Der Lemming bemerkt, dass seine Pantoffeln
die Farbe ändern können. Eigentlich hat er sie ja für braun
gehalten, doch im Neonlicht nehmen sie eine grünliche Tö-
nung an. Er findet das abwechslungsreich, wenn auch nicht
übermäßig. Er wartet. Der Lemming wartet.
Später schließt er die Augenlider, um sie von innen zu betrachten. Immer wenn das Licht aufflammt, verjagt ein roter Schimmer die Dunkelheit auf seiner Netzhaut. Schwarz
und rot, schwarz und rot, ein endloser Kreislauf – fast wie
die jüngere Geschichte der österreichischen Innenpolitik,
sinniert der Lemming. Schein oder nicht Schein, das ist die
parlamentarische Frage ... Aber wer öffnet einem dann die
Augen? Man muss es schon selbst tun ... Er tut es.
Auf der anderen Seite des Flurs steht ein Mann.
Schmächtiger Körperbau. Dunkle Haare. Große, glänzende
Augen. Ein grauer, etwas zu weit geratener Anzug, makellos
gebügelt wie das weiße Hemd. Es ist der Mann, den der Lemming schon in der Eingangshalle gesehen hat. Ein wenig gebeugt, die Arme leicht angewinkelt, so steht er und starrt auf
das Türschild der Röntgenabteilung. Das Neonlicht flammt
auf. Er blinzelt nicht. Der Mann steht völlig regungslos.
«Grüß Sie ...» Keine Reaktion. Der Lemming setzt den
Rollstuhl in Bewegung, rückt ihn ins Blickfeld seines Gegen-
übers.

«Hallo?»

Keine Antwort. Skulpturen antiker Heroen kommen dem Lemming in den Sinn, schweigende Standbilder mit ebenmäßigen, wunderschönen Gesichtern, aber die Pose dieses Mannes ist nicht heldenhaft. Er wirkt versunken, nach innen gekehrt, er wirkt, als wolle er seine Umwelt glauben machen, dass er gar nicht vorhanden sei. Aber auch das trifft nicht wirklich den Punkt: Dieser Mann scheint überhaupt nichts zu wollen, dieser Mann scheint keine Umwelt zu besitzen. In gewisser Hinsicht ist er das genaue Gegenteil von Robert Stillmann: der eine ein lebender Leichnam, dessen geistige Strahlkraft man deutlich zu spüren vermeint, der andere in aufrechter Haltung und trotzdem nur ein blinder Fleck, ein Stück Antimaterie. Ganz leise, fast unmerklich, gerät sein Körper nun in Schwingung; er beginnt, in kleinen Bewegungen vor- und zurückzupendeln, rhythmisch wie der Zeiger eines Metronoms.

Und dann, plötzlich und unvermittelt, öffnet der Mann seine Lippen.

«Selig alle Toten …»

Der Lemming lässt die Decke auf den Boden gleiten. Steht auf, nähert sich dem anderen bis auf wenige Zentimeter.

«Was soll das heißen?», flüstert er.

Stille.

«Wie meinen Sie das? Was soll das heißen: *Selig alle Toten*?»

Doch der Mann starrt stumm am Lemming vorbei. Seine Lippen sind wieder versiegelt. Das Orakel schweigt.

Nach einer Weile wendet sich der Lemming ab. Trottet zum Rollstuhl zurück.

«Ein Irrenhaus», brummt er, und dann lauter: «Ein Irrenhaus! Ein Irrenhaus ist das hier!» Er ärgert sich. Wie schön, wenn chronische Verzweiflung akutem Ärger weicht.

«Hauptsach, dass ma wissen, wo ma san!»

Eine kleine, gedrungene Gestalt kommt eiligen Schritts den Gang entlang. Theo, der unwirsche Krankenpfleger, Theo, der Griesgram.

«Und? Wart'ma schon lang? Macht nix. Na kommen S', brav sein und hinsetzen, aber husch, husch!»

Theo hebt hastig die Decke vom Boden auf, knüllt sie zusammen und wirft sie dem Lemming auf den Schoß.

«So, und jetzt zudecken, dass uns der Beidl net abfriert … Und du? Was machst du da heroben?» Er wendet sich an den schweigsamen Mann, der noch immer die Tür des Untersuchungszimmers fixiert. «Solltest du net beim Essen sein? Oder brauchst a persönliche Einladung? Vorwärts marsch, jetzt mach, dass d' weiterkommst zu den anderen! I kann mi net um alles kümmern!»

Seine Worte rufen keine Reaktion hervor. Der Schmächtige wippt. Und starrt. Und wippt.

«Depperter …» Theo gibt auf. Er packt den Rollstuhl und stapft los.

«Wer war das?», wagt der Lemming zu fragen, während sie auf den Fahrstuhl warten.

«Was wollen S'?»

«Wer das war? Dieser Mann vorhin …»

Sie steigen in die Liftkabine. Die Türen schließen sich lautlos.

«Ein Trottel», sagt Theo. «Ein Trottel namens Grock.»

14

«Wir tanzen, wir tanzen bei Tag und bei Nacht …»

Es ist schon absurd, denkt der Lemming, während er von Theo durch den Flur des Siegfried-Pavillons geschoben wird. Absurd und trotzdem so nahe liegend. Er schließt die Augen und schmunzelt.

«Wir loben und preisen die irdische Pracht …»
Kaum fünf Minuten ist es her, da haben sie ihm auf einmal
wieder in den Ohren geklungen, diese seltsamen Stimmen,
leise, ganz leise zunächst, als trüge sie ein lauer Windhauch
von weit her über die Hügel.

«Stopp!», hat der Lemming dem schweigsamen Theo zugerufen, und der, nicht gewohnt, von Patienten Befehle entgegen-
zunehmen, hat aus lauter Verblüffung wirklich angehalten.

«Was wollen S' denn scho wieder?»

«Dieses … dieses Lied … Können Sie das auch hören?»

«Lied?», hat Theo gefragt, um dann, nach einer kurzen Nach-
denkpause, zuckersüß hinzuzufügen: «Sicher doch, natürlich
kann ich's hören. Der gute Theo kann alles hören: Pfeifen,
Trommeln, Stimmen aus dem Jenseits … Was immer Sie
wollen: Sie wünschen, wir spielen …» Und dann ist Theo
weitergegangen und hat so etwas Ähnliches wie «Lauter Trotteln» vor sich hin gebrummt.

Aber nicht lange.

Denn schon nach wenigen Metern hat der bockige Theo den
Rollstuhl so jählings zum Stehen gebracht, dass der Lemming
um ein Haar aus seinem Sitz geschleudert worden wäre, genau vor die Füße der vier blumenbekränzten Frauen, die gerade aus dem Unterholz gebrochen sind.

«Seids es deppert?», hat Theo nach der ersten Schrecksekun-
de losgebrüllt. Dabei hat er wild auf den Boden gestampft,
sodass sich der Lemming für einen Moment auf die Bühne
einer drittklassigen Broadway-Märchenrevue versetzt gesehen hat: hinter sich das reizbare Rumpelstilzchen im lindgrünen Waldschrattkostüm, vor sich die tänzelnden Nymph-
chen in weißen Tutus, die aber bei näherer Betrachtung
doch eher einen pyknischen als einen mystischen Eindruck
gemacht haben. Die kurzen Hälse, die breiten, offenen Gesichter mit den schräg gestellten Augen haben ihn sofort an

seinen fünfjährigen Neffen erinnert: Auch der ist mit dem Down-Syndrom auf die Welt gekommen, das von Ärzten und Wissenschaftlern *Trisomie einundzwanzig* genannt wird, weil die Zellen dann statt des einundzwanzigsten Chromosomenpaares einen Chromosomendrilling aufweisen. Wer also behauptet, dass Menschen mit Down-Syndrom etwas fehlt, der liegt falsch: Was die Genetik betrifft, so leben sie eher im Überfluss als im Mangel.

Theo ist weder Arzt noch Wissenschaftler, er hat sich eine gewisse Bodenständigkeit bewahrt, und deshalb ist auch seine Reaktion entsprechend volksnah gewesen. «Na warts nur, ihr depperten Mongoweiber!», hat er die Frauen angebellt. «Na warts nur, wenn i euch erwisch!»

Aber er konnte den Rollstuhl auf dem abschüssigen Gelände nicht einfach so loslassen, um sich auf die vier zu stürzen – wahrscheinlich haben sie seinen verbalen Flatulenzen aus diesem Grund keine weitere Beachtung geschenkt. Ihre Aufmerksamkeit hat voll und ganz dem Lemming gegolten.

«Der ist aber süß!»

«Bist du neu hier?»

«So süß!»

«Wie heißt du denn?»

«Kannst du denn nicht laufen?»

«Bist du sehr krank?»

«Sag schon!»

Der Lemming hat keine ihrer Fragen beantwortet. Er hat einfach nur dagesessen und ungläubig den Kopf geschüttelt. Es hat eine Zeit lang gedauert, bis seine Verblüffung verflogen ist, bis die wirren Gedanken geordnet, die rechten Worte gefunden waren.

«Der Schnee und der Regen, der Wind und die Sonne ...», hat der Lemming zögernd und leise zu singen begonnen.

« ... Ein irdisches Leben voll himmlischer Wonne!», haben

die Frauen sofort mit eingestimmt und aufgeregt in die Hände geklatscht. «Wir tanzen, wir tanzen …»

«Jetzt reicht's aber!» Theo, der inzwischen die Bremse des Rollstuhls gefunden und arretiert hatte, ist den Sirenen mit heftigen Drohgebärden seiner nunmehr freien Arme entgegengestampft und hat sie vor sich hergescheucht wie ein mürrischer Hirtenhund eine fröhliche Gänseschar. «Ab durch die Mitte, ab in den Speisesaal, oder soll i euch in eure bladen Ärsche treten?»

Kichernd sind die vier in Richtung *Walhall* geflattert, aber nicht ohne dem Lemming zuvor noch das eine oder andere Kusshändchen zugeworfen zu haben. Und er hat jedes einzelne grinsend erwidert.

«Eing'sperrt g'hören s', die Daunegärs, die depperten … Eing'sperrt und nimmer ausselassen …»

Mit diesen Worten ist Theo wieder hinter den Lemming getreten, um die Talfahrt fortzusetzen, und er hat seine Schimpftirade bis zum Siegfried-Pavillon nicht mehr unterbrochen: «Dabei sind s' wie a Sackel voller Flöh, die Daunegärs, die schirchen Weiber: Nix wie Zores hast mit denen, aber scho gar nix wie Zores … Alle zwei, drei Tag' paschen s' ab, verschwinden einfach aus der Klinik, keiner weiß, wie die das anstellen, und wir Pfleger können s' dann suchen, draußen im Wald … als hätten mir sonst nix zu tun … Scheiß auf die depperten Daunegärs, die depperten …»

Erst nach einer Weile hat sich dem Lemming die Bedeutung des merkwürdigen Wörtchens *Daunegärs* erschlossen: Es war ein sprachlicher Bastard, ein Mischwort aus Theos erdigem Wienerisch und dem englischen Kose- und Künstlernamen, mit dem das singende Damenquartett offenbar in der Klinik bezeichnet zu werden pflegte. Und der lautete sinnigerweise *Downie-Girls*.

Theo öffnet die Tür zum Krankenzimmer und schiebt den Lemming über die Schwelle. «Alles aussteigen, dieser Rollstuhl wird eingezogen!», brummt er. «Ein Essen, wenn S' noch wollen, kriegen S' von der Schwester, wenn S' da auf den Knopf drücken. Des kommt dann auf Rädern, des Essen, so wie Sie …» Zwei Witze in knapp fünf Sekunden: eine beachtliche Leistung für den sonst so verdrießlichen Theo. Mit stolzem, ja beinahe heiterem Schnauben belohnt er sich selbst für seine humorige Großtat.

«Haha», meint auch der Lemming. «Eingezogen … auf Rädern … Sie sind mir schon ein Scherzbold …»

Verlegenes Räuspern. Theo scheint dergleichen Komplimente nicht gewohnt zu sein. Ohne noch weiter auf die halbherzige Schmeichelei zu reagieren, nimmt er die Decke vom Schoß des Lemming und hilft ihm aufzustehen.

«Ins Bett werden S' ja wohl alleine finden», sagt er und wendet sich dem Ausgang zu. Schon halb aus dem Zimmer, dreht er sich noch einmal um und meint: «Wenn S' was brauchen, rufen S' mi. I bin eh schon für alle der Trottel, also warum net auch für Sie …»

Es mag ja sein, so denkt der Lemming, während er unter die Decke kriecht, dass Theo, dieser Poloblusenkretin, von allen Trotteln dieser Welt der größte ist. Vielleicht ist er aber gar kein so schlechter Mensch …

Ruhig ist es jetzt. Robert Stillmann scheint zu schlafen; jedenfalls sind seine Augen fest geschlossen. Über den *Ulmen* hat die Sonne ihren Zenit überschritten; hier unten im Siegfried-Pavillon herrscht schattige Kühle. Siesta. Der Lemming schmiegt sich ans frisch gespannte Laken, und seine Müdigkeit besiegt den Appetit im Handumdrehen. Kein Knopf wird gedrückt, keine Schwester gerufen, kein Essen verlangt, vor allem aber: kein Wort mehr gewechselt. Nur keine Worte mehr … Schwer und schwerer werden die Glieder, der Geist tritt aus sich selbst heraus, betrachtet sich friedvoll im Dämmerlicht: Das ist der süße Moment des Einschlummerns, die magische Grenze zwischen Wachsein und Schlaf. Der Lemming dreht sich auf die Seite, zieht, ganz Säugling, die Beine an den Körper und schiebt den rechten Arm unter das Kopfkissen, als wolle er es an sich drücken und nie im Leben wieder loslassen. Und dann, genau in jenem Augenblick, da der kleine Mann in seinem Kopf die Lichter löscht und erste Traumfetzen über die innere Leinwand huschen, berührt seine Hand das Samtige unter dem Kissen. Ein seltsam geformtes Stück Stoff, das sich um einiges weicher anfühlt als das steife Leinen des Bettbezugs.

Wenn die Erschöpfung den Hunger bezwungen hat, so wird sie nun ihrerseits von der Neugierde übertrumpft: Seit eineinhalb Tagen befindet sich der Lemming in erhöhter Alarmbereitschaft; seine Nerven sind zu angespannt, dass er sie einfach so abschalten könnte. Er zieht den dubiosen Lappen heraus und öffnet die Augen.

Mit einem Satz ist er auf den Beinen. Schleudert seinen Fund aufs Bett, als habe er sich die Finger daran verbrannt. «Scheiße!»

Er taumelt zurück, die Augen unverwandt auf das Ding, das Unding gerichtet, auf diese flaumige Arachnide, diese fünffüßige Giftspinne, dieses kleine, albinitische Monster. Aber es ist gar kein Tier, das nun sprungbereit auf der Decke liegt; es ist nichts als ein vollkommen harmloser weißer Handschuh.

Nestor Balint ist *Unter den Ulmen*, schießt es dem Lemming durch den Kopf. Nestor Balint ist zurückgekehrt. Und nicht nur das: Der Killer vom Naschmarkt hat ihn, den Lemming, hier in der Klinik gesehen und wiedererkannt. Ob nun heute Morgen, als er bewusstlos ins Haus getragen wurde, oder zu Mittag, als Ines und Theo ihn quer durchs Gelände bugsierten: Ein ums andere Mal hat er auf dem Präsentierteller gelegen; Balint musste nur die Augen aufsperren, während er sich selbst heimtückisch hinter den Gardinen von *Walhall* verbarg. Theos lahmer Scherz vom *Essen auf Rädern* scheint der Wahrheit also ziemlich nahe zu kommen. Und nun? Was hat er nun vor, der verrückte Musikant, der nicht nur Töne, sondern auch Menschen punktgenau zu treffen vermag? Will er den einzigen Zeugen seines Verbrechens nun auch in den Wahnsinn treiben, ihn zu seinesgleichen machen? Oder will er ihn warnen, ihn bedrohen, um ihn von hier zu verscheuchen? Letzteres wäre zwar nahe liegend, aber es passt nicht so recht zu dem Eindruck, den der Lemming von Balint gewonnen hat: Der kleine Mann scheint niemand zu sein, der seine Schritte lange plant, bevor er handelt. Impulsive Menschen pflegen nicht erst dreimal um die Ecke zu denken, ehe sie ihren nächsten, gefinkelten Schachzug machen. Und impulsiv, das ist sie ja wohl, die irre, vor Eifersucht geifernde Oblatenstirn; so viel steht außer Frage. Und noch etwas steht fest: Der Handschuh unter dem Kissen des Lemming ist nicht einfach nur ein Handschuh, er ist ein Zeichen, eine Kriegserklärung, ein Fanal des bevorstehenden Kampfes. Er ist ein *Fehdehandschuh.*

Trotzdem schleichen sich Zweifel in die Überlegungen des Lemming ein: Ist es möglich, dass Balint einfach so ins Sanatorium zurückgekehrt ist, ganz selbstverständlich, als wäre er nur mal eben Zigaretten holen gewesen? Dass er mit einem nonchalanten *Hallo allerseits* sein Zimmer wieder bezogen hat? Sicherlich nicht: Ein solches Maß an Kaltblütigkeit ist dem Mörder vom Naschmarkt schwerlich zuzutrauen. Kann Balint andererseits zurückgekommen sein, ohne von Ärzten, Schwestern und Mitpatienten erkannt zu werden? Ist er etwa bei Nacht und Nebel über die Mauer geklettert und hält sich nun in einem vergessenen Winkel der Klinik versteckt? Wie könnte er dann am helllichten Tag seinen Handschuh ins

Zimmer des Lemming geschmuggelt haben? Oder ist es gar jemand anderer gewesen, der in seinem Auftrag …

«Schwester!»

Der Lemming läuft den Flur entlang, reißt eine Tür auf. Wieder ein Krankenzimmer: drei Betten, drei knochige, greisenhafte Gesichter, kahle Köpfe, leere Blicke, die zur Decke stieren.

«Entschuldigung …» Der Lemming hastet weiter, sucht, probiert, drückt Klinke um Klinke. Nach einer flüchtigen Inspektion der Abstellkammer und einem Besuch im Wäschelager findet er endlich die richtige Tür: *Schwesternzimmer* steht in kleinen, schwarzen Lettern darauf geschrieben. Ohne anzuklopfen, stürzt der Lemming in den Raum.

Es ist ihm egal. Egal, dass er stört, egal auch, dass er sieht, was er nun sehen muss: einen weinroten Diwan, darauf ein Paar weit gespreizter, wabbelnder Schenkel, zwischen denen ein haariger Hintern pumpt. Der Mann, dem er gehört, kommt offensichtlich auch gerade. Er verharrt in kurzer Erstarrung, grunzt ein wenig und lässt sich erschöpft auf den massigen Weiberleib sinken, der unter ihm liegt.

Im Gegensatz zu Frauen sehen Männer beim Geschlechtsakt immer lächerlich aus. Ihre kleinen, zitternden Backen, ihre nervösen Bewegungen entbehren jeder Ästhetik, jeder Erotik, jeglicher *Männlichkeit*. Wie sie es auch anstellen mögen: Ihre grotesken Posen, ihre spastischen Verrenkungen wirken auf den unbeteiligten Betrachter wie der krampfhafte Versuch, mit Stumpf und Stiel dahin zurückzukriechen, woher sie einst gekommen sind. Wenn der Mensch auch hinten eine Zunge hätte, würde sie dem Mann im Moment seiner höchsten Erregung aus dem Arschloch hecheln wie die eines durstigen Hundes.

Es ist ihm egal. Völlig egal. Trotzdem tritt der Lemming jetzt den Rückzug an, stiehlt sich leise aus dem Zimmer, bevor ihn das verschwitzte Paar bemerkt. Geht mit verschränkten Armen auf dem Flur auf und ab, lässt die Zeit verstreichen. Er tut es weder aus Abscheu noch aus Diskretion; er zieht sich zurück, weil plötzlich und unerwartet ein ähnliches, aber weit ekelhafteres Bild vor seinem inneren Auge erschienen ist, ein selbstzerstörerisches Hirngespinst, der klassische Tagtraum eines Lemmings eben: Es sind Klaras Schenkel, die er sieht, und das virile Hinterteil von Rolf, dem Tierpfleger, wie es sich schmatzend dazwischen schiebt. Klaras Keuchen und Rolfs Röcheln verleihen der Vision den akustischen Pep …

Diesmal ist es nicht gespielt: Der Lemming hebt die Hand und wischt sich über die Augen, zweimal, dreimal, bis das hässliche Trugbild verschwunden ist. Was bleibt, ist die sichtbare Realität …

Die Tür geht auf, ein Mann tritt auf den Flur. Ein Mann, den der Lemming nicht kennt. An seinem Körper schlottert ein blauer Overall, auf dem Gesicht trägt er den Ausdruck entspannter Zufriedenheit. Ein breites, pockennarbiges Gesicht, aus dem zwei wachsame Augen blicken. Er geht dem Ausgang entgegen, ohne sich umzusehen, bleibt dann kurz stehen, greift sich an den Schritt und streckt das rechte Bein aus. Hüpft auf dem anderen ein paarmal auf und ab, knetet und schiebt, bis die Schwerkraft wieder alles ins Lot gebracht hat. Setzt seinen Weg schließlich fort. Linksträger, konstatiert der Lemming, als wäre er selbst Sherlock Holmes und die bevorzugte Lage fremder Gemächte von irgendeiner tieferen Bedeutung. Der blaue Overall tritt ins Sonnenlicht hinaus, bleibt abermals stehen, steckt sich eine Zigarette an, raucht genüsslich. Verschwindet endlich um die Ecke.

«Schwester!»

Der Lemming klopft und tritt ins Schwesternzimmer. Er hat eine Frage zu stellen, und er wird sie stellen, was und wer auch immer ihn daran zu hindern versucht.

Die weinrote Couch ist leer. Auf der anderen Seite des Raums, an einem Schreibtisch, über dem mehrere kleine Monitore flimmern, sitzt mit glühenden Bäckchen Schwester Paula. Sie lächelt.

«Entschuldigen Sie … Ich hätte eine Frage …»

Die gewaltige Speckschicht, von der die Schwester ummantelt ist, scheint ihr inzwischen auch über die Ohren gewachsen zu sein.

«Hallo? Darf ich kurz stören?»

Jetzt erst erwacht sie aus ihrer Verklärung und kehrt in die Gegenwart zurück. Langsam dreht sie den Kopf, bis sie den Lemming bemerkt; dann geht ein plötzlicher Ruck durch den mächtigen Busen: Sie springt auf die Beine.

«Sapperlot noch einmal! So ein Schlingel! Lauft mir da im Nachthemd durch die Gegend! Jetzt aber husch, husch in die Heia, sonst gibt's was aufs Popscherl!»

Bedrohlich wogen Schwester Paulas Massen jetzt auf den Lemming zu, und er streckt beschwichtigend die Arme aus, während er zurückweicht, ganz allmählich, Schritt für Schritt.

«Schwester, bitte, nur ein Momenterl …»

«Nix da Momenterl! Im Zimmer haben wir ein Knopferl, das tun wir schön drücken, wenn wir was brauchen. Und dann kommt die Schwester Paula und bringt's uns. Ins Schwesternzimmer dürfen wir als Patient schon gar nicht hinein, ob mit Nachthemd oder ohne, das schreib'ma uns gleich hinter die Ohrwascheln. Also brav sein, nicht die Schwester Paula sekkieren, sonst setzt's was …»

Der Lemming gibt auf. Er trottet zurück in sein Zimmer, setzt sich auf die Bettkante und drückt den roten Alarmknopf über dem Nachttisch. Keine fünf Sekunden muss er warten, bis die Schwester erscheint; ihr pädagogischer Erfolg lässt sie bis über beide Ohren strahlen.

«Braver Bub! Gut gemacht! Dafür hab ich uns auch was Schönes mitgebracht …» Sie hält dem Lemming eine Zahnbürste hin, als wär's ein Blumenstrauß, zwängt sich in das kleine Bad neben dem Eingang und hantiert über dem Waschbecken herum.

«Soda!», meint sie fröhlich, als sie wieder im Türrahmen auftaucht, «und jetzt wollen wir sicher ein Papperl haben, gell? Ein Hühnersupperl gibt's heut, ein gutes, und ein Schnitzerl natur mit Erbserln und Pürreetscherl und …»

«Schwester … bitte … eine Frage nur …»

«Ja was denn noch? Haben wir 'leicht Extrawünsche?»

«Nein, nein … Ich wollte nur wissen … War in den letzten Stunden jemand hier? Ein Besuch vielleicht oder sonst irgendwer, der nicht auf die Station gehört?»

Ein Engel schwebt durchs Zimmer, sanft und leise. Auf dem Gesicht der Schwester beginnen sich rote Flecken auszubreiten, kleine Inseln zunächst, die wachsen und wachsen und sich rasch zu ganzen Kontinenten vereinigen. Nicht lange, und Schwester Paulas Schädel ist ein einziger, puterrot leuchtender Globus. Schon reißt sie die zitternden Lippen auf, doch ein Wunder geschieht: Ihr fehlen die Worte.

«Aber nein», versucht der Lemming abzuwiegeln. «Ich hab nicht *Sie* gemeint … ich meine, dass *Sie* Besuch hatten … sondern …» Vergiss es, Lemming. Einmal aus dem Tritt gebracht, kannst du nur noch von einem Fettnapf in den nächsten stolpern. Du solltest es langsam wissen, dass es dann besser ist, innezuhalten, zu schweigen, zu warten, bis du dein inneres Gleichgewicht wiedergefunden hast …

«Ich … ich …», stößt Schwester Paula jetzt krächzend hervor. «Ich … hab gleich g'wusst, mit Ihnen werd ich nix wie Schwierigkeiten haben!» Sie dreht sich auf dem Absatz um und stampft aus der Türe wie Wotans Walküre.

Es macht aber nichts. Überhaupt nichts. Sie hätte dem Lemming vermutlich nichts Neues berichten können. Ihren Krankenschwesternreport hat sie ja schon vorher abgeliefert, und der männliche Hauptdarsteller darin ist ein blauer Overall gewesen, kein weißer Handschuh. Von dem ungeladenen Gast im Zimmer des Lemming hat sie mit ziemlicher Sicherheit nichts mitbekommen. Den kann bestenfalls sein Nachbar gesehen haben, Robert Stillmann, dessen Augen aber nach wie vor geschlossen sind.

Der Lemming erhebt sich und schlurft grübelnd Richtung Fenster. Die Figuren sind aufgestellt, so denkt er, Balint hat den ersten Zug gemacht und geht, wie es scheint, sofort zum Angriff über. Zugleich macht sich der kleine Geiger aber unsichtbar, um sich gewieft vor einem Gegenschlag zu schützen. Was also tun? Ferdinand Buchwieser kommt dem Lemming in den Sinn, der gestern früh die Partie seines Lebens gegen Balint verloren hat, Ferdinand Buchwieser, der sich nicht mehr wehren kann. Wenn der Täter selbst im Dunkel bleibt, dann gilt es, das Opfer zu durchleuchten, um so dem Denken und Fühlen, den Stärken und Schwächen seines Mörders auf die Schliche zu kommen. Eine verdeckte Attacke über die Flanke sozusagen, wie sie im Lehrbuch der Kriminese steht. Jetzt, da ihm Balint offen den Krieg erklärt hat, rechnet er vielleicht mit einer solchen Finte nicht: Auch Schachspieler pflegen eher selten die geschlagenen Figuren anzugreifen, die schon ausgemustert neben dem Spielbrett liegen …

Der Entschluss des Lemming ist gefasst, und für einen Moment wird ihm leichter ums Herz: Das Leben ist einfach erträglicher, wenn man einen Plan hat, und sei er auch noch so vertrottelt …

Er zieht die Gardine zur Seite und schaut versonnen aus dem Fenster. Draußen ist alles ins warme Licht des frühen Nachmittags getaucht. Der sanfte Wind, der vorhin noch über die Landschaft gestrichen ist, hat nachgelassen. Blumen und

Gräser, Büsche und Bäume aalen sich zufrieden in der Sonne, verharren genügsam und still. So wie das Denkmal, das keine zehn Meter entfernt auf dem Rasen steht. Reglos steht es da und starrt dem Lemming ins Gesicht.

Es ist Grock.

15

Mit dreizehn Jahren beschloss ich, adoptiert zu werden.

Das Leben im Waisenhaus hatte mich gelehrt, was es mich zu lehren hatte; längst durchschaute ich die bizarren Beziehungsgeflechte, in die sich Menschen zu verstricken pflegen, und ich verstand sie für mein Spiel zu nützen. Aber es war eine enge und sehr begrenzte Welt; sie durfte mir nicht mehr als eine Übungswiese sein. Das winzige Chaos eines Sandkastens ist von rechten Winkeln umgeben; der Geist jedoch – so dachte ich damals noch – hat jeder Ordnung zu trotzen, hat jeden Rahmen zu sprengen, der ihn beschränkt. Nach Jahren erst wurde mir klar, dass der Rahmen dem Chaos die goldene Brücke baut. Denn jede Bewegung misst sich am Unbewegten: Erst in der Ruhe wird der Sturm zum Sturm, erst auf dem festen Boden geht das Glas zu Bruch; es könnte sonst ewig weiterfallen, ohne Schaden zu nehmen. Jeder Aufruhr braucht den Hexenkessel, der ihn umgibt; ohne Grenzen macht das Chaos keinen rechten Spaß. Doch auf diese Erkenntnis sollte ich erst viel später stoßen.

Ich begann mich also mit den kinderlosen Pärchen zu befassen, die das Waisenhaus von Zeit zu Zeit besuchten. Ich versuchte zu ergründen, welche Kräfte sie trieben, und setzte alles daran, ihren Wünschen und Vorlieben zu entsprechen. Trotzdem blieb meinen Bemühungen ein rascher Erfolg versagt: Zu verschieden waren die Geschmäcker, die es zu befriedigen galt; ihrer unüberschaubaren Vielfalt drohten meine Fähigkeiten nicht gewachsen zu sein. Während manche der Paare den schüchternen Mädchentyp bevorzugten, wandten sich andere der Gattung des frechen Lausbuben zu. Die einen legten Wert auf Intelligenz, die anderen auf Zurückhaltung und Bescheidenheit, wieder andere wollten nur ein braves, aber aufgewecktes Kind ihr Eigen nennen. Ohne sich dessen bewusst zu sein, trugen sie alle ein Wunschbild mit sich, wenn sie bei uns aus ihren Autos stiegen: Es war immer ihr eigenes, bis zur Unkenntlichkeit geschöntes Spiegelbild. Unfruchtbar, wie sie waren, wollten sie doch einen Klon ihrer selbst mit nach Hause nehmen, ein Klischee allerdings, das von ihren genetischen Fehlern bereinigt war. Erst nachdem ich das erkannt hatte, begann mein Marktwert zu steigen. Ich begann die Impotenten nachzuahmen, wenn ihre Kindereinkaufstour sie zu uns führte. Ich schmückte mich mit Schleifchen und Geschenkpapier, nicht anders als die anderen Waisen auch. Aber im Gegensatz zu ihnen stimmte ich die Verpackung auf unsere wechselnden Kunden ab. Gleich einem Chamäleon lernte ich es, nach Bedarf meine Farbe zu ändern.

Das Paar, das sich am Ende für mich entschied, glich im Großen und Ganzen den anderen Paaren, die sich bei uns einen kleinen Hausgenossen suchten. Durchaus vermögend, halbwegs gebildet, mehr oder weniger freundlich. Und das heißt: er mehr und sie weniger. Der Mann war Apotheker von Beruf. Er besaß einen kleinen Laden in der Stadt, den er gemeinsam mit einem jungen Angestellten führte; so verdiente er genügend Geld, um neben der Wohnung im Zentrum auch noch ein Häuschen am Land erhalten zu können. Am Land und über dem Wasser, genauer gesagt, denn es handelte sich um einen hölzernen Pfahlbau, der, kaum eine Stunde von der Stadt entfernt, am Ufer eines weithin ausgedehnten Steppensees stand. Die ruhige und offene Landschaft der pannonischen Tiefebene schien sich auch im Wesen des Apothekers widerzuspiegeln: Er war einer jener sanften Menschen, die irgendwann das Wort *Geduld* zum obersten Prinzip erhoben haben und die diesem Grundsatz – gemäß der ihm innewohnenden Logik – ein Leben lang die Treue halten. Was auch immer geschehen mochte: Der Apotheker ließ sich nicht aus der Ruhe bringen; ich habe ihn niemals unbeherrscht oder gar jähzornig erlebt. Wenn auch manchmal eine tiefe Traurigkeit in seinen Augen lag, so schien es doch meist eine Trauer aus Mitleid und nicht aus persönlichem Schmerz zu sein: Sie wischte den milden Zug um seine Lippen nie vollkommen fort. Er war ein gütiger Mensch, der Apotheker, und er brauchte viel, sehr viel Geduld, um gütig zu bleiben.

Im Gegensatz zu ihm hatte seine Frau nämlich ein anderes Wort auf ihre Fahne geschrieben, ein Wort, das ihrer Fahne sozusagen erst Gestalt verlieh, und dieses Wort hieß *Likör*. Die Frau des Apothekers soff wie ein Kamel nach wochenlangem Wüstenritt, nur dass sich ihre Höcker nicht entsprechend füllten. Schlaff und verrunzelt hingen sie an ihr herab, sichtbar gewordene Wurmfortsätze ihrer defätistischen Persönlichkeit, und boten ihr so einen weiteren Vorwand, um noch mehr Schnaps in sich hineinzuschütten. Sie hatte eine schwere Kindheit gehabt, wie sie immer wieder unter Tränen zu betonen pflegte, eine Kindheit, aus der sie das Recht abzuleiten schien, ihre infantile Selbstbezogenheit bis ins Greisenalter beizubehalten, ja mehr noch: Sie forderte für ihre Launen und Allüren ungeteilte *Liebe* ein. So bot sie das Bild einer kleinen, trotzigen Göre mit Hängebrüsten, einer zurückgebliebenen Heulsuse, die es für selbstverständlich hielt, dass ihr Mann den Job erledigte, an dem ihre Eltern gescheitert waren. Der Apotheker tat sein Bestes. Mit messianischer Ergebenheit trug er sie auf Händen, sie, sein Schicksal, sein Kreuz. Es war ein Unternehmen ohne Aussicht auf Erfolg: Jedes beruhigende Wort steigerte ihre Hysterie, jedes Kompliment wurde mit bissiger Abwehr quittiert, jedes Treuegelöbnis mit haltlosen Vorwürfen. Die Frau des Apothekers glich einem alternden Jäger, der schon lange nicht mehr jagt, einem blinden Trapper, der durch düstere, tief verschneite Wälder irrt, panisch vor Angst, sein kümmerliches Bündel verrotteter Felle könnte ihm abhanden kommen.

Die Eifersucht ist ein wunderliches Elend. Das war wohl die wichtigste Lehre, die mir damals zuteil wurde. Aber ich gewann noch eine weitere Einsicht: Alkohol ist ein geistiger Jungbrunnen; er konserviert nicht nur das Fleisch, sondern auch die kindische Dummheit und die Ohnmacht der Menschen.

Nach kaum einer Woche in meinem neuen Heim erkannte ich den eigentlichen Grund für meine Adoption. Meine Anschaffung sollte vor allem dazu dienen, die Frau des Apothekers zu unterhalten, zu umsorgen und so weit wie möglich von der Flasche wegzubringen. Ich sollte gewissermaßen als Likörersatz fungieren, als menschliches Surrogat für den Stoff, aus dem ihre chronischen Albträume waren. Deshalb hatten sich die beiden auch einen Dreizehnjährigen geholt: Es heißt, dass kleine Kinder Liebe brauchen, und das war das Letzte, was die Frau des Apothekers zu geben hatte. Im Gegenteil: *Ich* sollte mich um *sie* kümmern; mir war die Aufgabe zugedacht, dieses abgewrackte, bodenlose Fass mit Zuneigung zu füllen.

Die Idee, einen Jugendlichen aufzunehmen, gründete auf einem Vorfall, der sich nur wenige Wochen zuvor im Geschäft des Apothekers zugetragen hatte. Obwohl ich die Geschichte nur in Bruchstücken erfuhr, konnte ich sie mir bald zusammenreimen: Um ihrer ständigen Eifersucht Herr zu werden, hatte der Apotheker seine Frau eine Zeit lang zur Arbeit mitgenommen; er hatte wohl gehofft, ihr den Wind aus den Segeln zu nehmen, wenn sie ihn auch tagsüber kontrollieren konnte. Im Grunde gab es nichts für sie zu tun, allenfalls kleinere Tätigkeiten im Lager, die sie, wenn überhaupt, dann mit der Miene eines sterbenden Schwans ausführte. Meistens stand sie hinter dem Ladentisch herum, angetan mit einem langen weißen Mantel, und bewachte ihren Mann mit Argusaugen. Höflich und freundlich bediente er die Kunden, doch bemerkte er bald, dass er dem ehelichen Frieden damit keine guten Dienste tat. Wann immer eine Frau zwischen sechzehn und sechzig im Geschäft erschien, brach nämlich wenig später der Terror los: «Oh, wie charmant der Herr Magister heute wieder ist! *Bitte schön, die Dame, danke sehr, Gnädigste, beehren S' uns bald wieder* … Magst ihr nicht hinterherlaufen? Na geh schon, tu dir keinen Zwang an! Die Gnädigste hat sicher nichts dagegen, wenn du ihr zwischen die gnädigen Schenkerln kriechst!» Solche und ähnliche Szenen muss es oft gegeben haben, sie vergifteten die Atmosphäre, und so war es kein Wunder, dass die Kundschaft nach und nach ausblieb. Die Umsätze gingen zurück, und eines Morgens kündigte der schon lange entnervte Gehilfe. Es muss an diesem Tag gewesen sein, dass die Frau des Apothekers den Bogen endgültig überspannte.

Das Mädchen, das gegen die Mittagszeit den Laden betrat, kam regelmäßig vorbei, um Präservative zu kaufen. Sie hätte sie im Supermarkt viel billiger bekommen, aber wahrscheinlich dachte sie wie viele Leute, dass ein höherer Preis auch bessere Qualität verspricht. Der Apotheker wusste natürlich, dass ihre Jugend und ihr offensichtlich unbeschwertes Liebesleben seiner Frau ein Dorn im Auge waren. Umso mehr überraschte ihn deren plötzliche Liebenswürdigkeit. Mit einem breiten Lächeln ging sie nach hinten ins Lager, um die gewünschte Ware zu holen. Und als das Mädchen bezahlt und das Geschäft verlassen hatte, enhielt sie sich jeglicher bissigen Bemerkung.

Durchlöcherte Kondome funktionieren nicht so gut. Das war auch dem Apotheker klar, als das Mädchen nach zwei Wochen wiederkam und die angebrochene Packung wutentbrannt auf den Ladentisch knallte. Ein winziger Nadelstich ging quer durch die Schachtel, ein nahezu unsichtbares Loch, das man erst entdeckt, wenn es zu spät ist. Und es war zu spät, für die junge Frau jedenfalls. Sie brütete bereits ein Kind aus. Den Apotheker kostete der Vorfall ein stattliches Bußgeld und eine weitere Kundin; seiner Frau bescherte er einen Ziehsohn. Sie hatte wohl eingesehen, dass sie zu weit gegangen war, also willigte sie zähneknirschend ein, fortan daheim zu bleiben, um den Laden nicht ganz zu ruinieren. Der Preis dafür war ich.

Drei Jahre lang lebte ich bei den beiden, drei Jahre, die ich gewissermaßen als Ziegenhirt verbrachte. Allerdings nahm ich das gerne in Kauf; es war das beste Training, das meinem Umgang mit geistiger Armut und menschlicher Schwäche zuteil werden konnte. Außerdem pflegte ich oft nach der Schule das Geschäft des Apothekers zu besuchen. Hier wurde mir mein glückliches Schicksal erst recht bewusst. Die Apotheke war mehr als ein Hort des Wissens für mich, sie entpuppte sich als wahre Waffenkammer: Ich lernte Substanzen kennen, deren Wirkung auf das menschliche Gemüt meine Vorstellung bei weitem übertraf. Wenn ich dem direkten Einfluss des Geistes auf den Geist auch weiterhin den Vorzug gab, so musste ich doch eingestehen, dass manche Stoffe mehr vermögen als die reine Suggestion. Die Chemie ist die Infanterie der göttlichen Heerscharen.

Drei Jahre, und ich hatte genug gelernt. Als der Apotheker in einem seltenen Moment der Erschöpfung seinen Wunsch aussprach, wurde mir klar, dass die Zeit des Abschieds gekommen war. *Diese Streitereien*, hatte er müde vor sich hin gemurmelt, *wenn diese ewigen Streitereien nur ein für alle Mal ein Ende hätten …*

Man sollte vorsichtig mit seinen Wünschen sein.

Ich war nun siebzehn und für meinen ersten Mord bereit.

16 Sie schlägt lasziv die Beine übereinander, während sie an ihrer Zigarette zieht. Ein Stückchen Asche fällt auf ihren abgetragenen Morgenmantel; sie schnippt es mit dem Finger auf den Boden. Nichts an ihr, das nicht zerschlissen wäre: die strähnigen Haare, die brüchigen Nägel, der schäbige Fauteuil, auf dem sie sitzt. Sogar ihr Lächeln wirkt fadenscheinig, und es entblößt einen weiteren Mangel: Einer ihrer Schneidezähne fehlt.

«Magst eine?», fragt sie und nestelt eine Schachtel *Flirt* aus ihrer Manteltasche. Aber der Lemming winkt ab. «Fünf Jahre rauchfrei», meint er und fügt ein bedauerndes «Irgendwie leider …» hinzu.

Der Lemming findet das Rauchen nämlich noch immer schön. Auch wenn er sich der Unhaltbarkeit seines Vorurteils bewusst ist, erscheint ihm die Spezies der Raucher weniger verbissen, weniger rigide, irgendwie gelassener und humorvoller. Raucher nehmen, und das entspricht ohne Zweifel den Tatsachen, das Leben weniger ernst, indem sie den Tod mit Verachtung strafen. Abgesehen davon ist der feine blaue Dunst aber auch Teil einer schwindenden Kultur, einer Kultur der Kontemplation nämlich und des gedanklichen Innehaltens. Nicht umsonst zieht er die Grenze zwischen Kaffeehaus und *Starbucks*, zwischen Wirtshaus und *McDonald's*. Rauchen ist eine Tradition, wie der Lemming findet, Nichtrauchen nur eine Mode …

Die Frau lehnt sich zurück, wobei ihr Morgenrock bedenklich

auseinander klafft, und inhaliert genüsslich, trinkt gleichsam von dem Rauch, der – scheinbar ganz entgegen den Gesetzen der Schwerkraft – nach oben steigt, um in wundersam verflochtenen Kringeln und Kräuseln durch die goldenen Sonnenstrahlen zu tanzen …

134 Der Lemming hat dann doch nicht mehr geschlafen. Er hat seine Kleider gesucht, um sich für die kommende Mission zu rüsten. Ein Hauch von Seriosität, so hat er gedacht, kann nicht schaden, wenn man jemanden zum Reden bringen will. Aber der Wandschrank neben dem Eingang zum Bad hat ihn leider nur angegähnt, hat ihm gelangweilt seine leeren Fächer präsentiert. Kein Hemd, keine Hose, nichts, womit er seinen Status hätte heben, seinen Patientenlook hätte kaschieren können. Also ist er wieder in den Schlafrock und in die Pantoffeln geschlüpft, wohl oder übel, und ist in der Uniform des Nervenkranken aus dem Siegfried-Pavillon geschlichen.
Er hat den Weg Richtung *Walhall* genommen, ist aber kurz vor der Anhöhe rechts abgebogen und einen engen Pfad entlangmarschiert, der im Halbkreis um den Hügel führte. Auf der anderen, östlichen Seite ist er schließlich auf die Straße gelangt, die sich kurvenreich den Hügel hinauf zum Haupthaus schlängelte. Der Lemming ist bergab gegangen, hat sich dem hohen, schmiedeeisernen Tor der Klinik genähert, neben dem sich ein kleines Gebäude an die alles umgebende Mauer schmiegte: das Pförtnerhaus, also die Grenzstation zwischen Wahnsinn und Normalität.
Auf den ersten Blick hat es ja recht idyllisch gewirkt: ein adrettes, kaisergelb gestrichenes Knusperhäuschen mit freundlich geöffneten, marineblauen Fensterläden. Aber schon auf den zweiten sind dem Lemming Zeichen der Verwahrlosung ins Aug gestochen: die ungeputzten Scheiben zum Beispiel oder die zahllosen Spinnweben unter der Regenrinne. Das Mes-

singschild an der Eingangstür hatte sich aus der Verankerung gelöst; senkrecht baumelte es an seiner letzten Schraube, und man musste den Kopf zur Seite neigen, um die Aufschrift zu entziffern. *Bauer*, hat der Lemming gelesen, und darüber, etwas kleiner: *Franz und Lisa*.

Seine Lage ist nicht wirklich aussichtsreich gewesen. Angetan mit Bademantel und Pantoffeln an fremde Türen zu klopfen, um heikle Fragen zu stellen, zeugt nicht eben von Vertrauenswürdigkeit; schon gar nicht, wenn man sich in einer Irrenanstalt befindet. Das A und O jedes Verhörs ist ein souveränes Auftreten des Ermittlers; kaum etwas anderes entscheidet über die Brisanz oder Süffisanz der Antworten, die er erhält. Aber die Souveränität hat sich der Lemming abschminken können; er musste auf etwas anderes bauen, auf Mitleid zum Beispiel oder auf Wut ...

Also hat er sich zunächst auf der hölzernen Gartenbank vor dem Pförtnerhaus niedergelassen, um taktische Überlegungen anzustellen. Sein Blick ist den Hügel hinaufgewandert, wo über den Baumkronen das Dach von *Walhall* in der Sonne schimmerte. Und dann, wie von selbst, ist seine Hand in den Schotter unter seinen Füßen getaucht und hat vier Kiesel aufgelesen: einen weißen, einen schwarzen und zwei graue. Den schwarzen hat der Lemming links von sich auf die Bank gelegt. Das war Ferdinand Buchwieser, emeritierter Pfleger und Mensch. Der weiße Stein ist möglichst weit entfernt auf der rechten Seite der Bank gelandet: Schwester Ines, die Unschuld vom philippinischen Lande. Ihre Abscheu gegen Buchwieser war evident; sie hatte ihm quasi ins Grab hinterhergespuckt. Blieben die zwei grauen Steine, die für das Pförtnerpaar standen. Keine Frage, dass auch sie nicht gerade zu Ines' Freunden zählten, also sind die grauen Kiesel folgerichtig nach links gewandert und neben dem schwarzen zu liegen gekommen.

Diese kleine Familienaufstellung hat ein wenig Ordnung in die Gedanken des Lemming gebracht. So gering die Chance auch war: Wenn er von den Pförtnern etwas wollte, musste er so tun, als ob …

«Der Ferdinand schickt mich …», hat der Lemming gemurmelt, als ihm nach wiederholtem Klopfen endlich die Tür geöffnet wurde. Die Garderobe der Frau, die ihn mit geröteten, noch bettschweren Augenlidern anblinzelte, hat ihm ein wenig von seiner Befangenheit genommen: Herr und Frau Schlafrock beim ersten Rendezvous, hat der Lemming gedacht, wenn das nicht der Beginn einer wunderbaren Freundschaft ist …

«Was? Was haben S' g'sagt?»

«Ferdinand Buchwieser … Er schickt mich …»

Eine leichte, aber bemerkenswerte Wandlung ist in diesem Moment mit ihr vorgegangen. Ihr Gesicht hat sich gewissermaßen in zwei Hemisphären aufgeteilt, in eine feuchte nördliche und eine dürre südliche: Unten verhärtete sich ihr Mund, während ihr oben Tränen in die Augen traten. Es hat kurz so gewirkt, als wolle sie wortlos die Tür schließen, aber irgendetwas hat sie dann doch davon abgehalten.

«Das geht gar net … Der Ferdinand ist tot», hat sie mit rauer Stimme gesagt.

«Ich weiß. Deshalb bin ich ja hier …»

Sie hat den Lemming unschlüssig angeschaut, ist schließlich zur Seite getreten und hat den Weg freigemacht.

«Komm halt», hat sie gebrummt, «komm halt, wenns d' scho da bist …»

Düster ist es im Wohnzimmer von Franz und Lisa Bauer, verblüffend düster, obwohl ein Sonnenstrahl durchs Fenster fällt, in dem Myriaden glitzernder Staubpartikel tanzen. Schwer, aber billig wirken die Möbel, auf denen sich dunkles Furnier wellt; der Teppich, der in seiner Kindheit grün gewesen sein dürfte, hat sich der schwarzbraunen Farbe des Bretterbodens längst angeglichen: ein wahres Milbenparadies, wie der Lemming vermutet. Hinter einer wuchtigen Kommode führt ein Durchgang zur Küche: Durch den halb geöffneten Vorhang lässt sich – neben einer weiteren Tür – die Spüle erkennen, in der sich Geschirrberge türmen. Auf dem Couchtisch zwischen den Lehnstühlen stehen die Zeugen einer langen Nacht: ein überquellender Aschenbecher, drei Weinflaschen, zwei geleerte und eine halb volle. Aber nur ein Glas. Es riecht nach kaltem Rauch.

«Was is jetzt? Willst was trinken?»

«Ach so … nein, gar nichts momentan … danke …»

Sie beugt sich vor und entkorkt die angebrochene Flasche. Schenkt sich ein. Nimmt einen Schluck, gedankenverloren. Hebt dann den Blick und sieht den Lemming an, während sich der Zug um ihre Lippen abermals verhärtet.

«Und?», fragt sie. «Ich lausche.»

Das Hirn des Lemming arbeitet fieberhaft. Er versucht, das ambivalente Verhalten der Frau zu entschlüsseln. Er sucht nach dem goldenen Sandkorn in der Wüste seines Geistes.

«Der Ferdinand hat mich gebeten … falls ihm etwas zustößt … also, dass ich bei Ihnen, ich meine, bei euch … vorbeischaue.»

Und wieder verschiebt sich die Mimik der Lisa Bauer: Jetzt verengen sich Mund und Augen gleichermaßen.

«Bei *uns*?», fragt sie lauernd. «Bei *uns*, hat er g'sagt, sollst vorbeischauen?»

«Nein, nein», verbessert sich der Lemming rasch, «bei Ihnen, also bei dir …»

«Aha …»

«Er hat gesagt, der Ferdinand: *Wenn mir was passiert*, hat er gesagt, *wenn mir was passiert, dann geh zur Lisa …*»

«Aha ...» Leichte Entspannung im Mienenspiel der Pförtnerin. Der Lemming atmet auf. Er ist auf dem richtigen Weg.

«Und jetzt ist's passiert, dass ihm was passiert is ...», murmelt die Frau. «I hab's in der Zeitung g'lesen ...» Sie schüttelt den Kopf, hebt ihr Glas und trinkt. Entblößt dann unerwartet ihre Zahnlücke und grinst den Lemming an. «Und du rennst immer so durch die Gegend, wenns d' Kondolenzbesuche machst?»

«Nein», erwidert der Lemming ernst. «Aber der schwarze Schlafrock ist gerade in der Reinigung ...»

Ein kurzer, verblüffter Blick Lisa Bauers, dann wirft sie sich in die Lehne des Fauteuils zurück und bricht in Gelächter aus. Heiser klingt das, fast wie das Bellen eines alten Hundes. «Der schwarze Schlafrock», stößt sie röchelnd hervor, «der Trauerschlafrock ... Bei mir im Kasten hängt der zwischen dem Firmungspyjama und dem Hochzeitsbikini!»

Jetzt muss auch der Lemming lächeln. «Geh, gibst mir vielleicht doch ein Schluckerl?», meint er und deutet auf die Weinflasche.

Während die Frau in Richtung Küche schlurft, fügen sich im Geist des Lemming wie von selbst die Teile einer Geschichte zusammen, einer Lügengeschichte, die seine Anwesenheit *Unter den Ulmen* und seinen Besuch im Pförtnerhaus zu erklären vermag. Und als Lisa Bauer mit einem Glas, einem Korkenzieher und einer weiteren Flasche zurückkehrt, ist die Legende des Lemming fertig, und sie ist, wie er mit Erstaunen bemerkt, gar nicht so weit von der Wahrheit entfernt.

«Bedien dich ...»

«Danke ... Also schau, es war so: Ich hab den Ferdinand erst vorige Woche kennen gelernt, in einem Lokal in der Stadt. Wir sind ins Plaudern gekommen, weißt eh, wie's so ist ...»

«Was habts denn 'trunken?», fragt Lisa Bauer beiläufig.

«Whisky», antwortet der Lemming, ohne zu zögern. Er ist auf der Hut, und er kennt die kleinen Tricks und Finten solcher Gespräche. Dass sich die Pförtnerfrau als Verhörspezialistin entpuppt, wundert ihn allerdings, auch wenn er es ihr nicht so recht verdenken kann.

«Der Ferdl hat immer nur Whisky g'soffen …», sagt sie jetzt und nickt.

«Irgendwann später», fährt der Lemming fort, «also wir waren schon ziemlich, na ja, angesäuselt, hat der Ferdl mit seiner Mörderg'schicht angefangen. Dass er hier heroben Feinde hat, die ihm was antun wollen, und dass ich, falls ihm was geschieht, zu dir kommen soll. Ich hab's ihm regelrecht versprechen müssen … Und dann, gestern Mittag, hör ich mir die Nachrichten an, und … den Rest weißt du ja …»

«Net ganz …», meint Lisa Bauer und mustert den Aufzug des Lemming, «net ganz …»

«Ich will der Sache auf den Grund gehen, verstehst du? Ich will herauskriegen, wen er mit *Feinden* gemeint hat … Was hätt ich denn tun sollen? Anläuten, mit einem Blumensträußerl in der Hand? Grüß Gott sagen, herzliches Beileid, ich komm im Auftrag vom Herrn Buchwieser, weil er wissen möcht, wer ihn erschossen hat?»

«Zu den Kieberern hätt'st können gehen, wie jeder normale Mensch …»

«Also hab ich mich hereingeschmuggelt», spricht der Lemming weiter, ohne auf den Einwurf zu achten, «undercover sozusagen … Keiner da oben weiß, wer ich wirklich bin …»

«Dann warst du das! Dann bist du der Unfall heut früh g'wesen! I pack's net … Springt der alte Wichsmann mir nix, dir nix vors Auto …»

«Stillmann, meinst du …»

«Na, na, Wichsmann», grinst Lisa Bauer, «aber das is a andere G'schicht. Wie heißt denn du überhaupt?»

«Wall-, äh, Wahlberg. Leopold Wahlberg ...»

«Prost, Poldi.»

«Prost.»

Sie trinken: er mit skeptischem Gaumen, sie mit aller Entschlossenheit. Dann aber runzelt sie die Stirn und stellt energisch das Glas auf den Tisch.

«I glaub's trotzdem net ... So was tut keiner für einen flüchtigen Saufkumpanen. Und scho gar net, wenn's der Ferdl is ...»

«Warum nicht?»

«Weil er in Wahrheit ... a Scheißhäusl war. A richtige Drecksau ...» Ihre Lippen ziehen sich zusammen, werden zum Gedankenstrich für nicht gerade freundliche Gedanken. «Du weißt es vielleicht net, aber i hab eahm kennen g'lernt, den Ferdl ... In- und auswendig hab i eahm kennen g'lernt. Dem war nix wichtig, nix als er selber; der hätt die eigene Mutter verkauft ...» Mit einer ärgerlichen Geste greift sie zum Korkenzieher und macht sich daran, die nächste Flasche zu öffnen. «Und jetzt», fährt sie fort, «jetzt sagst mir, wie's wirklich war, oder *du* lernst *mi* kennen ...»

«Schon gut ...» Der Lemming seufzt und senkt zerknirscht den Kopf. «Du hast mich erwischt, ein bisserl jedenfalls. Es stimmt schon: Ich tu das nicht für den Ferdl. Ich tu's für ... die Wahrheit ...»

Eine Sekunde herrscht Stille: Länger dauert es nicht, bis der letzte Hauch von Farbe aus dem ohnehin schon fahlen Teint der Lisa Bauer gewichen ist. «Fangst du scho wieder an!», zischt sie, weiß vor Wut.

«Aber nein!» Der Lemming ringt die Hände. Deutet dann zur verstaubten Kommode hinüber, auf der ein Stapel Zeitschriften liegt. «Die Wahrheit, die *Reine Wahrheit*! Verstehst?»

Und wieder Schweigen. Aber diesmal ist es kein sprachloser

Zorn, keine Ruhe vor dem Sturm der Entrüstung. Diesmal ist es die feierliche Stille tief empfundener Ehrfurcht.

«Das … das gibt's net … Du bist … du bist …», flüstert Lisa Bauer.

«Journalist», sagt der Lemming und bekräftigt seine Lüge mit heftigem Nicken. «Ganz richtig. Reporter …»

«I scheiß mi an …»

«Nicht nötig. Ist ein Job wie jeder andere …»

«Geh hör mir auf … bei der *Reinen* …»

Es ist schon verblüffend, wie leicht sich die Österreicher mit Hilfe der *Reinen Wahrheit* von der reinen Unwahrheit überzeugen lassen. Ein Märchenerzähler am Lagerfeuer eines vorsintflutlichen Pygmäenvolks kann keinen strahlenderen Nimbus besessen haben: Die *Reine* ist die Bibel der kleinen Leute. Schon morgens, wenn sie mit der Straßenbahn zur Arbeit fahren, versinken sie im raschelnden Mantra der druckfrischen Seiten: Es ist ein erhebendes Gemeinschaftserlebnis, eine kollektive Massenhypnose, wenn sie, jeder für sich, aber doch vereint, an den Zitzen dieser ihrer geistigen Nährmutter nuckeln und so die Milch der großen weiten Welt in sich aufsaugen. Man überfliegt die internationalen Schlagzeilen, verweilt ein wenig bei der Chronik, um sich dann im Sportteil zu verbeißen, man blättert noch einmal zurück, entrüstet sich über Schlepperbanden und schwarze Drogendealer, Tierquäler und korrupte Politiker periodisch wechselnder Couleur, liest mit Schaudern von Frauen- und Kinderschändern und wendet sich schließlich der nackten Blondine zu, die gleich neben den Sittendelikten abgebildet ist. Erst danach wird der Lesevorgang beendet, das Blattwerk zusammengefaltet: Die österreichische Meinung für den kommenden Tag und für die nächsten Wahlen ist kalibriert.

Mit einem Mal ist der Lemming also zum Hohepriester des papiernen Nationalheiligtums avanciert. Zumindest in den

Augen Lisa Bauers. Sie ist nun bereit, ihr Herz zu öffnen, Zeugnis abzulegen, und ihre Beichte wird, so hofft der Lemming jedenfalls, nichts als die reine Wahrheit sein.

17

«Der Ferdl und i, wir haben uns …. nein. I muss vorher beginnen, ganz am Anfang, dass der Herr Redakteur ka schlechtes Bild von mir bekommt …» Sie gießt sich das Glas voll, schenkt dann auch dem Lemming nach. Schließt kurz die Augen und seufzt, bevor sie weiterspricht. «I muss beim Franz beginnen. I bin vom Land, weißt, von ganz oben, nördliches Weinviertel, du wirst den Ort net kennen, a Kuhdorf in der Nähe von Mistelbach, aber Namen sind eh net so wichtig … Die Auswahl is net groß dort draußen, man nimmt oft, was man kriegt, und wenn einmal einer von auswärts kommt, einer, der kein Dodel is und was gleichschaut, dann is er gleich der Hahn im Korb, dann marschieren s' auf, die Mauerblümchen und Landpomeranzen aus der ganzen Gegend, dann muss man g'schwind sein, wenn man net überbleiben will. Der Franz is damals von Wien 'kommen, a so genannter Zuag'raster, hat si im Wirtshaus das billigste Zimmer g'nommen – net besser als a Abstellkammerl – und is bei uns 'blieben. Warum, weiß i bis heut net … Er war zwar still, aber net blöd, er war ka Schönheit, aber immerhin: Er war scho in Ordnung, der Franz, und i hab ihn mir g'schnappt damals; der is mir nimmer aus'kommen. Im fünfundneunziger Jahr haben wir g'heirat' …»

Sie legt eine Pause ein. Nimmt das Päckchen *Flirt* vom Tisch und zündet sich eine Zigarette an.

«Es war gut. Wirklich gut. A Glücksgriff, hab i mir damals 'dacht. Zärtlich war er, der Franz, und treu. Manchmal hab i mir sogar g'wünscht, dass er ein bissel lebhafter is … Im Bett war er's eh, Gott sei Dank … Zuchtbulle, sag i nur, wenns d' verstehst, was i mein. Aber das brauchst net schreiben in der *Reinen* … Geld war zwar keines da: I hab sechs Brüder g'habt, kannst dir vorstellen, und der Franz hat net einmal g'wusst, wer seine Eltern san. Also haben wir uns halt so über Wasser g'halten; verschiedene Arbeiten, Lagerhaus, Heuriger, was es so gibt da draußen. Und dann, a halbes Jahr später, ab nach Wien … Lärm und Dreck, a feuchtes Zimmer, Klo am Gang, und null Arbeit: Es war ka leichte Zeit, aber immer noch gut. Er hat net auf'geben, der Franz, wir schaffens schon, hat er immer g'sagt, wir schaffen das schon … Und wirklich, drei Monat' später hat er den Job da heroben aufg'rissen. Am Anfang hab i 'glaubt, wir sind im Paradies gelandet … In der Stadt und trotzdem irgendwie am Land, a eigenes Haus, rundherum alles grün, sicheres Einkommen, sicheres Auskommen, und … no immer frisch verliebt. Aber dann, nach a paar Wochen …»

Mit einer gedankenverlorenen Geste zieht Lisa Bauer nun den Morgenmantel enger, und sie tut es, wie dem Lemming scheint, nicht aus Schamhaftigkeit, sondern aufgrund eines plötzlichen inneren Kälteeinbruchs.

«Nach a paar Wochen is alles anders worden. Der Franz is anders worden … Immer stiller. Immer unfreundlicher. Immer misstrauischer. Er hat a nimmer mit mir … Aber das brauchst net schreiben; also er is mehr und mehr vom Zuchtbullen zum Hornochsen worden. I hab keine Ahnung, warum. I weiß es einfach net. Und dann, eines Tages, hat er … hat er das erste Mal zug'schlagen …»

«Zugeschlagen?», fragt der Lemming leise, obwohl er die Antwort schon kennt. Lisa Bauer wird es wohl kaum metaphorisch gemeint haben.

«Ja. In die Goschen hat er mi g'haut, völlig ohne Grund, für nix und wieder nix. *In der Stadt, am Gürtel, gibt's genug Hu-*

ren, hat er g'sagt. *Und die schauen wenigstens was gleich …* Dann hat er si' ins Auto g'setzt und is g'fahren …»

Jetzt ist es der Lemming, dem ein kalter Schauer über den Rücken läuft. Schwester Ines kommt ihm in den Sinn, Schwester Ines und ihre absurde Geschichte von den schlimmen Geistern. Wie hat sie es noch ausgedrückt? *Manchemal sie kommen hier und machen Unglück. Setzen sich auf die Seelen, machen die Menschen böse, verrückt …* Der Lemming leert sein Glas, um sich am Zweigelt aufzuwärmen.

«Er is dann immer öfter g'fahren, bald regelmäßig …», spricht Lisa Bauer inzwischen weiter, «die Gürtelhuren müssen si' ordentlich saniert haben in der Zeit …»

«Und die Schläge?»

«Eher selten … Wahrscheinlich war er zu müd dazu, vom vielen Schnackseln …»

«Aber warum … warum bist du nicht, ich meine, warum hast du nicht …»

«Die Koffer gepackt? Mi verdrückt? Und wohin, wenn i fragen darf? Auf den Westbahnhof? Oder unter die Reichsbrücken? Oder gar ins Frauenhaus? Da bringen mi kane zehn Pferde hin, zu dem linken Emanzenpack …»

Lisa Bauer hat ihre Hausaufgaben gemacht, sie hat ihre *Reine* brav studiert. Und so setzt sie nun zu einem längeren Vortrag an, in dem sie alles Elend dieser Welt auf arbeitsscheue Sozialschmarotzer und ungewaschene Berufsdemonstranten zurückführt. «Du musst's ja wissen», sagt sie schließlich zum Lemming, «du musst's ja wissen, weil du sitzt ja an der Quelle …»

Der Lemming ringt sich ein indifferentes Grunzen ab. Er hat keine Lust auf politische Diskussionen; er will das bisschen Sympathie, das er inzwischen für die Pförtnerfrau empfindet, nicht gleich wieder verspielen. Er will ihre Geschichte hören, keinen Leitartikel aus der täglichen Journaille.

«Wie ist es dann weitergegangen mit dem Franz und dir?»
«Ja, also ... Der Franz hat a Zeit lang so weiterg'macht. Später
hat er das Auto stehen lassen und hat seine Aktivitäten *Unter
die Ulmen* verlegt. Er hat begonnen, da heroben die Weiber
anzubraten. Und er hat kane aus'lassen: Schwestern, Ärztin-
nen, Besucherinnen, niemand war mehr vor ihm sicher. Vielleicht sogar die Patientinnen, ich will's gar net wissen. Und
dann, vor einem Jahr zirka ... hab i ihn erwischt, bei uns im
Bett ... mit einem Madl aus der Wäscherei oben. Ganz jung
war's, zwanzig Jahr alt vielleicht ... I hab sie an den Haaren durchs Haus g'schleift, nackert, wie sie war, und hab sie
bei der Tür hinaus'treten ... Der Franz hat am Anfang gar
net kapiert, was los is, aber dann hat er losg'legt. So richtig
losg'legt. Des da is nur a klanes Souvenir von damals ...» Lisa
Bauer bleckt die Zähne. Entblößt das Loch in ihrem Gebiss.
Fährt zwei-, dreimal mit ihrer Zungenspitze durch die Lü-
cke und stopft sie dann mit einer neuen Zigarette. «Wenn der
Ferdl damals net auf'taucht wär, tät i jetzt am Zentralfriedhof
liegen, oder drüben im Siegfried-Pavillon, gleich neben dem
Wichsmann ...»
«Der Ferdl?»
«Ja. Er is auf einmal in der Tür g'standen. Hat den Franz von
mir weggezerrt und ihm eine aufs Aug g'haut. Er war mei
Rettung, der Ferdl ...»
«Verstehe», murmelt der Lemming, «verstehe ...» Und er
kehrt in Gedanken zur hölzernen Bank vor dem Pförtner-
haus zurück, um die Ordnung der vier Steine zu korrigieren,
die er vor einer knappen Stunde auf der Sitzfläche platziert
hat. Einen der beiden grauen Kiesel wischt er wieder auf den
Boden und drückt ihn mit dem Absatz tief ins Schotterbett,
als wolle er ihn auf direktem Weg in die Hölle befördern.
Schwester Ines' mysteriöse Gespenster dürften wirklich ganze
Arbeit geleistet haben, jedenfalls, was Franz Bauer betrifft. In

Anbetracht des Bildes, das seine Frau von ihm malt, wirken Balint und Buchwieser plötzlich wie die reinen Waisenknaben ...

«I bin dann a bisserl im Krankenhaus g'legen», erzählt sie nun weiter, «drüben im zwanzigsten Bezirk, der Arm war 'brochen und das Nasenbein, der Kiefer ausg'renkt, was halt so passiert im Eifer des Gefechts. Und jeden Tag hab i Besuch gekriegt ... net vom Franz. Sondern vom Ferdl ...»

Es bahnt sich etwas an in der Geschichte Lisa Bauers. Schon kann der Lemming die folgende Wendung erahnen, schon schlägt er das nächste Kapitel auf; da müsste es die Pförtnerin gar nicht mehr in Worte fassen.

«Du hast dir mit dem Ferdl ein Pantscherl angefangen...»

«Ja. Aber das brauchst net schreiben in der *Reinen*. Ja, i hab mi von ihm pudern lassen ... Und gut war's. Zu gut ...»

«Warum *zu* gut?»

«Weil er ... weil i ... weil i bald scho so richtig auf ihn g'standen bin. Zu sehr eben. Er war so ... er hat mi net nur ... also, er hat auch g'sprochen mit mir, verstehst? I hab scho fast das G'fühl g'habt, i bin a Mensch für ihn, also jemand ... etwas ...»

«Etwas Liebenswertes ...», murmelt der Lemming. Lisa Bauers Schweigen ist Bestätigung genug. Wortlos greifen die beiden zu ihren Gläsern und trinken.

«Eines hab i leider dabei übersehen», fährt die Frau nach einer Weile fort, «nämlich dass der Ferdl selber ka Mensch war ...»

«Wieso?»

«Weil er bösartig war und verlogen dazu. Es hat ihm eine Freude g'macht, die Dodeln da heroben zu quälen. Die haben si' net wehren können, eh klar, weil s' schwächer waren als er.»

«Und wie? Wie hat er das gemacht?»

«Immer anders. Wenn einer net berührt werden wollt, hat ihn

der Ferdl dauernd an'tatscht, wenn einer Platzangst g'habt hat, hat er ihn am Häusel eing'sperrt. Die Leut sind halbert durch'dreht, und er hat g'lacht, der Ferdl. Er hat seinen Spaß g'habt. Einer zum Beispiel, a ganz nervöser, dem hat der Ferdl immer erzählt, dass er seine Alte g'sehen hat, im Kaffeehaus oder wo. *Du,* hat er g'sagt, *heut is mir die Susi wieder übern Weg g'laufen.* I soll di schön grüßen lassen … Das arme, klane Nerverl war immer total außer sich. Ka Wunder; die Frau is schließlich scho seit Jahren tot …»

«Balint!», stößt der Lemming aufgeregt hervor.

«Richtig, Balint heißt der. Habe die Ehre, Poldi, du warst ganz schön fleißig seit heut in der Früh …»

«Weißt du noch mehr über diesen Balint?»

«Musikant is er g'wesen, Geige hat er g'spielt. Und dann hat er so einen Bazillentick. Rennt immer mit weiße Handschuh durch die Gegend. Seit gestern is er angeblich abgängig, der Balint, is irgendwie ausg'rissen, ka Ahnung, wie. Das Tor is immer zug'sperrt, außer bei den Besuchszeiten, und dann passt der Franz draußen auf.»

Dann ist es also doch so gewesen, denkt der Lemming. Dann hat Buchwieser, dieser schmierige Stecktuchsadist, Balint so lange gequält, bis der die zerrütteten Nerven vollends verloren hat. Buchwieser hat sich seinen eigenen Mörder, sein eigenes kleines Monster herangezüchtet; er ist gewissermaßen auf Frankensteins Spuren gewandelt. Wie dem Geiger die Flucht aus der Anstalt gelungen ist, bleibt allerdings offen. Rätselhaft auch, dass Balint anscheinend wusste, wo Buchwieser seinen letzten Morgen verbringen würde. Und dass er – laut Lotte Lang jedenfalls – erst nach der Kündigung Buchwiesers so richtig aus der Haut gefahren sein soll. Sei's drum, denkt der Lemming. Er weiß nun, was er bereits vermutet hat; die Pförtnerfrau hat ihre Schuldigkeit getan. Dass er ihr weiterhin zuhört, hat andere Gründe: seine Tarnung nämlich und seine Höflichkeit. Und den Zweigelt, der, wie er findet, ein durchaus gelungener Jahrgang ist …

«Was hat der Franz eigentlich zu deinem Gspusi mit dem Ferdl gesagt?»

«I hab's ihm net erzählt. Und wir haben's ja auch net da im Haus getrieben, der Ferdl und i. Wahrscheinlich weiß er's aber trotzdem, irgendwer wird's ihm schon unter die Nasen g'rieben haben. Jedenfalls hat mi der Franz seither nimmer ang'rührt, weder so noch so …»

«Verstehe … Und der Ferdl? Wie ist das weitergegangen mit euch beiden?»

«I hol noch ein Flascherl …»

Abrupt steht Lisa Bauer auf. Der Blick des Lemming folgt ihr, als sie das Zimmer durchquert, mit großen Schritten zunächst, dann aber kurz vor dem Durchgang zur Küche das Tempo verringert und zögernd zum Stillstand kommt, als sei ihr noch etwas Wichtiges eingefallen. Sie schwankt leicht hin und her, während sie so dasteht, der saftige Rotwein tut seine Wirkung, denkt der Lemming. Er fühlt sich ja selbst schon ein wenig ätherisch. Aber dann dreht sie sich um, und die Tränen laufen ihr übers Gesicht.

«Er hat g'sagt, er nimmt mi mit … Er hat g'sagt, wir gehen fort von da, beide, und fangen woanders was Neues an … *I kann di doch net bei dem Hurenbock lassen*, hat er g'sagt, *der prügelt di noch tot. Du hast dir was Besseres verdient*, hat er g'sagt, der Ferdl, der Hund, der Dreckshund, der blöde …»

Lisa Bauer ringt die Hände, sucht nach weiteren Worten. Sie findet keine. Ein stummes Schluchzen lässt ihren Körper erzittern, schüttelt ihn durch wie ein Anfall von Schluckauf.

Der Lemming weiß nicht recht, was tun. Er kennt Momente dieser Art, Momente, in denen sein Zuspruch gefordert ist, Momente, in denen er den unüberwindlichen Drang verspürt, andere Menschen zu trösten, und seien es auch Menschen, die er gar nicht kennt. Nicht selten sind das Momente, in denen es nichts mehr zu sagen gibt, in denen kein Reden mehr hilft, nur noch Handeln. Trauer erfordert Umarmung, nicht mehr und nicht weniger. Und das ist des Lemming Dilemma: Kann man denn einen wildfremden Menschen einfach in die Arme nehmen? Man kann, entscheidet der Lemming. Man muss sogar. Er steht also auf und tritt auf sie zu, bereit, zu tun, was ihm sein Mitgefühl befiehlt.

Doch noch im selben Augenblick enthebt ihn Lisa Bauer seiner Pflicht. «Scheiß drauf, i hol jetzt den Wein …», sagt sie trotzig. Sie wischt sich mit den Ärmeln über das Gesicht, die Geste eines kleinen, verlassenen Kindes, verschwindet hinter dem Vorhang und kommt nach einer Minute mit zwei Flaschen Zweigelt zurück. «Scheiß drauf», meint sie noch einmal und greift zum Korkenzieher. «Scheiß auf den Ferdl …»

Die Gläser sind wieder gefüllt, die Zigarette glimmt, draußen kündigt ein rötlicher Schimmer das Ende des Tages an, und drinnen kommt die Pförtnerin mit geröteten Augen zum Ende ihrer Geschichte.

«Zum Schluss is der Ferdl allein 'gangen. Ohne mi … Es is kane drei Wochen her, da haben wir uns getroffen, drüben im Siegfried-Pavillon. Wir waren meistens dort, im Zimmer vom Wichs-, also vom Stillmann, weil der sowieso nix mitkriegt, hat der Ferdl immer g'sagt. Obwohl … also der Stillmann, der hat einen ordentlichen Ständer kriegen können, einfach so, mitten im Koma … Seine Bettdecke hat manchmal ausg'schaut wie der Großglockner persönlich … Na egal, jedenfalls nachher zieht si' der Ferdl die Hosen an und sagt so was wie: *Das war's, Schatzerl, übermorgen bist mi los …* I hab 'glaubt, i hör net recht. Und dann hat er ang'fangen, irgendwas daherzuschwadronieren, von einem Jackpot, den er machen wird, von einem Pokerblatt der Sonderklasse, das ihm in den Schoß g'fallen is. *A große Straßen*, hat er g'sagt, *a große*

Straßen mit an Joker, a klanes Ass im Ärmel, mehr brauch i net, um aus dem ganzen Dreck da rauszukommen. I bin nur dag'sessen, i hab gar nix mehr verstanden …»

«Klingt seltsam …», meint der Lemming und runzelt die Stirn. «Eine große Straße …»

«So was Ähnliches hab i dann auch g'sagt. Und dass er anscheinend a bisserl deppert g'worden is. Aber daraufhin is er noch depperter g'worden. Er hat allen Ernstes begonnen, von der Bibel zu faseln, vom Erzengel Gabriel, und dass der Heilige Geist in Wahrheit keine Taube, sondern ein Kuckuck is, dem er, der Ferdl, die Federn rupfen wird … Er war völlig, i kann's gar net beschreiben, irgendwie völlig … überdreht.»

«Sag, hat der Ferdl Zugang zum Arzneischrank gehabt?»

Lisa Bauer braucht eine Weile, bis sie den Sinn der Frage versteht, bricht aber dann in ein kurzes, heiseres Lachen aus und schüttelt den Kopf.

«Na, na, der Ferdl hat nix g'nommen. Sicher net. Der war immer nur auf Whisky, und das meistens erst am Abend …»

«Kryptisch …», murmelt der Lemming, «sehr kryptisch …»

«I sag ja, es hat irgendwas mit Religion zu tun g'habt … Aber das Allerkomischste hat er am Schluss g'sagt, der Ferdl. *Selig die Armen im Geiste*, hat er g'sagt, *weil ohne mei geisteskrankes Ass wär das ganze Blatt nix wert. Und weißt, wer mei Ass is? Mei Trumpf? Da kommst du nie drauf …*»

«Und? Hast du's erraten?»

«Ja wie denn? Er hat's mir dann aber eh selber g'sagt. *Mei Ass,* hat er g'sagt, *mei Ass is der klane Autist, der Grock …*»

Lisa Bauer lehnt sich zurück und verfällt in bedeutungsvolles Schweigen. Mit großen Augen sieht sie den Lemming an, als erwarte sie nun die Lösung des Rätsels von ihm, vielleicht gar in Form eines mündlichen Leitartikels, fein ziseliert und wie aus der Pistole geschossen. Aber der Lemming hat keine Lösung parat, im Gegenteil: Er fühlt sich benommen, schwindlig vom Wein und verwirrt von der seltsamen Geschichte der Pförtnerfrau. Pokerkarten und Bibelseiten flattern ihm durchs Gehirn, gefolgt von einem Kuckuck, der seine grauen Zellen vollends zum Kollabieren zu bringen droht; zu kompliziert, denkt der Lemming, viel zu kompliziert und abgesehen davon nicht meine Angelegenheit. Vielleicht will sich ja die Pförtnerin nur wichtig machen, indem sie den trockenen Kuchen der Realität mit dem Sahnehäubchen ihrer Phantasie versieht; mag ja sein, dass sie ihn, den Herrn Redakteur, mit ihrem schöpferischen Geist beeindrucken möchte … Wie auch immer, es ist nicht mein Thema, entscheidet er kurzerhand. Hier geht es um nichts als um Balint und Buchwieser, um kleine, alltägliche Grausamkeiten, um Ohnmacht und Macht, Hass und Eifersucht. Und um einen Nachtwächter namens Wallisch, der gerade seinen Job verliert, weil er mal wieder nicht zum Dienst erschienen ist. Der Lemming beschließt, dieses Thema, das nicht seines ist, zu wechseln.

«Er ist also alleine gegangen, der Ferdl. Ohne dich …»

«Ja … *Das kann i nur allein durchziehen*, hat er g'sagt. Und dass i, also dass er si' net mit mir … belasten will. *I schreib dir dann a Ansichtskarte*, hat er g'sagt, *aus der Karibik* … Die Sau. Die miese, verschissene Mistsau … I hab ihn dann nimmer g'sehen. Zwei Tage später war er fort. Und heut früh hab i's in der *Reinen* g'lesen: *Ferdinand B., Krankenpfleger, im Herzen Wiens hingerichtet* … Es is noch net heraußen, ob's Schlepper oder Mädchenhändler g'wesen sind, aber das weißt du sicher besser, Poldi … Oder?»

«Ich … Ja, also wenn ich das wüsste …»

«Ein Wahnsinn …», Lisa Bauer reißt die Augen auf, deren Lider schon auf halbmast hängen, «ein Wahnsinn, was der Ferdl für einen Umgang g'habt hat. Vielleicht hat ja die klane Schwester, die schlitzaugerte, was mit der Sache zu tun … Als ob wir net eh genug Fremde im Land hätten …»

Der Lemming grunzt. «Und dein Mann?», fragt er, um ein weiteres Mal die politische Kurve zu kratzen. «Der Franz? Ist der nach wie vor so umtriebig?»

Die Antwort kommt nicht aus dem Mund Lisa Bauers. Die Antwort nähert sich von hinten. Denn im selben Moment dringt ein dumpfes Geräusch aus dem Flur ins Wohnzimmer: Draußen fällt quietschend die Haustür ins Schloss.

«Wenn ma'n Teufel nennt, kummt er g'rennt …», murmelt die Pförtnerin. Dann tritt Franz Bauer in den Raum.

Breites Gesicht. Pockennarben. Ein blauer Overall. Es ist der Linksträger aus dem Siegfried-Pavillon; es ist Schwester Paulas Weichteilathlet …

Später Nachmittag, die Luft ist zum Schneiden. Auf dem Tisch ein Regiment geleerter Flaschen. Ein Mann und eine Frau im Schlafrock, schon reichlich betrunken: Das ist die Situation. Aber Franz Bauer stutzt nicht einmal.

«Pass auf, dass d' dir kan Tripper einfangst bei der Schlampen …», meint er, zum Lemming gewendet, während er zügig den Raum durchquert.

«Aber nein!» Der Lemming rappelt sich hoch, versucht zu besänftigen, wo es gar nichts zu besänftigen gibt. «Nein, Herr … Herr Bauer. Ihre Frau und ich, wir haben doch nur … Wir haben gar nicht …»

Der Mann bleibt nun doch stehen. Zieht mit gespieltem Erstaunen die Augenbrauen hoch. «Im Ernst? Sag, du bist doch der Neue, der si' an nix mehr erinnern kann … Soll i dir a klane Einführung geben, oder bist 'leicht vom anderen Ufer?»

Frostige Stille kehrt ein. So frostig, dass die Gedanken des Lemming auf der Stelle gefrieren. Er schnappt nach Luft, nach Worten. Aber es ist die Pförtnerin, die an seiner statt antwortet.

«Schau, dass d' weiterkommst, du … du Schwein … du eiskaltes Schwein!»

Franz Bauer sieht seine Frau nicht einmal an. «Halt's Maul», sagt er ruhig. Er wendet sich ab, geht weiter, dreht sich dann kurz vor dem Durchgang zur Küche ein letztes Mal um.

«Besser a kalter Bauer als a warmer Bruder ...», grinst er, bevor er das Zimmer verlässt.

18

«Gute Morgen ... Gute Morgen, Schlafenmütz ... Schöntag heute ... Viel Vogelzwitsch ... Gute Appetit ...»

Das Rascheln frisch gestärkten Leinens. Der Duft frisch gebackener Semmeln. Sonnenstrahlen, die an den Zehen des Lemming lecken. Und Vogelzwitsch, jede Menge Vogelzwitsch draußen im Wald ...

Warum kann nicht jeder Tag so beginnen wie dieser Freitag? Der Lemming setzt sich auf und blinzelt mit verklebten Augen auf das Tablett, das Schwester Ines ihm nun auf den Schoß stellt. Semmeln, wie gesagt, und Butter, in liebevollen Schnörkeln auf dem Teller angerichtet. Zwei gläserne Schälchen mit Marmelade, gelborange und dunkelrot, Marille und Erdbeer, klassisch. Und dann das Frühstücksei. Ein echtes Fünf-Minuten-Ei, wie der Lemming gleich feststellen wird: das Weiße hart, das Gelbe weich und sämig, ein Gedicht. Privatklinik eben, denkt der Lemming, Privatklinik. Nur der Kaffee hält nicht, was die silberne Kanne verspricht: Es ist Früchtetee.

Mit einem schamhaften Blick zum Bett Robert Stillmanns, der auch schon wach ist und an die Decke starrt, beginnt der Lemming zu frühstücken. Wie von selbst wandern seine Gedanken zum gestrigen Abend zurück, zu seinem Besuch im Pförtnerhaus. Die Erinnerung an seinen Abschied ist etwas vernebelt, zugegeben, aber sie lässt sich noch rekonstruieren – ein weiteres Plus für den mundigen Weinviertler Zweigelt.

Viel haben sie ja nicht mehr miteinander geredet, er und Lisa Bauer. Nicht lange nach dem Auftritt ihres Mannes ist auch die letzte Flasche zur Neige gegangen, und kurz nach dem letzten Schluck ist die Pförtnerin weggesackt, hat ihre Augen geschlossen und leise zu schnarchen begonnen. Fast wäre auch der Lemming eingeschlafen, aber er hat es dann irgendwie doch noch geschafft, dem wunderbar weichen Fauteuil zu entsagen, um schwankend den Rückweg anzutreten. Und was für ein Rückweg! Amseln und Drosseln, Finken und Stare haben sich zu einem gigantischen Chor vereint, um dem Lemming das Geleit zu geben; ihr Gesang ein kristallklar pulsierender, unentwirrbar verflochtener Klangteppich, der sich bis weithin über die Wälder spannte. Vogelzwitsch also, so weit die Ohren reichten, Vogelzwitsch im letzten Licht des Tages, in jener mystischen blauen Stunde, die – zumindest gestern – in zweifacher Hinsicht blau gewesen ist …

«Sie sind fertig jetzt?» Schwester Ines tritt neben den Lemming und hält ihm die Zahnbürste hin. «Sie putzen. Aber gut putzen, auch die Zunge …»

«Wieso, was ist mit meiner …?»

Statt einer Antwort zückt die Schwester einen kleinen Handspiegel und hält ihn dem Lemming vors Gesicht. Natürlich: Seine Zunge quillt ihm entgegen wie eine reife Melanzani. Die blaue Stunde hat untrügliche Spuren hinterlassen …

«Das war wohl die Marmelade», murmelt der Lemming betreten.

«Nix Marmelade. Ich weiß genau, was ist Heidel und was ist Erdbeer … Sie … Sie sind ein Schlingelmann!» Schwester Ines hebt drohend den Zeigefinger, aber sie kann ein leises Lächeln nicht ganz unterdrücken. «Ich will gar nicht wissen, was Sie genascht haben gestern … Also Sie putzen jetzt. Und nach dem Putzen wir werden Sie umziehen …»

«Mich umziehen?»

«Ja. Wir werden Sie umziehen nach Walhall. Sie kommen in das Zimmer von Obla ... von Herrn Balint.»

«Wie ... Er ist nicht ... Das Zimmer ist immer noch frei?»

«Ja, sicher ist frei. Und wenn irgendwann doch noch zurückkommt Herr Balint, wir werden weitersehen.»

Als die beiden ins Sonnenlicht hinaustreten, bietet sich dem Lemming ein ganz anderes Bild als am Vortag: Reich bevölkert sind jetzt die Fluren *Unter den Ulmen*; allerorts lustwandeln Menschen auf den Pfaden des Hügels von *Walhall,* der mit einem Mal wirkt wie ein riesiger Ameisenhaufen. Fast alle gehen allein, spazieren langsam die Wege entlang, und was sie auf seltsame Art zu verbinden scheint, das ist die träumerische Schweigsamkeit, die sie umfängt. Ganz vereinzelt nur hört man Geräusche und Stimmen: ein Schnalzen, ein Tuscheln, ein hastig hervorgestoßenes Satzfragment. Von weiter oben im Wald dringt etwa alle zehn Sekunden ein hohles und lang gezogenes Seufzen an die Ohren des Lemming. Ihn fröstelt, während er sich mit Schwester Ines an den Aufstieg macht.

«Na, wunderbar! Unser Herr Odysseus ist wieder auf den Beinen, wie ich sehe ...» Mit wippendem Haarschopf und einem Lächeln um den Mund tritt Doktor Tobler auf die beiden zu. «Wie geht es Ihnen heute?»

«Danke, Herr Doktor ... Ich glaube, meine Kakophobie ist inzwischen abgeklungen. Jetzt fehlt mir nur noch das Gedächtnis ...»

Tobler lacht auf. «Alles halb so schlimm, solange Sie nur unsere liebevolle Betreuung in guter Erinnerung behalten ...», meint er und zwinkert Schwester Ines zu. «Ach ja, und Ihre Wohnsituation wird sich jetzt auch noch entscheidend verbessern: Sie dürfen eine unserer Luxussuiten beziehen, Toplage, sag ich Ihnen, mit Blick über Wien ... Allerdings», fügt er, nun wieder ernst geworden, hinzu, «sehr befristet, wie ich hoffe: erstens, weil ich möchte, dass der Herr Balint bald wieder zurückkommt, und zweitens, weil ich möchte, dass Sie uns bald wieder verlassen. Also schlafen S' ordentlich, gehen S' spazieren und tanken Sie viel frische Luft … Und kommen S' doch bei mir im Büro vorbei, am besten morgen Vormittag; vielleicht können wir ja gemeinsam ein Stückerl von Ihrer Vergangenheit ausgraben. Apropos Vergangenheit: Beim Unfallort draußen haben wir leider nichts gefunden; ich hab den Emil gestern noch hinausgeschickt … Aber trotzdem keine Sorge, alles wird sich klären …» Doktor Tobler drückt den Lemming sanft am Arm und nickt Schwester Ines schalkhaft zu. «Passen S' mir gut auf ihn auf, Schwester; man hat nicht so oft einen griechischen Helden zu Gast …» Dann geht er weiter, stakst mit flatternden Mantelschößen bergab in Richtung Siegfried-Pavillon.

Ines strahlt still in sich hinein. «So ein Gutmann», meint sie mehr zu sich selbst als zum Lemming gewandt, «ein Engelmanndoktor. Eine Schande das …»

Die beiden setzen ihren Marsch fort, Ines in Gedanken versunken, der Lemming leicht verwirrt.

«Was meinen Sie? Was ist eine Schande?», fragt er schließlich.

«Eine Schande das, weil … sollte Chef sein Doktor Tobler.»

«Ach so … Ich verstehe. Ja, der Doktor Tobler wäre sicher ein guter Chef …»

«Eben. Aber Sie verstehen trotzdem nicht. Sollte Chef sein Doktor Tobler, wirklich Chef. Lang hat ihm weggenommen …»

«Wie weggenommen?»

«Das ist alte Geschichte. Ich war noch nicht damals da. Aber ich habe gehört … Alter Ulmenchef ist … wie sagt man … weggegangen, weil … eben weil schon so alt war …»

«In Pension?»

«Ja, Pension. Und Toblermann sollte Chef sein. Aber Doktor
Lang hat ihm weggenommen. Ich weiß nicht, wie …»

Er hat einen Freund betrogen, fährt es dem Lemming durch
den Kopf. Das waren die Worte Lieselotte Langs über ihren
Mann. Gut möglich, dass Tobler dieser Freund gewesen ist.
Dünn ist die Luft am Olymp, kräftig und lang die Ellbogen
der oberen Chargen: Wenn es um Macht und Dienstgrade
geht, reduzieren sich Freundschaften nicht selten zu brauch-
baren Stufen auf dem Weg zum Erfolg, die man im Bedarfs-
fall mit Füßen tritt. Die Karriereleiter ist wohl auch immer
eine Räuberleiter …

«Aber … ich habe nicht geredet, was ich geredet», meint
Schwester Ines nun. Und mit dieser ihrer Standardfloskel beendet sie das Gespräch.

Doktor Tobler hat nicht zu viel versprochen. Nestor Balints
Zimmer ist mehr als ein Zimmer; im vierten, ein wenig zu-
rückversetzten Stockwerk gelegen, gleicht es schon eher einem Penthouse an der Upper East Side. Der Lemming folgt
Schwester Ines auf die große Terrasse hinaus, tritt an die Brüstung und lässt seinen Blick über die Landschaft schweifen.
Obwohl es inzwischen ein wenig dunstig geworden ist, kann
er rechts, weit hinter den Hügeln Oberdöblings, die Spitze
des Stephansdoms erkennen, die sich neckisch aus dem Nebel streckt. Schön ist es hier am Dach der Wienerstadt, so fern
der Welt da unten und zugleich vor ihr geschützt …

«Ein Elfenbeinturm …», nickt der Lemming und streicht
über das feinmaschige Drahtnetz, das sich wie ein Käfig über
die Terrasse wölbt. «Und so gut gesichert …»

«Es ist für Taubenvögel … also ich meine, für keine Taubenvögel. Sie verstehen, wie ich meine …»

Der Lemming weiß sehr wohl, was Schwester Ines sagen will.

Aber abgesehen davon, dass es hier draußen keine Tauben gibt, weil sie die dichter bewohnten Stadtgebiete bevorzugen, und abgesehen auch von dem oftmals strapazierten geschmacklosen Scherz, dass nervenkranke Menschen gerne Flugversuche unternehmen, ist ihm der eigentliche Grund für das schützende Drahtgitter wohl bekannt: Österreich gehört von jeher zur Elite in der Disziplin des Suizids. Nur überflügelt von Finnland, das mit knappem Vorsprung an zweiter Stelle liegt, und von Ungarn, das die Europameisterschaft Jahr für Jahr aufs Neue mit souveränem Abstand dominiert, hält die Alpenrepublik traditionellerweise die Bronzemedaille in dieser fragwürdigen Mannschaftssportart. Als Lemming muss man so etwas wissen. Als Lemming weiß man auch unzureichende Sicherungsmaßnahmen wie diesen lächerlichen Drahtkäfig wohl zu deuten: Selbstmord ja, aber nicht ohne Netz. Österreich ist wahrscheinlich das einzige Land der Welt, in dem man sich ein bisserl umbringen kann …

Was die Finnen tun, um ihre Selbstmordrate einzudämmen, ist dem Lemming allerdings nicht bekannt. Wahrscheinlich müssten sie allesamt in südlichere Gefilde auswandern, um der unerträglichen Kälte und der seelenzermürbenden Finsternis ihrer Polarnächte zu entrinnen. Und die statistischen Spitzenreiter der Selbstentleibung? Die Ungarn? Sie sind eben von Natur aus traurig, die Ungarn, ja mehr noch, sie sind einer Art melancholischem Fundamentalismus verpflichtet. Sie würden an den Grundfesten ihres Magyarentums rütteln, würden sie sich nicht mehr umbringen; das wäre fast so etwas wie ein kollektiver kultureller Suizid. Der Budapester Musiker Reszö Seress ist wohl der beste Beweis dafür: Er komponierte Mitte der dreißiger Jahre das berühmte Lied *Trauriger Sonntag*, das schon bald zur Hymne der Selbstmörder wurde. Hunderte Ungarn entleibten sich, während sie es hörten, und auch ein behördliches Aufführungsverbot des Stückes änderte nichts an ihren Sitten und Gebräuchen. Dass schließlich auch Seress den Freitod wählte, versteht sich von selbst ...

Trauriger Sonntag, sinniert der Lemming. Hat diesen Titel nicht schon Eberhard Lang erwähnt, gestern Mittag, im Gespräch mit seiner Frau? Natürlich, die Assoziation liegt nahe: Auch Nestor Balint ist ein Musiker mit ungarischem Namen ...

Solchermaßen in die Gegenwart zurückgekehrt, wendet sich der Lemming von der schönen Aussicht ab und tritt ins Zimmer. Schwester Ines folgt ihm, während er das geräumige Bad bewundert, den Wohnraum und das benachbarte Schlafzimmer inspiziert, in dem vor einer mächtigen Schrankwand ein richtiges Bett mit vier stabilen Beinen steht.

«Im Schrank», sagt die Schwester, «ist alle Sachen von Herrn Balint. Sie werden nicht den Schrank brauchen, oder?»

«Nein ... danke», meint der Lemming. Hoffentlich, so denkt er im selben Moment, sind die Schranktüren nicht versperrt ...

«Gut, dann ich gehe jetzt. Für Mittagessen kommen Sie in Speisesaal, ja? Halb eins ist Mittagessenzeit ...»

«Schwester?»

«Ja?»

«Wissen Sie vielleicht, wo meine Kleider geblieben sind?»

«Ihre Kleider von gestern», kichert Schwester Ines, «das waren Schmutzfinkkleider ... Wir haben in Wäscherei gegeben, für Putzen.»

«Ach so ... danke.»

Kaum hat Schwester Ines das Appartement verlassen, hastet der Lemming zur Schrankwand. Er hat Glück: Die Türen sind unversperrt, und so liegen schon bald die Habseligkeiten Nestor Balints auf dem Bett vor ihm ausgebreitet. Viel ist es ja nicht, was der kleine Mann mit den großen Augen besessen hat: ein wenig Unterwäsche, die der Lemming im Schrank gelassen hat, dann ein paar Hemden und Hosen mit leeren Taschen, drei Paar penibel geputzter Schuhe, ein grauer Hut, eine Wintermütze. Ungewöhnlich, aber nicht unerwartet die weißen Stoffhandschuhe, die der Lemming in einem eigenen Schubfach gefunden hat. Sechs Paar sind es, die nun auf der Bettdecke liegen, zwölf Handschuhe also für Balints Mörder-hände, keiner mehr und keiner weniger.

Da ist etwas, das den Lemming irritiert …

Er versucht, sich zu sammeln, den Geist auf die Fährte zu setzen, die seine Ahnung ihm vorgibt, aber es will ihm nicht gelingen. Etwas stimmt nicht mit diesen Handschuhen …

Denk an etwas anderes, Lemming, entspanne deine grauen Zellen. Ruf dir das Sternengleichnis in Erinnerung: Willst du einen Stern am Nachthimmel betrachten, dann darfst du ihn niemals direkt ansehen. Wenn du ihn fixierst, verschwindet er. Du musst daran vorbeiblicken, gerade so, als würde er dich gar nicht interessieren, und plötzlich taucht er auf aus der Finsternis, erstrahlt am Rande des Gesichtsfelds. Dem Geist, dem Glück und den Gestirnen ist eines gemein: Sie las-sen sich nicht zwingen.

Ein wenig widerstrebend wendet sich also der Lemming den übrigen Gegenständen auf seiner Bettstatt zu: ein Necessaire mit Waschzeug und – natürlich elektrischem – Rasierapparat. Dann einige Notenhefte, Violinkonzerte von Mozart, Brahms und Bruch – *Trauriger Sonntag* ist nicht darunter. Ein klei-nes, schwarzes Buch, eine Bibel, in deren Einband ein gol-denes Kreuz graviert ist. Während der Lemming noch darin blättert, fällt sein Blick auf den ledernen Koffer, in dem sich das Herzstück von Balints Sammlung befindet: seine Geige. Der Lemming lässt die Bibel in die Tasche seines Schlafrocks gleiten, öffnet den Koffer, hebt behutsam das schlanke In-strument aus seinem rubinroten Samtbett, streicht mit den

Fingern über den glänzenden Lack. Etwas stimmt nicht mit diesen Handschuhen ...

Der Lemming legt die Geige zurück und beginnt, Balints Besitztümer wieder im Schrank zu verstauen. Die Hosen und Hemden, das Necessaire, die Schuhe. Dann sechs Paar weiße Handschuhe ...

Das ist es. Plötzlich fällt es ihm wieder ein.

In der Woche ein Paar genau für jeden Tag, hat Schwester Ines gestern gesagt. *Ein Paar genau für jeden Tag:* Das macht genau vierzehn Handschuhe. Wenn man nun jenen, den der Lemming unter dem Kissen im Siegfried-Pavillon gefunden hat, zu dem Dutzend aus der Schublade rechnet und wenn man nun diese dreizehn von den insgesamt vierzehn Stück abzieht, bleibt ein einziger übrig. Ein einzelner Handschuh. Womit sich die Frage stellt, was der neurotische Geiger momentan an den Händen trägt ...

Der Lemming wird sich später nicht schlüssig erklären können, was ihn dazu veranlasst hat, zu tun, was er jetzt tut. Dabei ist sein Vorgehen gar nicht so spektakulär wie die Eingebung, die dahinter steht, diese vage Vermutung, die sich in der Sekunde zur Gewissheit verdichtet: Auf einmal erscheint ihm Nestor Balint in einem ganz anderen Licht. Dieser Mann scheint gar nicht so krank zu sein, denkt der Lemming. Dieser Mann kann sehr wohl auch ohne Handschuhe durch die Gegend laufen. Dieser Mann verfügt über Intelligenz und über – ziemlich bizarren – Humor. Er spielt ein Spiel, ein rätselhaftes und subtiles Spiel, und er, der Lemming, ist nicht viel mehr als eine Marionette darin. Wie ein Hampelmann baumelt er an den Fäden, die Balint je nach Lust und Laune zieht, wie ein Jagdhundwelpe hechelt er der Fährte hinterher, die ihm der Geiger legt. Es ist eine Farce, denkt der Lemming, eine infantile Schnitzeljagd ...

Wahrscheinlich sind es diese Überlegungen, die ihn nun

dazu treiben, sich auf die Bettkante zu setzen. Er starrt auf das frisch bezogene Kissen, hebt es dann hoch und zieht ohne jedes Erstaunen den letzten, den vierzehnten Handschuh hervor.

Es ist eine Farce.

Der Lemming befühlt das weiße Stück Stoff, schüttelt es, stülpt es schließlich um. Ein zusammengefalteter Zettel fällt heraus, rosa Papier, mit schwarzer Tinte beschrieben.

Blockbuchstaben. Ungelenke Lettern. Mit wachsender Erregung liest der Lemming die Botschaft:

BRAVO, MEIN FREUND, DU MACHST DICH. LUST AUF EIN KLEINES TETE-A-TETE ZUR BELOHNUNG? DU FINDEST MICH HEUT UM MITTERNACHT IN DER WASCHKÜCHE.
HERZLICHST DEIN NESTOR BALINT

Einen Teufel wird er tun.

Er hat keine Lust, sich von Balint an der Nase herumführen zu lassen, er hat keine Lust mehr auf die Streiche des verrückten Streichers. Natürlich ist dieses Rendezvous eine Falle, was soll es denn sonst sein? Entweder er oder ich, denkt der Lemming; entweder er wandert hinter Gitter, oder ich wandere über den Jordan, auf der Flucht erschossen oder besser noch wegen Widerstands gegen die Staatsgewalt totgeprügelt, vom staatsgewalttätigen Major Krotznig persönlich …

Einen Teufel wird er tun.

Aber nichts tun kann er auch nicht.

Schließlich ist er ja genau aus diesem Grund hierher gekommen: um Balint zu suchen, um Balint zu finden, um Balint des Mordes am Naschmarkt zu überführen …

Was erwartet der Geiger eigentlich? Will er sein kleines silbernes Spielzeug, seine Damenpistole, wiederhaben? Will er den Lemming dazu überreden, sich an seiner statt der Polizei zu stellen? Oder will er ihn, den einzigen Zeugen seiner Tat, nun auch beseitigen, um anschließend in aller Seelenruhe sein Penthouse wieder zu beziehen? Was will er?

Es ist zehn Uhr vormittags. Vierzehn Stunden bleiben dem Lemming, um das Für und Wider eines Treffens abzuwägen, vierzehn Stunden, die er sinnvoll nutzen wird. Er wird erst gar nicht versuchen, sich hinaus in den Wald zu stehlen, um die Waffe zu holen – wahrscheinlich rechnet Balint gerade damit. Nein, er wird schlafen, essen und spazieren gehen, ganz wie es ihm der Arzt verordnet hat.

19

Es ist wohl die merkwürdigste Mahlzeit seines bisherigen Lebens gewesen.

Ein prunkvoller Saal von der Größe einer Bahnhofshalle, flankiert von gewaltigen Marmorsäulen, die den Blick des Betrachters in Schwindel erregende Höhe führten, wo er sich bald im Gefunkel kristallener Lüster und goldener Stukkaturen verfing. Eine Unzahl runder Tische, festlich gedeckt mit damastenen Tüchern und Servietten. Dazwischen eifrige Fräuleins, die in frisch gestärkten Schürzchen Getränke auftrugen. Das alles erschien dem Lemming zunächst wie der Auftakt zu einer rauschenden Ballnacht, einem imperialen Empfang oder einer jener legendären amerikanischen Wahlspendenpartys. Zunächst aber nur. Kaum hat ihm eine der spitzenbesetzten Servierdamen seinen Platz zugewiesen, sind ihm die mehr als stilwidrigen Gedecke ins Auge gestochen, deren hervorragende Eigenschaft darin bestand, dass man gar nicht damit stechen konnte. Geschweige denn schneiden: Messer und Gabeln waren gewissenhaft entschärft und abgerundet; sie haben gewirkt wie degenerierte Abkömmlinge der Suppen- und Dessertlöffel. Das Besteck war aus Plastik, die Trinkbecher aus Karton, und die Teller, die sich den Anstrich kaiserlichen Porzellans gaben, bestanden ebenfalls aus Kunststoff. Jeglicher Verletzungsgefahr war hier bestens vorgebeugt; der Koch brauchte keine Kritik zu fürchten.

Nach und nach hat sich der Saal gefüllt; die Patienten sind hereingeströmt und haben mehr oder weniger zielstrebig ihre Plätze eingenommen. Auch ein paar Krankenschwestern sind hin und her geflattert, haben hektisch mit Rollstühlen rangiert und beruhigende Worte gesprochen. Abgesehen davon hat wieder das seltsam versonnene Schweigen geherrscht, das dem Lemming schon am Morgen aufgefallen ist. Die wenigen undeutlichen Laute, die hie und da zu hören waren, sind schaurig von den Wänden widergehallt.

Während der Lemming noch das bunte, aber stumme Treiben beobachtet hat, ist ein junger Mann mit dunklen, zerzausten Haaren und einer erklecklichen Anzahl von Pickeln an seinen Tisch getreten. Hat sich mit einem kurzen Nicken hingesetzt, die Hände in den Schoß gelegt und wortlos vor sich hin gestarrt.

«Grüß Gott», hat der Lemming gesagt. «Ich heiße ... Odysseus ...»

Der andere hat erst nach einer Weile reagiert. «Hallo», hat er gemurmelt, ohne den Blick zu heben. «Fotze.»

Der Lemming hat sich nicht lange gewundert. Wenn sich einer Odysseus nennt, so hat er im Stillen gedacht, dann kann ein anderer auch Fotze heißen.

«Servus, Fotze.»

In diesem Moment sind zwei Hühner erschienen. Ein totes in der Suppe, die nun serviert wurde, und ein lebendiges, das sich zum Lemming und zu Fotze an den Tisch gesetzt hat.

«Verzeihen Sie, meine Herren ... haaahaha ... bin wirklich untröstlich ... hiiihihi ...»

Natürlich ist es kein wirkliches Huhn gewesen. Aber die leuchtende Schminke und die brünetten, hochtoupierten Haare der Frau haben den Lemming frappant an ein solches erinnert. Auch ihre Stimme hat sich verblüffend ähnlich angehört. Immer wieder ist sie grundlos in hysterisches Gelächter ausgebrochen.

«Fotze», hat Fotze gesagt und seinen Löffel auf den Boden geworfen. Hat sich dann verschämt nach dem Essgerät gebückt und weitergegessen, während die Frau einmal mehr zu gackern begann.

«Fotze … hiiihihi …»

«Mistfotze!» Fotze hat die Augen zusammengekniffen und sich mit einer Hand an die Stirn geschlagen. «Mistfut!»

«Haaahaha!»

Abgesehen von ihrer handwarmen Temperatur war die Suppe ausgezeichnet. Kräftig im Geschmack, mit nicht zu weich gekochten, klein geschnittenen Gemüsestücken angereichert, die Nudeln al dente, ein wahres Gedicht. Der Lemming hat sich gleich ein wenig kräftiger gefühlt. Kein Wunder, hat er gedacht, dass Hühnersuppe zuweilen auch als *jüdisches Penicillin* bezeichnet wird.

«Drecksfut!» Fotzes Löffel ist wieder auf dem Boden gelandet. Er hat ihn aufgehoben und mit hochrotem Kopf die letzten Reste Fleisch aus seinem Teller gekratzt. Der junge Mann hat sichtlich gelitten, unter sich selbst und seinem unmanierlichen Verhalten, und dem Lemming sind allmählich handfeste Zweifel daran gekommen, dass sein Name wirklich Fotze war.

«Na wunderbar, wunderbar … Hoffentlich schmeckt's den Herrschaften auch …» Eine Hand hat sich schwer auf die Schulter des Lemming gelegt, Eberhard Langs Hand, wie am jovialen Tonfall der dazugehörigen Stimme unschwer zu erkennen war. Über seinem Anzug trug der Doktor heute einen strahlend weißen Kittel, der vorne weit offen stand: ein oft gesehenes Zeichen der Ungezwungenheit, der saloppen Verbrüderung des Arztes mit seinen Patienten.

«Danke», hat der Lemming gemeint, «schmeckt ausgezeichnet ...»

Fotze ist offenbar anderer Meinung gewesen.

«Drecksau!», hat er in Richtung des Doktors hervorgestoßen. «Hurensau!»

Doktor Lang hat den Tisch umrundet und sich neben Fotze gestellt. Hat ihm sanft über den Arm gestrichen und sich mit einem nachsichtigen Lächeln an den Lemming gewandt.

«Unser Willi, gell? Unser Sorgenkind ... Unser Willi macht das nicht absichtlich, nicht dass Sie glauben ... Er leidet an einer seltenen neuropsychiatrischen Erkrankung. Tourette-Syndrom, vielleicht haben Sie schon davon gehört. Der arme Willi schämt sich fürchterlich für seine Tics, aber er kann nicht anders, es ist zwanghaft, wie ... wie zum Beispiel Schluckauf. Gell, Willi?»

«Ficken, du Sau!» Fotze, der also in Wirklichkeit Willi hieß, hat sich zur Seite gedreht, hat langsam den Kopf gehoben und die Augen aufgerissen. Mit einem kleinen, schnalzenden Geräusch hat er dem Doktor einen dicken Batzen halb zerkautes Suppenfleisch mitten ins Gesicht gespuckt.

«Hiiihihi!» Kurz und heftig ist das Gackern der aufgetakelten Hühnerdame durch den Saal geschallt, ist dann abgeebbt und bald erstorben. Totenstille im Raum. Doktor Lang, um Haltung bemüht, hat Willi angestarrt. Willi, bestürzt und unendlich verlegen, hat Doktor Lang angestarrt. Hat die Augen zusammengekniffen und noch einmal gespuckt.

Und dann, mitten ins Schweigen hinein, dieses Wort. Ein Raunen nur, und trotzdem klar und deutlich. Von hinten ist es an die Ohren des Lemming gedrungen.

«Grabhändler ...»

Wie auf Kommando haben sich alle Blicke dem Sprecher zugewandt, während die Hühnerfrau abermals loskreischte.
«Grabhändler! Grabhändler! Haaahaha!»
Auch der Lemming hat sich neugierig umgedreht. Am Tisch
gleich hinter ihm hat nur ein einziger Mann gesessen. Blass
und schmal, mit hochgezogenen Schultern, so hat er auf seinen Teller gestiert.
«Unser Grock, gell?» Der Doktor hat sich geräuspert und
die kleine Ablenkung dazu genutzt, aus Willis Reichweite zu
kommen. «Unser Grock … Ja also … Ich muss dann leider …
Und noch guten Appetit allerseits …» Mit raschem Schritt
und einem eilig hervorgezogenen Taschentuch vor dem
Mund hat Eberhard Lang das Weite gesucht.

Der Lemming erwacht mit einem seligen Lächeln auf den
Lippen. Kein saurer Gedanke an Balint und Bauer und Buchwieser, an Krotznig und Klara und Rolf trübt das süße Gefühl
seiner wiedergewonnenen Kräfte. Ein köstliches Mittagessen
und zwei Stunden Tiefschlaf, das ist alles, was ihn in diesem
Moment beschäftigt … Nach der Hühnersuppe hat es einen
vorzüglichen Lendenbraten gegeben, wieder nur lauwarm
und klein geschnitten, aber trotzdem: Das Können des Kochs
ist unüberschmeckbar gewesen. Und dann das Dessert, das
dem edlen Ambiente des Raums mehr als angemessen war:
Kaiserschmarren mit Zwetschgenröster … Und nach dem
Dessert das frische, kühle Laken, die heilige Ruhe … Der
Lemming grunzt vor Wonne, wälzt sich aus dem Bett und
blickt aus dem Fenster. Obwohl der Himmel wolkenverhan-
gen ist, lässt sich der Stand der Sonne erahnen: Es muss kurz
nach drei sein, vielleicht schon halb vier; höchste Zeit also für
den geplanten Nachmittagsspaziergang.
Als der Lemming den Aufzug verlässt und in die Vorhalle
tritt, läuft ihm Rebekka Stillmann entgegen.

«Mein Gott, ich freu mich, dass Sie wieder auf den Beinen sind! Ich hab schon erfahren, dass man Sie verlegt hat; wie's scheint, ist der Herr Balint also nicht wieder aufgetaucht …» Einen Moment lang kommt es dem Lemming so vor, als wolle ihn die Frau umarmen, dann aber nimmt sie nur seine Hände in die ihren und drückt sie sanft.

«Von mir aus hätten Sie ruhig im Zimmer vom Robert bleiben können, aber hier heroben haben Sie's wahrscheinlich komfortabler … Und auch lebendiger … Jetzt sagen S' schon, wie geht es Ihnen?»

«Schon viel besser», sagt der Lemming. «Ganz im Ernst», fügt er hinzu, als er Rebekka Stillmanns zweifelnden Blick bemerkt. «Ich wollt grad ein bissel spazieren gehen …»

«Stört es Sie, wenn ich mitkomme?»

Unweit der bedrohlich aufragenden Rückseite des Hauptgebäudes steht ein bei weitem modernerer Bau, zwei Stockwerke hoch und vollkommen schmucklos. Neben dem großen, majestätischen Bruder wirkt er wie ein misslungener Dorfbahnhof. Wie der Lemming von Rebekka Stillman erfährt, ist es das Wohnheim, das auch schon Schwester Ines erwähnt hat. Die beiden umrunden es und folgen dem Pfad in nordwestlicher Richtung, wo er sich sanft in eine bewaldete Senke hinabschlängelt. Hier stehen die Bäume viel dichter als auf dem schütter bewachsenen Hügel von *Walhall*; zwischen den knorrigen Stämmen ist es düster und totenstill – sogar die Vögel schweigen. Mag sein, dass ein Unwetter naht, denkt der Lemming. Tiere pflegen so etwas vorauszuahnen …

«Ein Märchenwald …», sagt Rebekka Stillmann leise.

«Ja», meint der Lemming, «ein Märchenwald.»

«Manche Leute glauben, dass hier böse Geister wohnen.»

«Ach … und Sie auch, Frau Stillmann?»

Ihr kurzes, helles Lachen fährt wie ein Lichtstrahl durch die Dämmerung.

«Natürlich ... Deshalb wär's mir auch lieber, Sie würden mich Rebekka nennen. Der Hänsel hat ja das Gretel auch nicht ... mit *Fräulein Birnstingl* angeredet.»

«Na gut, Rebekka. Ich heiße Leopold.»

Noch während ihm die letzte Silbe über die Zunge rollt, wünschte der Lemming, er würde im moosigen Boden versinken.

«Mein Gott ...» Rebekka Stillmann kommt mit einem Ruck zum Stehen. Schlägt die Hände vor den Mund. «Haben Sie gehört, was Sie da gerade ...?»

Jetzt ist es wirklich geschehen. Jetzt bist du nicht nur ein bisschen gestrauchelt, Lemming, jetzt hast du bei vollem Tempo die Hosen verloren und eine kräftige Bruchlandung hingelegt. Jetzt gibt es kein Zurück mehr, keine Ausflucht in lachhafte Kinderreime. Jetzt gibt es nur noch – eine Umarmung: Mit einem Seufzer der Erleichterung fliegt Rebekka Stillmann auf den Lemming zu und drückt ihn an sich. «Es kommt zurück», stößt sie hervor, «Ihr Gedächtnis, es kommt zurück ...»

«Ja wirklich ... unglaublich ...», murmelt der Lemming kopfschüttelnd, «dass mir das einfach so einfällt, ganz wie von selbst ... Dann heiß ich also ... Leopold.»

«Und weiter? Wissen Sie's?»

Er runzelt die Stirn, die auf einmal ganz heiß ist vom Schreck und vom schlechten Gewissen.

«Nein ... tut mir Leid ...»

«Macht nichts, Leopold», meint Rebekka vergnügt und löst sich von ihm, «das ist immerhin ein Anfang. Obwohl ich schon ziemlich gespannt darauf bin, wer Sie wirklich sind ...»

Nach etwa fünf Minuten gelangen sie auf eine Lichtung, in deren Mitte eine offene, halb verfallene Gartenlaube steht. Darin eine hölzerne Bank, nicht weniger morsch als der betagte Pavillon.

«Wollen wir's versuchen?»

Die Bank knirscht verdächtig, aber sie hält. Bald sitzen die beiden nebeneinander und lassen gemächlich die Blicke schweifen, als ließen sich Faune und Feen im Unterholz erspähen.

«Ein Märchenwald», sagt der Lemming noch einmal, «vielleicht hat ja früher die böse Hexe hier gewohnt ...»

«Nein, nicht hier. Ein Stück weiter hinten, in der Kapelle. Wahrscheinlich wohnt sie noch immer dort: Die Kapelle ist ... na ja, wirklich ein bissel unheimlich ... Ehrlich gesagt: Ich hab auch dem Simon verboten, dorthin zu gehen.»

«Wo ist er eigentlich heute, der Simon?»

«Er ist noch in der Schule, Nachmittagsunterricht. Kind sein ist heutzutage ein Fulltimejob ...»

«Da haben Sie wohl Recht ... Wie alt ist er denn?»

«Fünfzehn. Er wird fünfzehn, heute in einer Woche.»

«Aber ...» Der Lemming verstummt noch im Ansatz. Natürlich, der Bub sieht auch nicht älter aus. Aber hat ihm Rebekka Stillmann nicht gestern erzählt, dass ihr Mann vor siebzehn Jahren ins Koma gefallen ist? Wie kann sie dann ... Wie kann *er* dann ...

«Was aber?» Rebekka wendet den Kopf und blickt den Lemming an.

«Nein, gar nichts. Ich dachte nur, in der fünften Klasse ist es noch nicht so schlimm ...»

Es kann nur eine Erklärung geben: Robert Stillmann ist gar nicht Simons leiblicher Vater ... Man kann es keinem Menschen verdenken, wenn er sein Leben nach so einem Schicksalsschlag weiterlebt, wenn er geliebt werden will und berührt und in die Arme genommen. Andererseits macht Rebekka nicht den Eindruck, als habe sie sich jemals weit genug von ihrem Mann entfernt, um einen anderen an seine Stelle treten zu lassen. Sie muss eine starke Frau sein, denkt der Lemming, viel stärker noch, als sie ohnedies schon wirkt: fünfzehn Jahre lang den Sohn des einen Mannes großzuziehen, während man den anderen täglich besucht und liebevoll umhegt ... Zugleich, so grübelt der Lemming weiter, muss sich wohl irgendwo in ihrem Wesen ein Stück Skrupellosigkeit verbergen, das ihm bisher vollständig entgangen ist: Es braucht nicht nur gute Nerven, um ein solches Doppelleben zu führen, es braucht vor allem eine maßlos dicke Haut, wenn man dem eigenen, sprach- und hilflosen Mann tagtäglich das Kind eines anderen präsentiert ...

«Sie irren sich ... Simon ist tatsächlich Roberts Sohn.» Rebekka Stillmann kann, wie es scheint, Gedanken lesen. Sie sieht den Lemming nicht mehr an. Sie sucht auch keine Elfen mehr zwischen den Bäumen. Sie schließt die Augen und blickt nach innen, in eine verwüstete Landschaft, in der die Ruinen ihrer Vergangenheit stehen.

«Er *ist* Roberts Sohn», sagt sie noch einmal, «das können Sie mir glauben. Sie müssen es gar nicht verstehen.»

«Aber wie ...»

«Fragen Sie nicht ... Wissen Sie, als der Robert damals ... als das damals geschehen ist ... Ich wollte tot sein. Einfach nur tot. Der schönste Tag im Leben einer Frau, sagen die Leute immer ...»

Der Lemming verbeißt sich die Frage. Sie hängt ohnehin in der Luft.

«Der Hochzeitstag. Es war unser Hochzeitstag. Wir waren zweiundzwanzig damals, und die ganze Welt war ... wie soll ich sagen, sie ist ...»

«Ihnen offen gestanden?»

Rebekka lacht auf, scharf und bitter zugleich.

«Offen gestanden? Nein. Sie hat uns *gehört*. Wir *waren* die Welt. Wenn sich zwei Menschen wirklich lieben, kreisen sie nur noch umeinander, heißt es. Aber das ist nicht wahr. Es fühlt sich eher an, als wäre man plötzlich mit allem vereint, was es gibt … Nein, man *ist* mit allem vereint, was es gibt. Man *weiß* es einfach. Die Sinne sind wach und hell, das Denken gütig und liebevoll, das Herz ist auf einmal so groß, dass jeder und alles darin seinen Platz findet … Für die Wissenschaft sind das profane chemische Vorgänge, körpereigene Drogen, unschädlich, gratis und legal… Aber was setzt sie frei, diese Drogen? Was löst ihn aus, diesen Trip? Man kann vielleicht die Wissenschaft lieben. Aber die Wissenschaft liebt nicht zurück …

Der Robert hat das genauso gesehen wie ich. Obwohl er Medizin studiert hat. Er hat sich auch nicht erklären können, was mit uns geschieht …»

Rebekka senkt den Kopf und lächelt versonnen.

«1982 haben wir uns kennen gelernt, im November … Die vier im Jeep – kennen Sie diesen Begriff?»

Selbstverständlich kennt ihn der Lemming. Die Siegermächte im geteilten Wien der Nachkriegsjahre wurden so genannt. Das Stadtbild des ersten Bezirks, der keinem der vier Sektoren zugeordnet war, wurde damals von den gemeinsamen Militärpatrouillen der Amerikaner und Russen, Franzosen und Engländer geprägt. Und dann, zu Beginn der fünfziger Jahre, auch die Kinoleinwände: *Die vier im Jeep* hieß der nach dem *Dritten Mann* wohl berühmteste Film über die Wiener Besatzungszeit.

«Es war auf der Währinger Straße, ein richtiger Novembertag, kalt und regnerisch. Ich wollte gerade über die Straße gehen, da haben sie sich vor mir eingebremst, die vier im Jeep. Kein Verdeck, alle dick vermummt – der Robert hat sogar einen Regenschirm aufgespannt gehabt; den hat der Fahrtwind natürlich dauernd umgestülpt … Eine richtig skurrile Partie. Können Sie sich den Doktor Lang mit Pferdeschwanz vorstellen?»

«Was? Der war auch dabei?»

«Allerdings. Und seine Frau, die Lotte, mit Latzhose und Palästinensertuch. Und der Dieter, der Tobler, mit knallrotem Rauschebart und Jesusschlapfen. Sie waren Studienkollegen, obwohl der Hardy, also der Doktor Lang, damals schon seine Facharztausbildung gemacht hat. Hier heroben übrigens, in der Ulmenklinik … Jedenfalls sind wir bald fünf im Jeep gewesen, obwohl ich mit Medizin überhaupt nichts am Hut hatte; ich hab Malerei studiert, auf der Akademie … Aber ich will Sie nicht langweilen …»

«Das tun Sie nicht … Das tun Sie wirklich nicht.»

«Wenn Sie meinen … Den romantischen Teil werd ich Ihnen aber trotzdem ersparen, weil ich … Es ist nur … Der gehört ganz allein …»

«Ihnen beiden …»

«Ja. Dem Robert und mir … Wir haben nach eineinhalb Jahren geheiratet, am 1. Juli 1984.»

«Dann hätten Sie übermorgen Hochzeitstag …»

Rebekka blickt auf, erschrocken beinahe, und starrt den Lemming an.

«Wir *haben* übermorgen Hochzeitstag.»

«Entschuldigung … Es tut mir Leid. Das war dumm von mir …»

«Schon gut … Der Robert und ich, wir sind beide ziemlich religiös erzogen, müssen Sie wissen. Nach dem Standesamt haben wir kirchlich geheiratet … Kennen Sie die Servitenkirche in der Rossau?»

Und wie!, will der Lemming rufen. *Ich wohne dort, schräg gegenüber!* Er schafft es im letzten Moment, sich zu zügeln.

«Ich weiß nicht genau … Schon möglich …»

«Ein kleines Juwel. Eine der wenigen Barockkirchen, die die Türkenbelagerung überlebt haben, obwohl sie in der damaligen Vorstadt standen. Wie auch immer, nachher ist die ganze

Gesellschaft auf den Bisamberg gefahren, um zu feiern. Im Magdalenenhof, wunderschön, ein ehemaliges Jagdschloss mit einem herrlichen, riesigen Park … Es war sonnig und warm, all unsere Freunde waren da, Musik und Essen und Wein im Überfluss, und wir in der Mitte, der Robert und ich. Er hat mich ganz fest gehalten; ich glaub, ich wäre sonst davongeschwebt vor Glückseligkeit … So viel Glück hat sich wahrscheinlich niemand verdient. Ich hab's mir seither oft gedacht: So viel Glück hat sich kein Mensch verdient. Es hat auch nicht lange gedauert …»

«Was ist geschehen?», fragt der Lemming leise.

«Wir haben unseren letzten Tanz getanzt. Der Robert hat auf die Uhr geschaut und hat mich geküsst, zum Abschied gewissermaßen. *Zeit, mir einen Schuss zu setzen*, hat er gesagt und ist ins Haus gegangen. Er hat das oft gesagt: Galgenhumor. Er ist zuckerkrank. Hat dreimal am Tag sein Insulin gebraucht … Eine halbe Stunde später haben wir ihn dann auf der Toilette gefunden. Er ist bewusstlos am Boden gelegen … wie ein wirklicher Fixer nach dem goldenen Schuss, blutig geschlagen vom Sturz, Ampulle und Spritze neben sich …»

«Und … dann?»

«Der Rest war Schweigen … Man muss sich das vorstellen, ein Haus voller Ärzte, Neurologen noch dazu, und keiner kann etwas tun dagegen. Gehirninfarkt … Der Hardy Lang hat sofort auf einen hypoglykämischen Schock getippt, also einen plötzlichen Abfall des Blutzuckerspiegels. Das passiert hin und wieder bei Diabetikern, wenn sie versehentlich zu viel Insulin abbekommen … Sie sehen, ich hab meine Hausaufgaben gemacht, nur leider zu spät … Der Hardy hat also begonnen, in Roberts Taschen zu wühlen, bis er eine andere Spritze gefunden hat. Glucagon, also quasi das Gegenmittel zum Insulin. Die meisten Zuckerkranken haben das bei sich, für alle Fälle. Nur ... in diesem Fall war nichts mehr zu machen. Das Gehirn war schon zu lange unterversorgt ...»

Rebekka verstummt; die Macht der Erinnerung knebelt die Worte.

«Es tut mir so Leid für Sie ...», flüstert der Lemming. Selbst sein Flüsterton erscheint ihm noch zu laut. Er sieht Rebekka Stillmann an, betrachtet ihr Gesicht, auf dem sich Wut und Trauer mischen, und ihre Hände, die sich jetzt zu kleinen, harten Fäusten ballen.

«Er war gerade zweiundzwanzig Jahre alt, der Robert. Schlank und kräftig, kein verfressener alter Knacker ... Verstehen Sie das? Ich nicht. Bis heute nicht. Man hat zwar angenommen, dass an diesem Tag sein ganzer Zuckerhaushalt durcheinander geraten ist – wegen der Hochzeit ... Der Robert hat Wein getrunken, getanzt, alles Dinge, die den Blutzuckerspiegel ohnehin schon senken. Und dann noch die Spritze ... Aber ich verstehe trotzdem nicht, wie das passieren konnte. Ich verstehe ... Gott nicht. Wissen Sie, was der Robert oft zu mir gesagt hat? *Ich will dir für immer zu Füßen liegen*, hat er gesagt. Und prompt hat Gott ihm seinen Wunsch erfüllt ... Falls es diesen Gott überhaupt gibt, ist er der grausamste, widerwärtigste Zyniker, den man sich vorstellen kann ...»

20 Die Weihnachtszeit pflegten der Apotheker und seine Frau in ihrem Häuschen am See zu verbringen. Zwar standen dort mehrere Pfahlbauten nebeneinander, die man alle von einem langen Holzsteg aus betreten konnte, aber die Nachbarn blieben über den Winter in der Stadt. Weit und breit keine Menschenseele, nur das Apothekerpaar und ich: der perfekte Ort und die perfekte Zeit für eine mustergültige Aktion.

Am Tag vor dem Weihnachtsfest fuhren wir also an den See. Die Stimmung war gespannt; dafür hatte ich bereits gesorgt: Hier und da ein blondes Haar, auf dem Jackett des Apothekers angebracht, Spuren von Lippenstift auf seinem Hemdkragen, solche und ähnliche Bagatellen hatten die Aufmerksamkeit seiner Frau auf sich gezogen und ihre Streitlust heftig angestachelt. Sie hatte wieder zu trinken begonnen und ihre Liebe zum Whisky entdeckt, was der Sache mehr als dienlich war; ihre Reisetasche war mit Hochprozentigem gefüllt wie der Musterkoffer eines Spirituosenhändlers.

Die erste Nacht verlief in relativer Ruhe; außer dem Knistern des Kamins im Erdgeschoss und dem Schnarchen der Apothekersfrau im ersten Stock des Hauses war nichts zu hören. Am folgenden Morgen begann es zu schneien. Nach und nach breitete sich eine weiße Decke über die Landschaft, und der Schilfgürtel, der den weiten, grauen See umfasste, glich bald einer Boa aus Hermelin. Gegen die Mittagszeit trat ich auf den Balkon hinaus und beugte mich über die hölzerne Brüstung, um einen Blick auf das Wasser zu werfen. Es schien kurz davor, zu gefrieren; an manchen Stellen konnte ich bereits den zarten Schmelz von Eis erkennen.

Am frühen Nachmittag stellte ich gemeinsam mit dem Apotheker den Christbaum auf, während sich seine Frau im Ohrensessel am Kamin das erste Gläschen einschenkte. Sie sollte es nicht bei einem bewenden lassen. Aber statt sich wie andere Menschen in Hitze zu trinken, schien sie mit jedem Schluck verschlossener und kälter zu werden: So glich sich die Zimmertemperatur in gewisser Weise dem Außenklima an. Als der Baum geschmückt war und die Dunkelheit hereinbrach, hob sich der Vorhang zum ersten Akt dieses Heiligen Abends.

«Wusstest du …», wandte sich die Frau des Apothekers mit schwerem Zungenschlag an mich, «wusstest du, dass dein Vater eine geiler alter Spanner ist?»

Eine Zeit lang herrschte Stille, die aber schließlich von einem kurzen, trockenen Splittern unterbrochen wurde. Sie hatte ihr Glas ins Leere gestellt.

«Wenn du einmal eine Freundin hast», lallte sie ungerührt, »dann gib gut Acht, dass der Herr Magister seine Finger von ihr lässt … Aber auch egal … Es bleibt ja in der Familie …» Ich sah den Apotheker an, der mit gesenkten Schultern neben dem Christbaum stand. «Nicht schon wieder», murmelte er, «wenigstens heute nicht …» Dann trottete er hinaus, um Schaufel und Besen zu holen. Inzwischen ließ die Frau ihren trüben Blick durchs Zimmer schweifen. «Wo ist denn … Meine Tasche … Muss dir was zeigen …» Statt des Lederbeutels, der neben ihr auf dem Boden lag, reichte ich ihr die Flasche. «Der versaute Wichsgriffel … Ich bin ihm schon lang nicht mehr gut genug …» Sie nahm einen ausgiebigen Schluck, beugte sich schwankend vor und versuchte, ihr Kleid hochzuraffen. «Muschirevue …», stieß sie hervor, «Muschirevue … Das kann ich auch …» Sie verlor das Gleichgewicht, kippte kopfüber aus dem Fauteuil und blieb auf dem Teppich liegen.

Während der Apotheker die Scherben aufkehrte, brachte ich seine Frau nach oben. Ich legte sie, bekleidet wie sie war, ins Bett, deckte sie zu und nahm die Illustrierte aus ihrer Handtasche. Muschirevue. Ich hatte sie am Morgen im Nachttisch des Apothekers deponiert, weil ich wusste, dass seine Frau beinahe täglich seine Sachen zu durchstöbern pflegte. Danach ging ich zurück ins Erdgeschoss.

Der Apotheker hatte inzwischen eine neue Flasche geöffnet und sich selbst ein Gläschen eingegossen. Er saß auf der alten Ledercouch und starrte ins Leere. «Ich weiß nicht …», sagte er, als ich mich zu ihm setzte. «Ich weiß nicht, wie wir ihr helfen können …» Schließlich hob er den Kopf und sah mich an: «Vergib mir …», meinte er leise. «Vergib mir, mein Sohn. Du hättest dir eine bessere Familie verdient …»

Er vertrug nicht sehr viel. Nach einigen weiteren Gläsern sank er erschöpft zurück und schloss die Augen.

Ich überlegte lange, ob ich ihn fesseln sollte, entschied mich am Ende aber doch dafür. Wenn es auch nicht die elegante Vorgangsweise war, so doch die vernünftigere. Solange ein Mensch noch an das Leben glaubt, ist selbst der tiefste Schlaf ein wankelmütiger Gesell. Ich sollte mit meiner Einschätzung Recht behalten: Als ich die Nadel in seine Vene stach, erwachte der Apotheker. Die Mandarine in seinem Mund wäre allerdings nicht nötig gewesen. Er versuchte erst gar nicht, um Hilfe zu rufen; er starrte mich nur mit großen Augen an. Abgesehen davon hätte ihn auch niemand gehört, selbst wenn er gebrüllt und gekreischt hätte: Seine Frau war eine absolut zuverlässige Schläferin; sie liebte Morpheus mindestens so sehr wie Bacchus.

Ein mittelgroßer Mann besitzt im Durchschnitt fünf, sechs Liter Blut; um dieser Menge also vier Promille hinzuzufügen, benötigte ich etwas mehr als zwanzig Milliliter reinen Alkohol. Da ich nur Siebzigprozentigen nahm, um eine Reizung der Blutbahn zu vermeiden, überlegte ich, die Menge entsprechend zu erhöhen. Weil sich der Apotheker aber schon ein gutes Viertel davon selber angetrunken hatte, ließ ich es bei den errechneten zwanzig Millilitern bewenden. Ich spritzte sie ihm in die Vene oberhalb des Knöchels, ein entlegener Punkt am menschlichen Körper, ähnlich entlegen wie die Ferse des Achilles.

Während ich auf die Wirkung meiner Behandlung wartete, öffnete ich zwei weitere Flaschen aus der Sammlung der Apothekersfrau. Ich schüttete ihren Inhalt in den Ausguss und drapierte sie auf dem Boden neben der Couch. Dann zündete ich die Christbaumkerzen an und wickelte die Geschenke aus. Es war nichts Nennenswertes dabei: Turnschuhe und ein Walkman für mich, Socken und Bücher für den Apotheker;

die gängigen Familiengaben eben. Die Päckchen, die für seine Frau bestimmt waren, ließ ich unberührt. Ich löschte die Kerzen und ging zur Couch zurück.

Der Apotheker versuchte nach wie vor, mich mit seinem Blick zu fixieren, aber seine Augen spielten nicht mehr mit. Sie rollten hin und her wie Rettungsbojen bei bewegter See. Was mich allerdings erstaunte, war der Umstand, dass er lächelte. Fest über den Knebel in seinem Mund gespannt, verzogen sich seine Lippen zu einem dümmlichen Grinsen. Ich nehme an, er glaubte nach wie vor an meine so genannten *guten Absichten*. Vielleicht dachte er, dass ich sein Eheweib auf radikale Art zur Einsicht bringen, ihr quasi einen Spiegel ihrer selbst vor Augen halten wollte. Vielleicht war er aber auch nur dankbar dafür, sich mit meiner Hilfe einmal selbst so richtig gehen lassen zu dürfen.

Ich band ihn los, entfernte die Mandarine aus seinem Rachen und rollte ihn von der Couch auf den Boden. Er hatte längst die Kontrolle verloren, sowohl über seine Bewegungen als auch über seine Sprache. Von Zeit zu Zeit drang ein unverständliches Lallen aus seinem Mund, das in meinen Ohren fast ein wenig fröhlich klang. Ich durchquerte das Zimmer und öffnete die Tür zur Veranda. Es hatte zu schneien aufgehört, und über den See spannte sich glitzernd der Sternenhimmel. Obwohl es windstill war, herrschte draußen eine mörderische Kälte; es hatte sicher zehn Grad unter null. Ich nahm den Apotheker an den Füßen und zerrte ihn auf den Balkon. Nach mehreren Versuchen gelang es mir, ihn aufzurichten. Der Rest war eine Kleinigkeit; nicht mehr als ein sanfter Stoß mit der linken Hand: Der Apotheker schwankte so stark, dass er beinahe von selbst über die Brüstung fiel.

Ich schloss die Tür und kehrte zum Kamin zurück, um mich ein wenig aufzuwärmen. Es war klar, wie sich der Vorfall zugetragen haben musste: Nach der widerwärtigen Szene mit seiner Frau hatten wir beschlossen, uns das Weihnachtsfest nicht verderben zu lassen. Wir hatten also die Kerzen entzündet und unsere Geschenke ausgepackt. Trotzdem wollte keine rechte Freude aufkommen. Der Apotheker hatte zu trinken begonnen. Er hatte etwas von ‹völlig am Ende› und von ‹Scheidung› vor sich hin gemurmelt und mich gebeten, ihm für diese Nacht meinen Schlafplatz auf der Couch zu überlassen. Der Rest war leicht zu erahnen: Nachdem ich mich also zu seiner Frau gelegt hatte, musste er sich heillos betrunken haben und musste irgendwann auf den Balkon getreten sein, um ein wenig Luft zu schnappen …

Beinahe wäre mir noch ein fataler Fehler unterlaufen. Stricke und Spritze waren entsorgt; ich lag bereits im ehelichen Bett, neben mir das schnarchende Apothekerweib, als mir plötzlich die Balkontür einfiel: Am Morgen musste sie natürlich offen stehen. Ich machte mich also nochmals auf den Weg ins Erdgeschoss, als ich ein leises Kratzen aus dem Vorraum hörte.

Es hat mich immer verblüfft, wie zäh ein Mensch sein kann, wenn er ums Überleben kämpft. Trotz seines Zustands hatte es der Apotheker geschafft, aus dem halb gefrorenen Wasser zu kriechen. Er hatte den Steg erklommen und war bis vor das Haus, bis vor die Eingangstür gerobbt. Ich trat in den Flur und schob den Riegel vor.

Die Entdeckung des Leichnams überließ ich seiner Frau. Sie fand ihn am nächsten Morgen tiefgefroren auf den Planken liegen, und es brauchte eine Zeit, bis sie dahinter kam, worum es sich bei dem großen, vereisten Klumpen handelte.

Wenige Tage später – wir waren wieder in die Stadt zurückgekehrt – zweigte sie eine gewaltige Menge an Schlaf- und Beruhigungsmitteln aus der Apotheke ab. Den siebzigprozentigen Alkohol ließ sie – im Gegensatz zu mir – unangetastet. Sie schluckte die Tabletten daheim im Bett, und sie spülte mit der obligaten Flasche Whisky nach. Ihr Selbstmord war die logische Folge des Geschehenen. Den Tod ihres Mannes und ihre augenfällige Schuld daran hätte sie wohl noch verkraftet. Dass sie das Pornoheftchen nicht mehr fand, mit dem sie ihr gehässiges Verhalten vor mir und vor der ganzen Welt rechtfertigen wollte, war schon weit schwerer zu ertragen. Den Rest aber gab ihr, wie ich vermute, der Umstand, dass ihr Mann und ich das Weihnachtsfest ohne sie gefeiert hatten: Sie fühlte sich verstoßen, erstmals zu Unrecht verstoßen, und also verstieß sie sich endgültig selbst.

Was mich betrifft, so war ich mit meiner Arbeit mehr als zufrieden. Wohl geplant und kühl verwirklicht, war mir ein wahres Meisterwerk gelungen, dem es weder an Entschlossenheit noch an Ästhetik mangelte. Das Erbe, das mir durch den Tod des Apothekerpaars zufiel, war nicht mehr als ein Nebenprodukt meiner Tat, auch wenn ich es frohgemut antrat. Trotzdem muss ich einmal mehr betonen, dass persönliche Bereicherung nicht mein Motiv gewesen ist. Was geschah, das ließ ich nur um seiner selbst willen geschehen:
Die wahre Kunst kennt weder Zweck noch Schranken,
schenkt Tod dem Leben und dem Schatten Licht:
Denn Sein und Nichtsein, Schöpfung und Zerstörung
sind stets ihr unumschränktes Höchstgericht.

21

Der Lemming hat das Abendessen versäumt.

Sie sind noch eine Zeit lang dort gesessen, Rebekka und er, auf der Bank im Salettel im Geisterwald. Irgendwann hat Rebekka auf die Uhr geschaut und ist aufgesprungen.

«Jesus, halb sechs vorbei! Der Simon wird schon längst zu Hause sein ...»

Also haben sie sich auf den Rückweg gemacht, Seite an Seite in trübe Gedanken versunken. Doch bei allem Mitleid mit Rebekka hat der Lemming den ehemaligen Kriminalbeamten nicht ganz verleugnen können: Die obskure Sache mit Simons verspäteter Geburt hat ihn schon interessiert.

«Wie ist es dann weitergegangen?», hat er nach wenigen Schritten gefragt.

«Der Robert ist auf den Steinhof gekommen, dort gibt's eine eigene Koma-Abteilung. Dann, nach ein paar Monaten, ist er auf den Himmel verlegt worden. Es war die Idee von der Lotte, also von der Frau Doktor Lang. Sie und der Doktor Tobler haben inzwischen auch hier gearbeitet; die beiden haben alles getan, um dem Robert einen Pflegeplatz zu verschaffen ...»

«Und ... der Doktor Lang?»

Rebekka rümpft die Nase, schnaubt kurz und verächtlich.

«Der Hardy? Er hat sich, sagen wir einmal ... bedeckt gehalten. Er hat Angst gehabt, sich's mit seinen Vorgesetzten zu verscherzen: Sie waren ja alle drei noch in der Ausbildung – nicht wirklich eine gute Position, um Extrawünsche anzumelden ... Man kann ihm keinen Vorwurf machen, dem Hardy, er wollte schon immer hoch hinaus. Er war fest entschlossen, Karriere zu machen. *Ihr werdet's schon sehen*, hat er einmal gesagt, *eines Tages bin ich der Gott am Himmel ...*»

«Verstehe ...»

«Ohne die Lotte und den Dieter hätt ich das alles nicht durchgestanden ... Vor allem der Dieter, auf den war immer Verlass ...»

So weit, so gut, hat der Lemming gedacht. Aber was ist denn nun mit Simon? Haben die Stillmanns ein Konto auf der Samenbank gehabt? Oder ist ihr der Bub direkt vom Himmel in den Schoß gefallen?

Und wieder hat es den Anschein gehabt, als könne Rebekka Stillmann seine Gedanken lesen.

«Wie dann der Simon gekommen ist, hab ich auf einmal wieder gewusst, wofür ich lebe … Vorher nicht; ich muss gestehen, ich war manchmal nahe daran …»

Sie hat den Satz nicht beendet. Was augenfällig ist, muss man nicht auch noch in den Mund nehmen.

«Wenn Shakespeare gewusst hätte … Ich meine, sein Romeo war vergleichsweise ein Glückskind: Er hat wirklich geglaubt, dass Julia tot ist, ohne Wenn und Aber. Sein Eindruck mag falsch gewesen sein, aber sein Entschluss war richtig: Er ist ihr gefolgt. Er konnte eine klare Entscheidung treffen, anders als ich. Der Robert war in einem Zwischenzustand, nicht tot und nicht lebendig, fast wie Schrödingers Katze … Wie hätte ich ihn dahin begleiten können?»

Rebekka ist stehen geblieben und hat den Lemming trotzig angeblickt.

«Also ist mir die Idee mit dem Kind gekommen. Obwohl … Die Idee war eigentlich schon länger da: Der Robert und ich, wir haben uns immer schon Kinder gewünscht, lange vor seinem … vor unserer Hochzeit. Ein weiterer Traum, der damals zerplatzt ist. Dass er noch immer … also, dass es noch immer eine Möglichkeit gibt, darauf bin ich erst mit der Zeit gekommen …»

Ein hintergründiges Lächeln. Dann ist Rebekka weitergegangen.

«Es ist ein offenes Geheimnis hier in der Klinik. Offen, weil man so was nicht verheimlichen kann. Geheimnis, weil es … gegen das Gesetz verstößt. Völlig logisch: Man darf einen wehrlosen Mann nicht so einfach zum Vater machen. Er muss schon seine Zustimmung geben, am besten schriftlich, in zweifacher Ausfertigung und vom Notar beglaubigt. Aber in diesem Fall … Ich wusste ja, dass er Vater werden wollte. Das hat mir gereicht …»

In diesem Moment ist dem Lemming ein Licht aufgegangen.

Robert Stillmanns Körperfunktionen mögen aufs Vegetative gedrosselt sein, hat er gedacht, aber auch Pflanzen kommen zuweilen als Blumenstock daher. Die kleine steife Sensation zwischen Stillmanns Beinen ist immerhin bis ins Pförtnerhaus gedrungen: Wie hat Lisa Bauer es so geistreich formuliert? *Seine Bettdecke hat manchmal ausg'schaut wie der Großglockner persönlich ...*

«Also sind Sie einfach ... ich meine, Sie haben sich einfach auf ihn drauf ...»

«Halt!», hat Rebekka Stillmann gerufen, so laut, dass der Lemming vor Schreck die Arme hochgerissen hat. «Ich weiß zwar nicht, was ich für einen Eindruck auf Sie mache, aber wenn Sie glauben, dass ich meinen Mann vergewaltigt hab, dann ... dann heben Sie sich Ihre perversen Phantasien für Ihre feuchten Träume auf ...»

«Verzeihen Sie ... Verzeihen Sie bitte ...»

Es sind mindestens fünf Minuten verstrichen, bis sich Rebekka wieder beruhigt hat, fünf Minuten, die dem Lemming wie eine Ewigkeit vorkamen. Schon sind die beiden den Hügel empor auf *Walhall* zugeschritten, das grau umwölkt vor ihnen hochragte, als sie den Faden endlich wieder aufnahm.

«Nein, ich bin es, die sich entschuldigen muss ... Ihre Vermutungen sind natürlich nahe liegend. Nur ist da etwas, das Sie nicht wissen können ... Ich hab Ihnen vorhin gesagt, dass wir ziemlich religiös waren, der Robert und ich ... zugegeben, ich war's ein bisschen mehr als er. Es mag Ihnen ja reichlich altmodisch vorkommen, aber ... Also, ich hatte schon meine Prinzipien. Und ich hab sie noch immer, trotz allem. Meine Vorstellungen von unserer Hochzeitsnacht ... Es sollte was Besonderes sein, etwas ... Heiliges, wenn Sie so wollen. Kurz gesagt, ich war noch ... na, Sie wissen schon.»

Und Rebekka Stillmann ist sanft errötet.

Heilige Mutter Gottes, hat der Lemming gedacht, das ist ja

wirklich kaum zu fassen. Und er hat sich in diesem Augenblick regelrecht vatikanisch gefühlt: Vor nicht ganz neun Jahren erst, im Herbst 1992, hat Papst Johannes Paul II. Galileo Galileis auf dem kopernikanischen Weltbild basierende Behauptung, die Erde drehe sich um die Sonne, offiziell anerkannt und den großen, einst von der Inquisition zu lebenslanger Haft verurteilten Naturwissenschaftler rehabilitiert – ein drastisches Beispiel dafür, dass Wissen nicht immer stärker als Glauben ist. Ja, der Lemming wusste, was Rebekka meint; es zu glauben ist ihm trotzdem schwer gefallen.

«Ich hätte nie auf diese Art mit dem Robert geschlafen», hat Rebekka nun weitergesprochen, «alleine die Vorstellung ist entwürdigend. Für ihn und für mich. Verstehen Sie das?»

«Ja.»

Aus Angst vor weiteren Fettnäpfchen hat sich der Lemming nichts mehr zu sagen getraut. Zugleich hat er aber gespürt, dass ein neuer, ein beinahe zärtlicher Respekt für Rebekka Stillmann in ihm aufkeimt. Diese Frau hat sich's wahrlich nicht leicht gemacht. Ist ihrem Schicksal mit einem mustergültigen Maß an Anstand begegnet, ohne sich dabei selbst zu verleugnen. Hat sich nicht in verlogenen Posen und bigotten Verrenkungen verloren. Ist einfach nur ihrer Überzeugung gefolgt. Das keusche Konzept vorehelicher Enthaltsamkeit ist ihm zwar mehr als anachronistisch erschienen, aber er hat auch eine gewisse Sympathie dafür empfunden – wenn auch nicht aus christlichen, so doch aus romantischen Motiven …

Inzwischen hatte es zu nieseln begonnen. Rebekka und der Lemming sind in Laufschritt verfallen, haben die letzten Meter rasch und wortlos zurückgelegt, um sich schon bald vor dem Eingang *Walhalls* voneinander zu trennen.

«Nur um die Sache zu Ende zu bringen», hat Rebekka gesagt und dem Lemming die Hand gereicht, «ich habe damals einen anderen Weg gefunden. Mehr darf ich Ihnen nicht erzählen, das hab ich … jemandem versprochen. Nur so viel: Manchmal gibt uns die Wissenschaft vielleicht doch ein wenig Liebe zurück …»

Der Regen ist stärker geworden; er trommelt nun schon seit zwei Stunden sein Stakkato an die Fenster. Im letzten Licht des Tages ziehen Nebelschwaden durch die Täler, zäh und schwer, ein trostloses Bild, ein zermürbender Anblick.

Der Lemming schließt die Terrassentür und schaltet die Stehlampe ein. Setzt sich aufs Sofa, betrachtet die Schatten der Möbel an der Wand. Es wird nun, so schätzt er, auf acht zugehen. Vier Stunden also noch, und er wird endlich dem Mann gegenüberstehen, der verantwortlich ist für diese seine Odyssee. Dem Mann, der ihm das alles eingebrockt hat: Nestor Balint. Vier Stunden …

Der Lemming wartet.

Er nimmt die zweite Dusche des heutigen Abends.

Er knipst die Lampe aus und ein und wieder aus.

Er starrt hinaus in die Dunkelheit.

Mit dem Regen ist auch die Temperatur gefallen. Obwohl die Heizkörper unter den Fenstern mit leisem Knistern ihre Arbeit aufnehmen, beschließt der Lemming, sich anzukleiden. Die Kälte, die draußen herrscht, dient auch nur als Vorwand, als fadenscheinige Ausrede, um sich an Nestor Balints Garderobe zu vergreifen: In Wahrheit geht dem Lemming sein Krankenhemd schon gehörig auf die Nerven. Man *muss* ja irre werden, wenn man diesen Fetzen länger anbehält, denkt er, da kann man vorher noch so sehr bei Sinnen gewesen sein. Früher oder später wächst jeder in die Rolle, die er spielt; die Maske klebt fest und fester, verschmilzt mit dem Mann, der sie trägt, bis er sie irgendwann nicht mehr ablösen kann …

Bald fühlt er sich nicht mehr verrückt, der Lemming, nur

noch riesenhaft und aufgebläht. Balints Hemd platzt fast aus den Nähten, die Hose endet gerade zwei Handbreit unter den Knien, die Ärmel der Jacke wirken wie hochgekrempelt. Wenig Stoff für einen vor Eifersucht berstenden Killer. Was Balints Schuhe anbelangt, so genügt ein Blick aufs Etikett. Größe 38: Sie können nicht passen, also muss es der Lemming tun. Wohl oder übel schlüpft er wieder in die braunen Krankenhauspantoffeln. Kurz überlegt er, auch ein Paar Handschuhe zu probieren, doch eine plötzliche Laune lässt ihn stattdessen zum Lederkoffer greifen, in dem Balints Violine ruht.

Sherlock Holmes hat schließlich auch Geige gespielt, um zu innerer Ruhe und Ausgeglichenheit zu finden. Es gehört zur Magie der Musik, dass man mit ihrer Hilfe seine Nervosität auf die Nachbarn abwälzen kann ... Schon nimmt der Lemming das Instrument in die Hand, klemmt es zwischen Kinn und Schulter, greift nach dem Bogen, der im Deckel des Koffers festgeklemmt ist, und da geschieht es: Die Geige verliert ihren Halt, schrammt über sein Schlüsselbein und fällt. Gerade noch kann der Lemming sie fangen, zum Glück: Ihr scheint nichts passiert zu sein. Geschehen ist aber doch etwas: Klar und deutlich hat der Lemming ein Geräusch vernommen, ein zaghaftes Flattern nämlich, ein Flattern wie von einem Nachtfalter, der gegen den Lampenschirm stößt. Mit einer Hand hebt er die Geige über den Kopf, dreht die Saiten nach unten, späht durch die schmalen, geschwungenen Löcher in den Resonanzkörper. Schüttelt ein wenig. Und dann sieht er es: Aus dem Inneren der Geige schiebt sich ein kleines helles Etwas – ein weiteres Stück Papier.

Unmöglich, denkt der Lemming, während er den Zettel mit spitzen Fingern aus dem F-Loch stochert, unmöglich, dass Balint ausgerechnet hier eine Botschaft für mich hinterlegt haben kann: Woher sollte er ahnen, dass ich Geige spielen will? Nein, viel zu persönlich ist dieses Versteck, viel zu geheim ...

BALINT, DU BRUNZWIMMERL, WENN DU DICH VON DEINER GEILEN ALTEN VERABSCHIEDEN WILLST, DANN KOMM AM MITTWOCH INS CAFE DREHER. HALB SECHS UHR FRÜH, SEI PÜNKTLICH: DEIN SCHATZERL UND ICH FLIEGEN UM NEUN NACH MAURITIUS. IN EWIGER DANKBARKEIT DEIN ALTER FREUND FERDINAND BUCHWIESER

Die Knie des Lemming werden weich. Er lässt sich aufs Bett sinken, starrt auf den Zettel, als ließen sich noch weitere, zwischen den Zeilen verborgene Worte darauf entdecken. Er versucht, einen klaren Gedanken zu fassen, vergeblich zunächst: Da ist nur noch das Rauschen des Blutes in seinen Ohren. Es rauscht, wie es bei Nestor Balint gerauscht haben muss, als er diesen Brief gelesen hat. Aber es rauscht aus anderen Gründen.

Was den Lemming atemlos und panisch macht, ist nicht der Inhalt der Nachricht. Es ist ihre Form.

Große Lettern.

Schwarze Tinte.

Rosa Papier.

22 Zwei zerknitterte Bogen Papier liegen nun vor dem Lemming auf der Bettdecke: der eine aus Balints Handschuh, der andere aus seiner Violine. Zwei Briefe, ein Blick, kein Zweifel: Sie stammen aus derselben Feder.

Beruhige dich, Lemming.

Beruhige dich und überlege.

Ferdinand Buchwieser kann die Botschaft von heute Morgen nicht verfasst haben. Weil Ferdinand Buchwieser seit vorgestern tot ist. Folglich kommt er auch als Urheber der anderen, an Balint gerichteten Zeilen nicht infrage. Der Geigenbrief muss also eine Fälschung sein.

Und Nestor Balint? Wozu sollte er ein derart entwürdigendes Schreiben an sich selbst richten und es mit Buchwiesers Namen versehen? Unmöglich, er kann die Nachricht aus der Geige nicht geschrieben haben. Woraus folgt, dass auch der andere, der an den Lemming gerichtete Brief aus dem Handschuh gefälscht ist.

Beruhige dich, Lemming.

Wenn also beide Briefe Fälschungen sind und weder aus Balints noch aus Buchwiesers Hand stammen, kann das nur eines bedeuten: Es gibt eine dritte Person in diesem tödlichen Spiel. Irgendjemand hat gewusst, dass Buchwieser an jenem verhängnisvollen Morgen vor zwei Tagen im *Dreher* sitzen würde, irgendjemand hat den ohnehin schon eifersüchtigen Balint noch weiter aufgewiegelt, vollends zur Weißglut gebracht und ihn dann auf den Pfleger gehetzt …

«Ein dritter Mann», flüstert der Lemming, «ein Richter und sein Henker …»

Aber warum gerade Buchwieser? Aus welchem Grund hatte man ihm die Rolle des Todeskandidaten zugedacht?

Einmal mehr kommt dem Lemming sein gestriger Besuch im Pförtnerhaus in den Sinn. Angestrengt versucht er, sich der Einzelheiten des Gesprächs mit Lisa Bauer zu erinnern. Und siehe da: So absurd die ganze Situation auf den ersten Blick wirkt, so logisch erscheint sie auf den zweiten. Plötzlich fügt sich aus all den bisherigen Ungereimtheiten ein stimmiges Bild zusammen:

Und dann hat er ang'fangen, irgendwas daherzuschwadronieren, von einem Jackpot, den er machen wird, von einem Pokerblatt der Sonderklasse, das ihm in den Schoß g'fallen is.

Ein Jackpot also, der mit Buchwiesers Kündigung in der Ulmenklinik einherging …

A große Straßen, hat er g'sagt, a große Straßen mit an Joker, a klanes Ass im Ärmel, mehr brauch i net, um aus dem ganzen Dreck da rauszukommen.

Und:

Des kann i nur allein durchziehen … I schreib dir dann a Ansichtskarte aus der Karibik …

Und dann noch die Sache mit dem Kuckuck, dem Buchwieser die Federn rupfen wollte … Eines folgt schlüssig dem anderen, und alles zusammen lässt nur eine einzige Folgerung zu.

«Erpressung», murmelt der Lemming. «klarer Fall von Erpressung …»

Und weißt du, wer mei Ass is? Mei Trumpf? Da kommst du nie drauf …

Der Lemming läuft den Flur entlang, so rasch es Balints Zwergenkleidung zulässt. Hinter ihm her flattern die Schöße des Schlafrocks, den er sich in aller Eile noch übergeworfen hat – zur Tarnung, wie er sich einzureden versucht. In Wahrheit ist es ihm unangenehm, den gestohlenen Anzug des Geigers zu tragen, peinlicher fast als das verhasste Nachthemd. Die Uhr, die über dem Fahrstuhl in der Mauer eingelassen ist, zeigt zwanzig Minuten vor zehn. Genügend Zeit, um lange vor der Zeit in den Walhall'schen Keller hinabzusteigen. Was auch immer der geheimnisvolle Dritte im Schilde führen mag: Der Lemming wird schon da sein, wird ihn bereits erwarten. Es wird ein Treffen der Fallensteller, nicht der Duellanten …

Genügend Zeit. Zu viel Zeit sogar. Und so beschließt der Lemming, vor dem ominösen Rendezvous noch ein Gespräch zu führen, eine Unterhaltung allerdings, die der Lemming weitgehend allein bestreiten wird …

«Verzeihen Sie die Störung … Können Sie mir sagen, wo ich den Herrn Grock finde?»

Keine Antwort. Die hagere Frau, die dem Lemming geöffnet

hat, starrt ihn aus blutunterlaufenen Augen an. Ein hungriger, nahezu mordgieriger Blick … Vielleicht hat ja auch sie nicht zu Abend gegessen …

Der Lemming hastet weiter. Klopft an die nächste Tür.

«Verzeihen Sie …»

Ein gewaltiger Fleischberg wölbt sich dem Lemming entgegen, verdunkelt den Schein der Lampe, die das dahinter liegende Zimmer erhellt. Hanno ist es, Hanno, der Reimer, der Meister des Metrums, und er gleicht in seiner Nacktheit einem japanischen Sumo-Ringer. Erst bei näherem Hinsehen lässt sich unter der Südhalbkugel seines unbeschreiblichen Bauchs so etwas wie eine Unterhose erahnen. Hanno verbeugt sich und breitet die Arme aus.

«Ihr seid zurückgekehrt … Ein dreifach Hoch. Lasst mich, mein Freund, der Götter Gnade preisen, die Euch nach all der kummervollen Zeit wohlauf an die vertraute Küste lotsen. Erwacht, ihr Musikanten, eilt …»

«Moment!», unterbricht der Lemming Hannos eintönigen Mezzosopran. «Der Herr Grock … Sie wissen schon, der kleine … Können Sie mir bitte sagen …»

«… entsagt dem Schlaf, ihr Narren, freudentrunken, hebt eure Kelche, macht die Nacht zum Tag …»

So bringt das nichts. Schon schickt sich der Lemming an, seine Suche an anderer Stelle fortzusetzen, als ihm ein Gedanke kommt: *Fremde Sprachen ebnen Wege in die Welt …* Es ist einer jener Werbeslogans, die man hin und wieder auf den Wiener U-Bahnsteigen lesen kann. *Fremde Sprachen ebnen Wege in die Welt …* Einen Versuch ist es allemal wert.

«Ich brauche Eure Hilfe … edler Freund … Denn meine Reise ist … noch nicht zu Ende …»

Hanno verstummt in derselben Sekunde. Hebt den Kopf, als habe ihm der vertraute Rhythmus, der altertümliche Klang die Ohren geöffnet. Rasch spricht der Lemming weiter.

«Ein junger Ritter namens Grock ... genannt ... soll sich in diesen ... Euren ... heil'gen Hallen ... Ich bitte Euch, verehrter Meister, mir ... zu seinem Schlafgemach ... den Weg zu weisen.»

Geschafft. Kein Shakespeare, aber immerhin: Die Worte scheinen ihre Wirkung nicht verfehlt zu haben. Hanno beugt sich vor und murmelt mit verschwörerischer Stimme:

«So folgt mir denn zu Eures Ritters Tor ...»

Er zwängt sich, nackt wie er ist, durch die Tür und stapft los. Der Lemming hinterher.

«Ihr müsst Euch vor des Königs Schergen hüten», schnauft Hanno, während er am Lift vorbei auf das dahinter gelegene Treppenhaus zusteuert. «Des Nachts darf nur der gute Mond allein auf diesen Fluren seine Bahnen ziehen. So lautet unser ehernes Gesetz ...»

Zwei Stockwerke tiefer biegt Hanno schlingernd ab. Er durchschreitet einen langen Gang, um endlich vor einer der hintersten Türen stehen zu bleiben.

«Es ist vollbracht, mein Freund. Wir sind am Ziel. Ab hier müsst Ihr alleine weiterreisen. Doch seid gewiss, dass ich im Herzen stets an Eurer Seite ...»

Der Lemming achtet nicht mehr auf Hannos weitschweifige Abschiedsrede. Er konzentriert sich auf die Tür, hinter der, wie er hofft, das Orakel lauert, das Orakel *Walhalls,* des Himmels. Und im selben Augenblick, fast so, als wären telekinetische Kräfte am Werk, senkt sich die silberne Klinke, gleitet lautlos die Tür zurück und öffnet den Weg ins kleine Reich des Ritters Grock.

Es hat den Anschein, als habe ihn Grock schon erwartet. Der schmächtige Mann, der immer noch in seinem grauen Anzug steckt, drückt sanft die Tür ins Schloss, während der Lemming den Vorraum durchquert und das Zimmer betritt, wo er auf der Stelle zurückzuckt. Was er da sieht, nimmt ihm den Atem; er prallt förmlich ab an dieser Leere, dieser Öde, dieser vollkommenen Sauberkeit. Kein Bild ziert die Wände, kein Teppich den Boden, nicht ein einziges jener alltäglichen Dinge, die von menschlichem Leben und *Wohnen* zeugen, liegt offen herum, wie ein Bleistift etwa, eine Münze oder ein Stück Papier. Die wenigen Möbel stehen wie in einen unsichtbaren Raster gezwängt: keine Kante, keine Linie, die nicht an einen rechten Winkel stößt; selbst die Bücher im Regal sind penibel nach Größe und Farbe geordnet; ihre Rücken schließen exakt mit der Kante des Bücherbords ab. Grocks Zimmer ist absolut ausdruckslos, ein Isolationstank. Es ist ein Raum wie der Mann, der ihn bewohnt. Ein Raum ohne Eigenschaften ...

Vielleicht, so denkt der Lemming, während er betreten den Blick schweifen lässt, vielleicht ist aber gerade das Gegenteil der Fall: Inneres Chaos, innerer Aufruhr dürstet nicht selten nach äußerer Ordnung. Vielleicht ist ja Grock, der sich inzwischen, stumm wie ein schüchterner Gast im eigenen Haus, auf einem Stuhl in der Ecke des Zimmers niedergelassen hat, in seinem Innersten ein brodelnder Vulkan ...

«Darf ich?» Der Lemming wartet vergeblich auf Antwort. Setzt sich schließlich auf einen der beiden Fauteuils, die Seite an Seite vor dem gläsernen Couchtisch stehen. Räuspert sich, hüstelt ... *Fremde Sprachen ebnen Wege in die Welt.* Eine Parole, die ihm in diesem Fall schwerlich weiterhelfen wird. Wie also beginnen?

Am besten mit der Wahrheit. Was soll schon Schlimmeres passieren, als dass er unverrichteter Dinge das Feld räumt, weil sich Buchwiesers Ass, Buchwiesers Trumpf als Niete entpuppt? Der Segen ist in diesem Fall die Crux: Geheimnisse jeder Art scheinen bei Grock gut aufgehoben zu sein ...

«Ja also ...», murmelt der Lemming. «Danke, dass Sie mich um diese Zeit ... dass Sie mich noch empfangen ...»

Keine Reaktion. Grock sitzt aufrecht, aber mit gesenktem Kopf auf seinem Sessel, die Hände zwischen den Oberschenkeln vergraben.

«Ich bin gekommen, weil ich Ihre Hilfe brauche. Ich weiß nur leider nicht, auf welche Weise man mit Ihnen … vielleicht können Sie es mir … sagen?»

Stille.

«Es ist nicht leicht, mit Ihnen zu reden …»

Der Lemming seufzt.

«Also will ich mich kurz fassen. Ich stecke furchtbar in der Klemme und weiß nicht mehr weiter. Es geht um eine Sache, die vorgestern in der Stadt passiert ist … am Naschmarkt – vielleicht haben Sie ja schon davon gehört? Egal. Jedenfalls … Ich war zufällig Zeuge, wie jemand … wie jemandem etwas zugestoßen ist. Jemandem, den Sie kennen …»

Schweigen. Grock zeigt nicht die geringste Reaktion.

«Er war Pfleger hier *Unter den Ulmen* … Vorgestern ist er … ermordet worden … Sein Name war Ferdinand Buchwieser …»

«Ich finde es wunderbar …»

Leise dringen die Worte aus der Ecke, schweben durch den Raum, finden keine Fuge, keine Spalte, in der sie sich verkriechen könnten, hallen von den nackten Wänden wider und fangen sich in den Ohren des Lemming.

Ich finde es wunderbar …

Es braucht seine Zeit, bis die Bedeutung des Satzes in sein Bewusstsein dringt. Entgeistert starrt er den kleinen Autisten an, dessen Körper inzwischen in Schwingung geraten ist und in kurzem, raschem Gleichmaß vor- und zurückpendelt.

«Sie … Sie finden das wunderbar? Warum finden Sie das wunderbar?»

Keine Antwort. Nur das stetige Pendeln lässt darauf schließen, dass sich Grock im Bereitschaftszustand befindet.

Unwillkürlich muss der Lemming an seine schon lange gestorbene Großmutter denken, an ihren alten Druckkochtopf, der, je nach Wochentag mit Gulasch oder Tafelspitz gefüllt, auf dem Gasherd in der kleinen Küche stand. Von Zeit zu Zeit, wenn der Druck im Bauch des Kessels die kritische Grenze überstieg, hob sich ein winziger roter Knopf in der Mitte des Deckels, und ein helles, durchdringendes Pfeifen ertönte. Fest verschlossen, blank poliert und undurchschaubar, ein schlafender Vulkan eben: So ein Mann scheint Grock zu sein.

«Er ist also», spricht der Lemming nun weiter, «erschossen worden. Aber nicht von mir, wie manche denken. Sondern von einem *Ulmen*-Patienten ...»

Das bin ich ja nun auch, fährt es ihm augenblicklich durch den Kopf.

«Ich meine, von einem anderen Patienten, einem, der schon länger hier ist. Es war Nestor Balint, der im ...»

«Rinnsal tobte ...», beendet Grock den Satz.

Grabesstille breitet sich aus. Stille auch im Hirn des Lemming, dessen graue Zellen gleichsam die Luft anhalten. Langsam nur, äußerst langsam schälen sich zwei Gedanken aus dem plötzlichen geistigen Vakuum. Zwei Gedanken, die spürbar im Widerstreit stehen ...

Woher kann er das wissen?, lautet der eine. Wer hat ihm das erzählt?

Die andere Überlegung bleibt jenseits der Grenzen der Greifbarkeit. Sie ist nicht mehr als eine Ahnung, eine innere Stimme, die sich nicht recht zu artikulieren weiß. Alles, was diese Stimme hervorzubringen vermag, ist ein verworrenes Gestammel: Hör nicht hin, Lemming ... Nein, hör *anders* hin. Hör am besten völlig auf zu denken ...

«Verstehe ... Sie kennen die Geschichte also schon ... Umso besser. Jedenfalls bin ich inzwischen sicher, dass der Balint nur eine Marionette war. Eine Art … Hilfsmörder. Dass in Wahrheit ein anderer hinter der Sache steckt. Es muss noch jemanden geben, der den Buchwieser tot sehen wollte, jemanden, den er erpresst hat … glaube ich jedenfalls. Jetzt werden Sie sicher wissen wollen, warum ich … na ja, warum ich gerade zu Ihnen komme …»

Der Lemming wirft Grock einen fragenden Blick zu, aber der wirkt keineswegs wie ein Mann, der irgendetwas wissen will. «Der Buchwieser muss Informationen von Ihnen bekommen haben, Herr … Grock. Ich weiß nicht, wie, ich weiß auch nicht, was, aber … Es muss etwas gewesen sein, womit er dann eben … eben jemanden erpresst hat. Verstehen Sie, er hat Sie als seinen Trumpf bezeichnet. Als sein Ass in einer großen Straße … Nicht, dass Sie mich missverstehen: Der Ferdinand Buchwieser war ein …»

«Arsch und Weiberfeind …», meint Grock vollkommen ausdruckslos.

Leise knistern die Heizkörper, dehnen sich aus, von heißem Wasser durchströmt. Ein ähnlicher Vorgang hebt jetzt im Körper des Lemming an. Für einen Moment setzt sein Puls aus, das Herz nimmt Anlauf, beschleunigt dann, lässt das Blut in Wallung geraten, pumpt es siedend durch die Glieder, brodelnd bald und kochend. Er ist es jetzt, der unaufhaltsam in Schwingung gerät, dessen Rumpf sich in kurzen und heftigen Stößen vor- und zurückbewegt wie der stampfende Kolben einer Maschine, angetrieben von reinem Adrenalin. Er ist jetzt der Kochtopf, der bebende Kessel, gespannt bis zum Äußersten, kurz davor, zu bersten.

Hör *anders* hin! Hör völlig auf zu denken!

Der Lemming springt auf.

«Papier, Herr Grock! Bitte! Und etwas zu schreiben!»

Ohne zu zögern, erhebt sich Grock von seinem Sessel, verschwindet mit kleinen Schritten im Nebenzimmer und

kommt wenig später mit einem blütenweißen Schreibheft
und einem Kugelschreiber zurück. Legt das Heft auf den
Tisch, den Stift daneben, rückt ihn zurecht, prüft, korrigiert.
Alles parallel, gut. Grock geht wieder in seine Ecke, während
der Lemming hastig zu schreiben beginnt:

ARSCH UND WEIBERFEIND
ICH FINDE ES WUNDERBAR

Er betrachtet das Blatt, fängt dann abermals zu kritzeln an,
grübelt, rechnet und streicht, fährt wild auf dem Papier herum. Lässt schließlich den Stift fallen und starrt auf den Zettel,
aschfahl im Gesicht.
«Unglaublich … unglaublich … Warum bin ich nicht eher
darauf gekommen …»
Dass Autisten mit Vorliebe Telefonbücher auswendig lernen
und in Sekundenschnelle die Quadratwurzel eines Autokenn-
zeichens errechnen können, ist dem Lemming aus dem Kino
hinlänglich bekannt. Grock dagegen hat sich auf eine ganz
andere Art der Wahrnehmung spezialisiert. Dabei ist es gar
kein komplexes System, das hinter seinen seltsamen Aussprü-
chen steckt, kein Code, der auf Buchstaben-Zahlen-Werten
basiert oder mit Hilfe anderer arithmetischer Konstanten zu
entschlüsseln ist. Nein, es ist alles viel einfacher.

ARSCH UND WEIBERFEIND
ICH FINDE ES WUNDERBAR
FERDINAND BUCHWIESER

Der kleine Autist spricht in Anagrammen. Blitzschnell vermag er ein Wort, einen Satz in seine Buchstaben zu zerlegen,
um diese dann in anderer, neuer Bedeutung wieder zusam-
menzufügen. Es ist wie eine magische Formel, ein Wegweiser

in Grocks verzweigtes Verstandeslabyrinth. Man kann also mit diesem Mann kommunizieren …
Der Lemming nimmt wieder den Stift zur Hand.

OBLATENSTIRN
RINNSAL TOBTE
NESTOR BALINT

Die letzten Zweifel verfliegen. Aber der Lemming schreibt weiter.

GRABHAENDLER
EBERHARD LANG

Grock ist wahrhaftig ein Ass. Das hat schon Ferdinand Buchwieser erkannt …

SELIG ALLE TOTEN
LIESELOTTE LANG

Mit einer Mischung aus Ehrfurcht und Argwohn wendet sich der Lemming seinem Gastgeber zu, der nach wie vor auf seinem Sessel wippt. Mag auch ein kleines Geheimnis gelüftet sein, so wartet doch ein weit größeres Rätsel auf seine Lösung. Der Grock'sche Sesam ist geöffnet, aber der Schatz darin muss noch gehoben werden. Vor allem drängt die Zeit, tickt die Uhr: Es geht wahrscheinlich schon auf elf zu …
«Ich würde Sie gerne etwas fragen, Herr Grock … Ich würde gerne wissen, was Sie dem Buchwieser erzählt haben. Oder vielleicht auch gezeigt. Dieses mysteriöse Pokerblatt, von dem er geredet haben soll: Ich weiß nicht, was er damit gemeint haben könnte. Aber Sie könnten mir vielleicht weiterhelfen …»

Das war keine Frage, Lemming. Selbstverständlich gibt Grock keine Antwort. Die alte Wiener Marotte, sich einem Thema auf blumig verbrämten, konjunktivischen Umwegen anzunähern: Es wäre vielleicht opportun, sie in diesem Fall abzulegen … Der Lemming probiert es noch einmal.

«Worauf, Herr Grock, hat sich der Buchwieser bezogen? Worum ist es ihm gegangen?»

Das ist nun eine klare Frage gewesen, und sie verfehlt ihre Wirkung nicht.

«Brillantenstrom», sagt Grock.

BRILLANTENSTROM

Und wieder schreibt der Lemming, verschiebt und jongliert, würfelt die Buchstaben durcheinander, runzelt die Stirn, hochkonzentriert, ein Murmeln auf den Lippen.

«Tirols Alm brennt … nein … Brot im Rennstall … Blödsinn … Rambo rennt still …»

Und dann hat er es. Und er steht auf, langsam, wie in Trance, die Augen unverwandt auf das Schreibheft gerichtet. Und er breitet die Arme aus wie der Papst beim österlichen Segen. Und er weiß nun, dass der größte Schatz in diesem Drama Grock persönlich ist, der schmächtige wortkarge Mann, aus dessen Mund gleichwohl ein Strom von Brillanten quillt.

BRILLANTENSTROM
ROBERT STILLMANN

23 Zwanzig nach elf. Der Lemming hastet die Stiegen hinunter. Kein Gedanke an die Schergen des Königs, die im Nachtdienst wachenden Schwestern und Pfle-

ger nämlich; kein Gedanke an die herrschende Nachtruhe.
Kein Gedanke aber auch an das bevorstehende Treffen, daran, wer oder was ihn in der Wäscherei erwarten wird.

Robert Stillmann ist es, der in seinem Kopf kreist.

Was um alles in der Welt kann Buchwieser über ihn gewusst haben? Wo liegt der Hund des ermordeten Hundes begraben? Wenn Stillmann in ein Verbrechen verwickelt war, dann doch höchstens als Opfer, stumm und gelähmt, wie er daliegt, ans Bett gefesselt seit Jahren. Kann es sein, dass sich die Ärzte geirrt haben? Ist sein Schlaganfall am Ende doch nicht nur ein Schlag des Schicksals gewesen?

Der Lemming schnaubt durch die Nase, hoffnungslos: Stillmann selbst wird das Geheimnis schwerlich lüften können. Und Rebekka? Sie scheint für ihre Begriffe genug erzählt zu haben. Es ist kaum anzunehmen, dass sie noch mehr intime Details des Lebens – nein, des leblosen Daseins ihres Mannes preisgeben will, ganz abgesehen von der Frage, ob sie überhaupt noch etwas preiszugeben hat.

Während der Lemming, so rasch es nur geht, der Eingangshalle entgegeneilt, versucht er, sein inneres Tempo zu zügeln. Wieder lässt er das Gespräch mit Lisa Bauer Revue passieren, Wort für Wort, spult es vor und zurück wie ein Tonband, sucht nach weiteren erhellenden Passagen. Vom Erzengel Gabriel soll er geredet haben, der Buchwieser. Leider ist der Lemming alles andere als bibelfest. War das etwa der mit der Trompete? Der diese Stadt – wie hieß sie noch? – zum Einsturz brachte? Der Lemming muss kapitulieren, er hat keine Ahnung. Seine christliche Bildung reicht gerade für ein Vaterunser. Vom Glücksspiel versteht er schon ein wenig mehr: Ein Pokerblatt der Sonderklasse, hat Buchwieser gesagt. So weit, so klar: etwas Gewinnträchtiges, etwas, wofür sich ein hoher Einsatz lohnt. Und weiter: eine große Straße mit Joker, ein kleines Ass im Ärmel. Wenn Grock das Ass gewesen ist, für welche Karte ist dann Robert Stillmann gestanden? Die Antwort liegt auf der Hand, da braucht der Lemming gar nicht lange nachzudenken. Auch er hat sich gelegentlich im Pokerspiel versucht, obwohl er nur ungern daran erinnert wird: Es sind nicht gerade die glorreichsten Momente seines Lebens gewesen. Trotzdem weiß er, was eine große Straße bedeutet: fünf Karten in aufsteigender Reihe, von der Zehn bis zum Ass nämlich. Und zwischen diesen beiden liegt das Herzstück einer großen Straße: der König, die Dame, der Bub …

Der Lemming hat nun das Foyer erreicht. Bleibt stehen, kurz, verschnauft. Sein Geist verschnauft nicht. Eine große Straße mit Joker … völlig absurd. Die Narrenkarte, die den Platz jeder anderen einnehmen kann, ist etwas für Kinderspiele und Patiencen; kein ernst zu nehmender Mensch würde jemals mit Jokern pokern. Aber: der König, die Dame, der Bub … Wenn ich nicht schon völlig verblödet bin, so denkt der Lemming jetzt, dann kann das nur eines bedeuten: Es geht hier nicht allein um Robert Stillmann. Es geht um die ganze Familie …

Hinter dem Liftschacht führt eine breite, geschwungene Treppe hinab in den Keller *Walhalls*. Noch liegt sie im Dunkel, verschwindet nach wenigen Metern in undurchdringlicher Finsternis. Kaum aber nähert sich der Lemming der obersten Stufe, flammen Halogenlampen auf, modernes Leuchtwerk, kalt und bewegungsgesteuert. Der Lemming atmet durch, geht zögernd weiter. Lautlos bewegt er sich jetzt, steigt lauernd in die Tiefe, hält hie und da inne, lauscht mit verhaltenem Atem. Es dauert Minuten, bis er den unteren Absatz erreicht, Minuten, die ihm wie Stunden erscheinen. Jetzt beugt er sich vor, späht um die Ecke: Ein lang gezogener Gang erstreckt sich nach links, schmucklos und glatt, eine nackte Betonröhre, in deren Wände mehrere stahlgraue Türen eingelassen sind. Die letzte, hinterste dieser Türen scheint einen Spaltbreit offen zu stehen: Dort fällt mit blassem Schimmer ein Lichtstreif auf den Boden. Auch lässt sich inzwischen ein fernes Geräusch vernehmen, ein rhythmisches Brummen und Stampfen, das mit jedem Schritt näher rückt, lauter und drängender wird. In Zeitlupe schleicht der Lemming den Gang entlang, wachsam, achtsam, die Sinne gespannt bis zum Äußersten. Blickt sich ein letztes Mal um, zieht dann die Tür noch ein Stück weiter auf und schlüpft ins Licht.

Ungedämpft dröhnt jetzt das stampfende Geräusch in seinen Ohren, schallt durch die niedrige Halle, die vor ihm liegt. Es ist die Wäscherei, kein Zweifel. Eine Vielzahl seltsamer Objekte steht über den ausgedehnten Raum verteilt, einige fremd, manche vertraut, andere fremd und vertraut zugleich. An der rechten Seite des Eingangs ragen fünf große, mit Rädern versehene Tonnen auf, Behälter für Schmutzwäsche, wie ein rascher, fiebriger Blick in jede davon bestätigt. Gegenüber sind mehrere Tische im Boden verankert, dazwischen einige Bügelbretter und zwei breite, hüfthohe Pulte, auf denen dicke, mit Stoff bespannte Metallwalzen ruhen. Sie erinnern ein wenig an Druckerpressen, und sie dienen anscheinend einem ähnlichen Zweck: Es sind elektrische Wäschemangeln, wie der Lemming vermutet.

Er wagt sich nun weiter in den Raum hinein, spähend und lauernd, immer auf Deckung bedacht. Aber trotz des Lichts, trotz des Lärms ist kein Mensch zu sehen. Und dann fällt sein Blick auf die Waschmaschinen.

Der Lemming hat nicht gewusst, dass es Waschautomaten wie diese gibt. Riesig wie Kleiderschränke türmen sie sich vor ihm auf, drei sind es, die ihn bei weitem überragen, gravitätische Kolosse, chromblitzend, wuchtig und schwer. Vor allem der mittlere ist von gigantischer Größe, ein wahrer Titane der Reinigungskunst, ein stählernes Schlachtschiff, nur dass sich bei ihm das Wasser im Inneren befindet.

Und nicht nur das Wasser …

Nestor Balint braucht keine Handschuhe mehr. Seine Hände sind wohl noch nie so sauber gewesen. Weiß und schwammig, so kleben sie innen am gläsernen Deckel der Waschmaschine, und zwischen ihnen klebt Nestor Balints Stirn, seine Oblatenstirn. Und seine großen, von allem Schmutz dieser Welt gereinigten Augen. Nestor Balint ist eben erst fertig geschleudert worden. Die Trommel, in der, von schneeweißen Laken umhüllt, sein Körper steckt, kommt langsam zur Ruhe, und ruhig wird es jetzt auch im Keller *Walhalls*.

Nestor Balint ist für immer entschlafen, und auch den Lemming befällt eine plötzliche, lähmende Müdigkeit. Alt fühlt er sich, unendlich alt. So alt, dass ihm das, was ihm gerade widerfährt, wie ein Erlebnis aus früheren Zeiten vorkommt, wie ein Erinnern, eine Rückschau auf sich selbst. Schon einmal, denkt er, hat es zwei gefälschte Briefe gegeben, schon einmal ein Rendezvous mit einem Toten. Mir nur, mir allein gelingt das zweifelhafte Kunststück, in eine altbekannte, längst vertraute Falle zu tappen ... Der Lemming weiß, was jetzt geschehen wird. Er sieht es so deutlich vor sich wie Nestor Balints verschrumpelte Fingerkuppen hinter dem Bullauge. Er wird versuchen, die Flucht zu ergreifen, und diese Flucht wird nach wenigen Metern zu Ende sein. Nicht anders als die einer Maus im Versuchslabor. Schon einmal, denkt er, bin ich anstelle des wirklichen Mörders verhaftet worden ...

Der Lemming muss es wenigstens probieren; er kann nicht anders, als den Rückzug anzutreten. Aber er tut es ohne Eile, schwunglos und phlegmatisch wie ein unterbezahlter Komparse. Er kennt das Drehbuch bereits, das Drehbuch des dritten Mannes, des großen Unbekannten, des Richters und Marionettenspielers, mit einem Wort: des Jokers ...

Falls es diesen Gott überhaupt gibt, ist er der grausamste, widerwärtigste Zyniker, den man sich vorstellen kann ...

Und ja: Die Tür zum rettenden Flur ist versperrt.

Der Lemming wartet.

Lange wird es wohl nicht dauern, eine viertel, eine halbe Stunde vielleicht. Dann werden sie kommen, um ihn zu holen. Der große Unbekannte wird natürlich nicht dabei sein; er wird sich seine Inszenierung aus sicherer Entfernung ansehen, feixend und selbstgefällig, ein rundum zufriedener Gott. Würde er dem Lemming nach dem Leben trachten, er hätte genügend Gelegenheiten gehabt. Er hätte ihn nicht hier eingeschlossen. So ist es freilich bequemer für ihn: zwei Morde, ein Sündenbock, den er der Polizei auf dem Silbertablett präsentiert und der zu allem Überfluss im Anzug seines letzten Opfers steckt. Nein, der Lemming fürchtet nicht um sein Leben, noch nicht …

Ziellos wandert er auf und ab, durchstreift den Raum auf der Suche nach einer Idee. Kurz überlegt er, Balints aufgeschwemmte Leiche aus der Waschmaschine zu zerren, sie irgendwo zu verbergen, in einer der Schmutzwäschetonnen vielleicht. Er verwirft den Gedanken: Es gibt hier unten kein Versteck, jedenfalls keines, das einer Überprüfung standhielte, und sei sie auch noch so schlampig durchgeführt. Außerdem tut ihm Balint Leid. Sein Körper ist schon geschändet genug. Sein Geist, nebenbei, war es nicht minder …

Grübelnd bleibt der Lemming stehen, vergräbt die Hände in den Taschen des Schlafrocks. Da stößt seine Rechte an einen Gegenstand, zuckt kurz zurück, betastet dann skeptisch das harte, eckige Ding: Die kleine schwarze Bibel ist es, die er heute Morgen im Schrank des Geigers gefunden hat. Wie passend, denkt der Lemming mit bitterer Miene, jetzt kann ich ihm auch noch die Totenmesse lesen: ein feines, ein sauberes Seemannsbegräbnis im Miniaturformat …

Er zieht die Bibel heraus, fängt an zu blättern. Er sucht aber keine geeignete Stelle für Balints Requiem, er sucht etwas anderes. *Gabriel*, schlägt er im Register nach, *Erzengel*. Und dann

liest er, der Lemming, rezitiert leise murmelnd, was ihm das
Buch der Bücher in dieser schweren Stunde zu sagen hat.
«Im sechsten Monat wurde der Engel Gabriel von Gott zu einer Jungfrau gesandt … Sie war mit einem Mann verlobt …
Der Engel trat bei ihr ein … Du wirst ein Kind empfangen,
einen Sohn wirst du gebären … Der Heilige Geist wird über
dich kommen … Deshalb wird auch das Kind heilig und
Sohn Gottes genannt werden …»
Der Lemming lässt die Arme sinken. Noch klingen die Worte
in seinen Ohren nach, als sich bereits der Verdacht in ihm
regt, ein Verdacht, der so furchtbar, so abgründig ist, dass sich
die Vorstellung weigert, ihn mit Bildern zu versehen. Die Gedanken lehnen sich auf, sträuben sich gegen sich selbst, sogar
der Magen fängt nun an zu rebellieren: Leise steigt Übelkeit
hoch. Aber man kann es drehen und wenden, wie man will:
Die kurze Bibelstelle fügt alles zusammen, ordnet das Chaos;
sie ist der Paukenschlag in einer scheinbar wirren Sympho-
nie.
«Der Heilige Geist», flüstert der Lemming, «ist keine Taube … sondern ein Kuckuck … natürlich … ein Kuckuck …»
Er dreht sich um und läuft zur Tür zurück. Rüttelt wie wild
an der Klinke. Es muss einen Weg hier hinaus geben. Er *muss*,
und zwar sofort, mit Rebekka Stillmann, Roberts Frau und
Simons Mutter, sprechen.

24

Kein Ausweg. Keine Rettung. Im Gegenteil, der
Heilige Geist hat ihm den Teufel höchstpersönlich in sein unterirdisches Verlies geschickt.
Vor zwei Minuten noch hat er vor der verriegelten Tür gestanden, hat verzweifelt versucht, die Messingbeschläge zu
lockern, jetzt drückt sich der Lemming zitternd an die Wand,

verborgen – *noch* verborgen – von der hintersten der drei mächtigen Waschmaschinen. Jetzt ist es so weit: Jetzt fürchtet er um sein Leben …

Er weiß nicht mehr, was zuerst durch das Schlüsselloch gedrungen ist: War es der herbe Geruch der Virginia? Das saure Aroma von Kognak und billigem Aftershave? War es das Knarren des schweren Ledermantels? Oder doch der Klang der altbekannten, wohlvertrauten Stimme, dieser heisere, breite, verächtliche Klang, den der Lemming schon vor Jahren zu hassen gelernt hat? Er weiß es nicht mehr. Es ist auch nicht wichtig. Nur noch eines ist jetzt von Belang: dass er gekommen ist, der Teufel. Dass er gekommen ist, um den Lemming zu holen. Der Schlüssel dreht sich im Schloss, die Tür wird geöffnet. Knirschende Schritte auf dem Beton. Dann bleibt er stehen, der alte, neue Inspektor der Mordkommission: Major Adolf Krotznig.

«Na super, Mausi, a Waschkuchel … da kannst mir glei' meine Unterhosen waschen …»

«Aber natürlich …», ertönt jetzt eine zweite Stimme, eine helle, weibliche Stimme. «Sofort, Herr Major. Wenn sich der Herr Major wieder einmal angebrunzt haben …»

Der Lemming hält den Atem an. Erwartet das dumpfe Geräusch eines Schlags, den klatschenden Laut einer Ohrfeige, erwartet den Schmerzensschrei. Krotznigs Sprachgewalt ist schon immer nach wenigen Sätzen an ihre Grenzen gestoßen, aber Gewalt bleibt Gewalt, Schlagfertigkeit ist ein dehnbarer Begriff, da hat der Herr Major noch nie große Unterschiede gemacht: Wenn Krotznig die Worte fehlen, dann lässt er eben seine Fäuste sprechen. Und wenn es überdies noch eine Frau ist, die ihn sprachlos macht …

«Ha. Ha. Ha. Sehr lustig, Frau Kollegin.»

Der Lemming stutzt. Ein kleines Wunder ist geschehen: Gar nichts ist passiert. Kaum kann er es glauben: Krotznig hat schließlich noch jedem das Leben zur Hölle gemacht, privat *und* beruflich; Legion ist die Zahl der von ihm verschlissenen Partner; einer nach dem anderen hat kapituliert, geknebelt, geknechtet, geschlachtet, gefressen und ausgeschissen von ihm, von Krotznig, dem hungrigen Bluthund und unersättlichen Amtsorgan … Beruhige dich, Lemming.

Wenn Krotznig sie also gegen jede Gewohnheit ungeschoren lässt, dann muss diese Frau etwas ganz Besonderes sein …

«So, bitte, da samma … Und was soll des jetzt? A anonymer Anruf? Dass i net lach! Leichen im Keller? Lercherlschas! I hab was Besseres z' tuan, als auf d' Nacht im Gug'lhupf spazieren z' gehen …»

«Herzliches Beileid, Herr Major; mein tiefstes Mitgefühl. Dass Sie Ihre Privatsafari unterbrechen müssen, ist sicher ein schwerer Schlag für Sie … Möglicherweise ist Ihrem unverschämt scharfen Verstand aber nicht entgangen, dass es eine Verbindung zum Fall Buchwieser gibt. Der Buchwieser hat früher hier gearbeitet. Und falls wir hier wirklich etwas finden, dann ist ja vielleicht auch Ihr alter Freund Wallisch nicht weit …»

Es braucht seine Zeit, bis sich der Sinn ihrer Worte Krotznigs unverschämt scharfem Verstand erschließt.

«Gehirnakrobatin …», brummt er nach einer Weile.

Dann hört man nur noch die Schritte der beiden, die nun beginnen, den Raum zu durchsuchen: das trockene Pochen und Ächzen lederner Schaftstiefel und das verhaltene Quietschen elastischer Turnschuhsohlen. Aber nicht lange, und die Turnschuhe bleiben stehen.

«Herr Major?»

«Was?», bellt Krotznig.

«Wenn ich mir erlauben darf, einen Vorschlag einzubringen: Wir sollten meiner Ansicht nach die Spurensicherung verständigen.»

«Aber sicher, Mausi, selbstverfreilich. Dann können s' in dein' Plutzer nach Spuren von intelligentem Leben suchen ...»

Die Replik folgt wie aus der Pistole geschossen.

«Sollte mich der Herr Major noch einmal *Mausi* nennen, sehe ich mich leider dazu gezwungen, ihm seinen kleinen Bezirksinspektor abzuschneiden ...»

Wieder zieht Krotznig den Kürzeren, und wieder schlägt er nicht zu. Nur ein beleidigtes Grunzen lässt sich vernehmen. Der Lemming muss der wachsenden Versuchung widerstehen, einen Blick aus seinem Versteck zu wagen, einen Blick auf Krotznigs Kollegin, die in der Tat eine außergewöhnliche Frau zu sein scheint ...

«Davon abgesehen möchte ich den Herrn Major auf eine andere Kleinigkeit hinweisen, auf die intelligente Lebensform nämlich, die hier offenbar zu Tode gewaschen wurde ...»

«Was ... Scheiß mi an ...»

Ein kurzes, heftiges Knarren: Krotznig trägt seine lederne Kluft zu den Waschmaschinen.

«Scheiß mi an ...», sagt er noch einmal. «A Wasserleich' ... mitten am Berg ...»

«Alle Achtung, Herr Major: brillant kombiniert. Und? Was halten Herr Major jetzt davon, die Spurensicherung zu rufen?»

Krotznig scheint nachzudenken.

«Nur net hetzen, ganz pomali ...», meint er dann ruhig. «Der rennt uns nimmer weg ... Aber ... wer anderer vielleicht ...»

Der Anblick des toten Nestor Balint scheint Krotznigs Stimmung beträchtlich gehoben zu haben. Beflügelten Schrittes, ein Pfeifen auf den Lippen, so fährt er nun damit fort, den Raum zu inspizieren. Weit braucht er allerdings nicht mehr zu gehen ...

Es hat wohl so kommen müssen. Der Erdstoß der vorletzten

Nacht ist nur ein geflüstertes Omen gewesen, eine winzige, lautlose Drohung. Jetzt erst hebt das richtige Beben an, ein Beben, das vom Bauch des Lemming aus durch seinen Körper rollt, ihn durchschüttelt, aufbricht und zerreißt. Wäre der Lemming die Welt, kein Gras würde mehr auf ihm wachsen.

«Servus, Wallisch …»

Leuchtende Augen. Ein glückliches, beinahe herzliches Lächeln unter den glänzenden Schnurrbartspitzen. Mit ausgebreiteten Armen tritt Major Adolf Krotznig auf den Lemming zu.

«So was von Zufall … Is die Welt net klan? Kumm, gib dem Onkel ein Busserl … Na kumm scho, brauchst net zittern, Burli: Der Onkel Adi beißt scho net …»

Sanft wird der Lemming aus seinem Versteck gezogen; fest schließt sich Krotznigs Klammergriff um seine Schultern.

«Schau, Mausi, was i g'funden hab…»

«Zum letzten Mal, Herr Major …»

«Gusch!»

Jetzt ist es so weit. Jetzt läuft er endlich zur gewohnten Form auf. Den Moment des Triumphes lässt er sich nicht versauen, der Herr Kommissar, da könnte sonst wer vor ihm stehen, und sei es Miss Marple persönlich.

Es ist aber nicht Miss Marple. Später einmal, in dreißig Jahren frühestens, da wird sie der alten Detektivin vielleicht ähnlich sehen, die kleine athletische Frau, deren türkisgrüne Augen jetzt wütende Funken in Richtung Krotznig sprühen. Der grinst; es scheint ihm zu gefallen.

«Na, was sagst, Lemming? A Prachtweib, des Fräulein Mausi, oder? Sie mag's aber net, wenn ma s' Mausi nennt; des derf nur ihr Chef, also i. Sag schön grüß Gott zum Fräulein …»

«Inspektor Wilma Pollak …», fällt ihm die Frau jetzt ins Wort. «Man muss es dem Herrn Major nachsehen: Er hat bisweilen seine Schwierigkeiten mit komplexen Zusammenhängen ...»

«Immer lustig, unser Mausi ... A bisserl a Mimoserl manchmal, aber ansonsten a Prachtweib. Die g'halt i mir, Lemming, die kummt mir nimmer aus, überhaupt, wo s' no dazu des Fräulein Tochter von mein' Hausherrn is ...»

Da also liegt der Hund begraben. Jetzt versteht der Lemming, warum sich Krotznig so erstaunlich moderat verhält: Die junge Frau Inspektor ist wirklich etwas ganz Besonderes: Mit ihrer beruflichen Laufbahn steht und fällt Krotznigs befristete Miete im fünften Bezirk, seine Wohnung, die nicht nur hell und geräumig, sondern auch überaus günstig ist. Und von Krotznigs regelmäßigem Dienstrapport hängt wieder ihr Job ab, ihr Verbleib bei der Mordkommission. Sie sind aneinander geschmiedet, die beiden, zwei siamesische Krähen, die einander kein Auge aushacken ...

«Und der da», wendet sich Krotznig nun an seine Partnerin, «is mei lieber alter Haberer Wallisch. A herzensguter Mensch, solang er kane anderen Leut abkragelt ... Wo ma grad dabei san, Lemming, ganz unter uns, von Hausmann zu Hausmann quasi: Wie hast den eigentlich so sauber hin'kriegt, den Faserschmeichler da? Weißer Riese? Oder Dixan? Des mit der neuen Flauschiflex-Formel?»

Stärker wird jetzt Krotznigs Griff; er drückt den Lemming an sich wie einen lange vermissten Freund.

«Ich war ...»

«I war des net», beendet Krotznig den Satz. «I war des net», äfft er sich selbst noch einmal nach. «Weil i bin eigentlich gar net da ... in Wahrheit gibt's mi gar net, i bin nur a Luftspiegelung, a Burli Morgana! I war auch net am Naschmarkt, nie im Leben, und scho gar net vorgestern ...»

«Aber ...»

Krotznigs dröhnendes Lachen erstickt den Protest des Lemming im Keim. «Jetzt hamma's g'schafft, Partner, gell? Jetzt hamma s' endgültig erledigt, die Buchwieser-Brüder, gemeinsam hamma s' ausradiert, die Lumpenbagage ... Brav, Burli ... Nur leider, leider net ganz legal ... Und jetzt sagst dem Onkel ganz g'schwind, wer die Leich' da in der Maschin' is ...»

«Wenn ich den Herrn Major darauf hinweisen darf», mischt sich nun seine Kollegin wieder ein, «der Herr Major haben den Herrn Verdächtigen noch nicht auf seine Rechte ...»

«Aber sicher doch! Eh klar! Die Rechte! Weißt was, Mausi, i mach des mit die Rechte, und du gehst derweil telefonieren. Und wen rufst an? Bingo: die Spurensicherung. Weil ohne Spurensicherung geht bei uns gar nix, des solltest scho langsam wissen ... Na, was is, Fräulein? Hopp, hopp ...»

Noch macht die Frau Inspektor keine Anstalten, sich zu entfernen. Im Gegenteil: Sie tritt auf Krotznig zu und streckt die Hand aus: «Wenn mir der Herr Major vielleicht gütigerweise sein Handy ...»

«Vergiss es! Ka Netz da herunten.»

Jetzt erst wendet sie sich dem Ausgang zu, langsam allerdings und zögerlich. Bleibt nach wenigen Schritten stehen und wirft einen Blick zurück, einen Blick in die Hilfe suchenden Augen des Lemming. Zuckt dann bedauernd die Achseln und verlässt den Raum. Danke, Frau Inspektor. Danke für Ihr Mitgefühl ...

«Sodala, jetzt hamma's g'mütlicher, mir zwei, ohne die depperte Schastrommel ...», schnurrt Krotznig, ein sanftes Lächeln auf den Lippen. «Fast wie in der guten alten Zeit, gell, Burli? Also pass auf, versprochen is versprochen: deine Rechte ...» Er verstummt. Ansatzlos kracht seine Faust ins Gesicht des Lemming.

Man weiß nach solchen Momenten nie, was man zuerst gespürt, gehört, gesehen hat: das Splittern des Knochens vielleicht? Das säuerlich dumpfe Aroma hinter der Nase, diese seltsame Mischung aus Geschmack und Geruch, die sich am ehesten noch mit verbranntem Gummi vergleichen lässt? Oder doch den Blitz, der hinter den Augen nach innen zuckt, um sich erst nach und nach von gleißendem Licht in dröhnenden Schmerz zu verwandeln? Man weiß es nicht. Man weiß am Anfang nicht einmal, was gerade geschehen ist, ob man schon schläft oder noch wacht, noch steht oder schon liegt …

Der Lemming steht noch.

«A geh, so was Blödes … Stell dir vor, was i für a Dummerl bin, immer wieder muss mir des passieren: Des war gar ka Rechte, des war a Linke …»

Diesmal holt Krotznig aus. Und diesmal ist es ein rechter Haken, der im Gesicht des Lemming explodiert.

Der Schmerz also. Der dröhnende, pochende Schmerz. Und dann: die Angst. Salzig und warm sprudelt sie aus den Augen, der Nase, dem Mund, die Angst. Denn es ist keine Angst vor dem, was noch kommt, es ist eine Angst vor dem, was bereits geschehen ist: Wie hoch ist der Schaden? Was ist gebrochen, gerissen, zerquetscht? Werden die Ohren noch hören, die Augen noch sehen können? Wie viel Leben trägt er wohl fort, dieser Strom aus Tränen und Blut, der sich da so lautlos auf den Kellerbeton ergießt?

Inzwischen liegt der Lemming auf dem Boden. Im grellen Gegenlicht der Neonröhren kann er den Umriss Krotznigs erkennen, der breitbeinig über ihm steht.

«Hamma die Rechte verstanden?»

Der Lemming hebt schützend die Arme über den Kopf.

«A zweites Mal frag i net …»

Der Lemming nickt.

«Nur, dass d' di nachher net beschwerst … Dann schau ma einmal, wo unser klaner Rambo sein' Schwuchtelrevolver hat … Was war des no g'schwind für a Kaliber? Null null sieben? Aber wurscht, für den Buchwieser hat's ja allerweil g'reicht …»

Der Major geht knarrend in die Hocke und beginnt, die Taschen seines Gefangenen zu durchwühlen. Die steifen Schöße des Ledermantels wippen an seinen Seiten wie Vogelschwingen: Krotznig gleicht einem hungrigen Geier bei der Mahlzeit.

«Da schau her … Da hamma ja was …» Mit spitzen Fingern zieht er die kleine Bibel aus dem Schlafrock des Lemming. Erhebt sich dann langsam, den Blick mit outriertem Erstaunen auf das Buch gerichtet, und bricht in schallendes Gelächter aus. «Unser Burli … Unser Burli … is unter die Herrgottschlecker 'gangen! Hast es 'leicht ins Jenseits psalmodiert, des Krewecherl da in der Waschmaschin'?»

Nicht lange jedoch, und sein Lachen erstirbt. Zurück bleibt ein Glosen in seinen Augen, ein seliger Ausdruck auf seinem Gesicht. Krotznig hat eine Idee …

«Und jetzt, Burli», raunt er, «jetzt wird gebetet … A Vaterunser für den lieben Onkel Adi …» Er beugt sich vor, vergräbt seine Faust im Schopf des Lemming und beginnt zu ziehen. «Hände falten … Brav falten … Sehr schön … Na, nix da! Z'samm lassen, die Händ'!» So zerrt er an den Haaren des Lemming, bis dieser vor ihm kniet.

«Hoppauf, geht scho'!»

«Vater unser …», flüstert der Lemming.

Ein Klatschen. Vergleichsweise sanft, diese Ohrfeige, beinahe liebevoll: Aber schließlich pflegen auch Pfarrer ihre Ministranten nicht mit Fausthieben zur Räson zu bringen.

«Ganz falsch, Burli … ganz ganz falsch …»

«Vater unser …», stöhnt der Lemming nun ein wenig lauter.

«Du verstehst mi net, Burli …»

Und wieder schlägt Krotznig zu. Es braucht eine Weile, bis

der Lemming begreift, was sein Peiniger will: Drei Tachteln später erst dämmert es ihm.

«Krotznig unser …»

«Scho besser, aber: *Major* Krotznig, wenn i bitten derf …»

«Major Krotznig … der du …»

«Jetzt hast es, Burli … Und immer weitermachen, net aufhören, gell?»

«Major Krotznig, der du bist …»

«Des hört ma gern von seine Schäfchen. A bisserl a Dankbarkeit muss scho sein, ab und zu wenigstens …» Krotznig beginnt nun, vor dem betenden Lemming auf und ab zu gehen, lächelnd, plaudernd, die Hände in den Manteltaschen vergraben.

«Überhaupt heutzutag', wo's da draußen scho fast nix anderes mehr gibt wie Mord und Totschlag … I sag dir's, Lemming, kannst froh sein, dass d' nimmer beim Verein bist … Kane schönen Zeiten. Und dann die ganzen Vergewaltigungen …»

«… dein Reich komme … dein Wille geschehe …»

«Weil i grad von Vergewaltigungen red: Stell dir vor, wo i die letzten zwei Tag' verbracht hab … Richtig! Bei dein' Herzipinki, draußen in Ottakring … Eh klar, i hab natürlich 'glaubt, mir zwa werden uns dort treffen, früher oder später, wennst di' ausweinen kummst zur Mama Breitner, wennst ihr zwischen die Doktorendutteln rotzt … Hab i was von Aufhören g'sagt?»

«… und vergib uns unsere Schuld …»

«Jaja, die Schuld … die Schuld. Und die Versuchung natürlich … Aber was hätt er denn machen sollen, mei klaner Bezirksinspektor, bei so aner geilen Schlampen?»

Das Gebet des Lemming endet abrupt. Aus seinem blutverschmierten Mund dringt jetzt ein dumpfes, gurgelndes Brüllen. Er rappelt sich hoch, stolpernd und schwankend wie ein frisch geborenes Fohlen, und versucht sich auf Krotznig zu stürzen. Der Major braucht nicht einmal zuzuschlagen. Es reicht, einen Arm auszustrecken, um den Angriff zu stoppen. Mit einer Hand hält er den rasenden Lemming auf Distanz, während er mit der anderen seine verlängerte Männlichkeit aus der Tasche zieht, seinen funkelnden Fetisch und tödlichen Talisman: die Neun-Millimeter-Dienstpistole.

«Amen», sagt Krotznig. «Und jetzt lauf, Burli …»

25 DIE REINE WAHRHEIT VOM 30. JUNI 2001
Abendausgabe

NASCHMARKTKILLER MORDET WEITER –
POLIZEI LANDET ACHTUNGSERFOLG!

Filmreife Szenen spielten sich in der Nacht auf Samstag in einer Döblinger Nobelklinik ab: Nur zwei Tage nach dem brutalen Mord im sechsten Wiener Gemeindebezirk (die *Reine* berichtete) konnten Beamte der Mordkommission (Gruppe Krotznig) den mutmaßlichen Täter stellen. Vorausgegangen war ein weiterer Leichenfund – der beliebte Musiker Nestor B. war im Keller der Klinik auf grausame Weise zu Tode gequält worden. Der flüchtige Verdächtige, der 39-jährige Leopold W., lieferte der Polizei eine wilde Verfolgungsjagd, bevor er vom Querschläger eines abgegebenen Warnschusses in den Rücken getroffen wurde. Der als geistig verwirrt beschriebene Mann war auf der Stelle tot.

So oder so ähnlich wird er lauten, der Zeitungsbericht, der jetzt die rötlichen Schlieren aus Wut und Schmerz vor dem inneren Auge des Lemming durchbricht. So oder so ähnlich wird er noch heute Abend auf Lisa Bauers Couchtisch liegen. Und auf einer Million anderer österreichischer Tische …

Krotznig hat es also wirklich darauf angelegt. Seit einem Jahr, seit er selbst mit ausgeschlagenen Zähnen und gebrochener Nase auf Klara Breitners Untersuchungstisch gelegen hat, sinnt der Major auf Rache. Dabei ist es gar nicht der Lemming gewesen, der ihn damals fast totgeschlagen hat, nein, Huber war es, der stille, schüchterne Huber, Krotznigs eigener Partner … Aber Huber ist leider weit weg, er kocht jetzt sein Süppchen im schönen Italien, und so ist Krotznig dazu gezwungen, sich mit einfacher Wiener Kost zufrieden zu geben: Das Tischgebet ist gesprochen, das Schnitzel, geklopft und paniert, wird heißhungrig verschlungen und kaltblütig abserviert …

«Lauf, Burli …»

Der Lemming läuft nicht. So absurd es auch erscheinen mag: Seine einzige Chance, sein einziges Quäntchen Sicherheit besteht darin, dem Feind nicht von der Seite zu weichen. Selbst der Herr Major kann es sich nicht leisten, einen unbewaffneten Mann aus einem Meter Entfernung zu exekutieren.

«Lauf schon …»

Krotznig macht einen Schritt nach vorn, auf den Lemming zu. Stochert mit seinem Revolver nach dessen geschwollener Nase, als wolle er mit ihr den ganzen Mann verscheuchen. Scharf und stechend ist der Schmerz; er fährt dem Lemming durchs Rückenmark bis in die Zehenspitzen. Zugleich ist es aber ein guter, ein seltsam befreiender Schmerz, ein Schmerz, nach dem nichts mehr als Ruhe kommt: jene Ruhe, die einkehrt, wenn die Milch endlich übergekocht, das Kabel endlich durchgeschmort, das Haus endlich eingestürzt ist. Lautlos öffnet sich nun eine Pforte tief im Bewusstsein des Lemming, ein dritter Weg, der bisher zwischen lähmender Angst und blinder Wut verborgen war: Es ist wohl der einzige Weg, den man sich nicht zu erkämpfen braucht, der Weg des Fatalismus, der vollkommenen Schicksalsergebenheit.

«Drück ab», sagt der Lemming. «Komm schon, trau dich … Drück ab …»

Jetzt ist auf einmal er es, der an Boden gewinnt, der sich Schritt für Schritt vorschiebt, die Mündung der Waffe zwischen den Augen. Krotznigs Denkapparat läuft sichtlich auf Hochtouren. Die Verblüffung ist ihm anzumerken; zu plötzlich, zu unerwartet kommt dieser Umschwung, um entsprechend darauf reagieren zu können. Seine Augen beginnen zu flackern, seine Bewegungen werden zögerlich. Krotznig fällt aus der Rolle, gerät in die Defensive. Langsam weichen seine Beine nun zurück, während sein Mund nach jenem überlegenen Lächeln sucht, das Lehrer aufzusetzen pflegen, wenn sie ihre Schüler nicht zu zähmen vermögen.

«Du willst es net anders, Burli … Du willst es ja net anders …»

Schwacher Versuch. Der Lemming drängt weiter nach vorne. Schon stößt Krotznig mit seinem verlängerten Rücken an eine der beiden Bügelmaschinen, die breit und wuchtig im Raum stehen.

«Nein, Herr Major, ich will es nicht anders … Komm schon, drück ab, und die G'schicht hat ein Ende, für mich jedenfalls. Aber zahlen wirst *du* dafür, das schwör ich dir … Gleich wird's wieder da sein, dein Hausherrentochterl, und die Spurensicherung dazu … Mehr brauch ich dir nicht zu erzählen: Schmauchspuren auf deiner Hand und auf meinem Kopf, verbrannte Wundränder, keine Spur von Kampf oder Notwehr … Der Bernatzky ist kein Trottel, der weiß genau, was g'spielt wird. Und dass ich mit den zwei Morden nix zu tun hab, das wird sich auch noch herausstellen … Und dass du … dass du … die Klara …»

«Die Klara, die Klara …» Krotznig schüttelt den Kopf und

seufzt theatralisch. «Weißt was, Lemming, i mach dir an Vorschlag: I derzähl dir was von deiner Klara, und du hörst dafür auf mit deine Spompanadeln. Und wenn i fertig bin, dann rennst … A faire Chance, a faires G'schäft …»

Er meint es ernst. Krotznig meint es tatsächlich ernst; er feilscht mit seinem Opfer um die Modalitäten der geplanten Hinrichtung. «Na, was is jetzt?»

«In Ordnung …»

Der Lemming nickt. Senkt dann den Kopf. Markiert Erschöpfung, Resignation. Macht einen Schritt zur Seite und lehnt sich neben den Major, wie um sich für den Endspurt seines Lebens auszuruhen. Halb geschlossen sind jetzt seine Lider, aber sein Blick bleibt wachsam – er richtet sich unverwandt auf den braunen Ledergürtel, der auf der leicht gewölbten Blechverkleidung der Wäschemangel zu liegen gekommen ist.

«Also pass auf», beginnt Krotznig. «Erstens einmal steckt der Onkel Adi sei' Zumpferl net in jede Kloaken, und scho gar net, wenn s' vorher von dir versaut worden is …»

Er verzieht den Mund zu einem abfälligen Grinsen, indessen die Hand des Lemming im Zeitlupentempo über das Bügelblech wandert.

«Und zweitens hat si' dein Klaraschatzi an neuen Bettgenossen zug'legt. Die lasst nix anbrennen, die Madam … Net dass d' glaubst, i red von dem verlausten Hundsviech, dem stinkerten, obwohl s' mit dem sicher auch … Aber wurscht … Schwarzenegger, sag i nur: ein Body wie Kanon, der Barbier. Genau so a Kraftlackel geht jetzt bei ihr ein und aus, dreimal am Tag, von hint' und von vorn …»

Krotznig nähert sich dem Ende der Geschichte, und die Spitze seines Gürtels nähert sich dem Schlund der Wäschemangel, züngelt in die enge Spalte zwischen Blech und Walze.

«Es is tragisch, Burli, gell, tragisch, aber dein verkümmertes

Brunzwimmerl war der Frau Doktor wahrscheinlich net groß genug … Die braucht uns jetzt nimmer, die hat uns eiskalt den Weisel 'geben …»

Krotznigs Worte tun ihre Wirkung. Der Lemming schluchzt auf und vergräbt das Gesicht in den Händen. Er krümmt sich zusammen, wendet sich wimmernd ab und dem kleinen Schaltbrett an der Seite der Bügelmaschine zu.

«Oh, wie so trügerisch sind Weiberherzen …», fängt der Major zu singen an. Er lehnt sich zurück, wirft einen Blick auf die goldene Armbanduhr. Bemisst die Zeit bis zur Exekution. Genießt jede Sekunde davon …

«Mögen sie zagen, mögen sie schmerzen …»

Das Gehäuse der Wäschemangel erzittert. Mit leisem Brummen setzt sich die Walze in Bewegung.

«Scheiß! Scheiß! Verfickter Drecksscheiß!» Schon wirbelt Krotznig herum, wird noch im Ansatz zurückgerissen, zerrt entnervt an seinem Gürtel, dessen Schnalle sich in der Mantellasche festgefressen hat. Ein aussichtsloses Unterfangen: Zu dick ist das Leder, zu fest ist das Garn, zu robust ist mit einem Wort das gesamte Material, aus dem meisterliche Finger in wohl ungezählten Arbeitsstunden dieses Glanzlicht der Kürschnerei geschaffen haben, diese postmediävale Büffelhautrüstung, dieses Marken- und Hoheitszeichen des selbst ernannten Königs aller Krimineser, Bezirksinspektor Adolf Krotznig, dem sein kackbrauner Freund und Begleiter jetzt Stück für Stück vom Leib gezogen wird. Krotznig wird förmlich gehäutet, mit seinem knarrenden Stolz wird er selbst in die Mangel genommen; nackt fühlt er sich mit einem Mal und gleich darauf noch viel nackter: Denn in diesem schmachvollen Moment polizeilicher Unachtsamkeit trifft ihn der Fuß des Lemming mit vollem Schwung in den Unterleib. Krotznig schnappt nach Luft, brüllt auf, röhrt wie ein brünftiger Hirsch, als ihm ein weiterer, nicht minder kräftiger Tritt des zweiten Symbols seiner Macht beraubt. Vom Pantoffel des Lemming gerammt, schnalzt seine Hand zur Seite, und schon segelt sie glänzend und schwarz durch die Luft, die siebzehnschüssige *Glock*, prallt auf und schlittert über den Kellerbeton.

«Du Hurensau! Du dreckige Hurensau!»

Eine faire Chance, ein faires Geschäft.

Abgemacht ist abgemacht.

Jetzt läuft er, der Lemming.

26 Die Krise kam plötzlich und unerwartet; sie überraschte mich in einer Phase meines jungen Daseins, in der ich mich mehr denn je gegen alle erdenklichen Hürden gefeit fühlte. Die Schule lag bereits hinter mir; die Zeit der Pubertät, von der meine Altersgenossen unwiderruflich in tumbe Vasallen der Rührseligkeit verwandelt worden waren, hatte mich weitgehend ungeschoren gelassen. Durch diese Erkenntnis gestärkt, trat ich aus ihr hervor. Nicht, dass mir die hochinteressante Erfahrung der Paarung versagt geblieben wäre; mir war nur die krankhafte Sucht nach seelischer Zweisamkeit, der die anderen scharenweise erlagen, ein unlösbares Rätsel, umso mehr, als ich unschwer erkannte, dass diese groteske Passion ausnahmslos Verlierer hervorbrachte. Immer folgte dem flüchtigen Glück ein handfestes Elend, dem kurzen Rausch ein langer Kater …

Ich hatte mir also einmal mehr bewiesen, dass sich mein Wesen jeglicher Wehleidigkeit, jeglicher sentimentaler Beschränkung entzog; das machte mich zum unumschränkten Herrscher meiner selbst und damit zum Herrn der Welt, die mich umgab. So ungehemmt ich mit ihr spielen, sie gestalten konnte, so ungezählt waren die Masken und Verkleidungen, die mir zur Verfügung standen. Ich war frei, zu tun und zu sein, was ich wollte: Das Schicksal konnte mir nicht, weil ich selbst das Schicksal war.

Doch dann geschah das Unvorstellbare: Mein Leben, mein Werk, mein scheinbar so stabil gebauter Gedankenpalast drohte von einem Moment zum anderen einzustürzen wie ein Kartenhaus. Dabei war gar nichts vorgefallen, nichts Ungewöhnliches jedenfalls. Wie an jedem Tag schlug ich morgens die Zeitung auf, wie an jedem Tag las ich die Meldungen und Artikel, ließ mich also bis weit über die Grenzen meines Geistesreiches tragen, um mich an der Dummheit der Engerlingsmenschen zu ergötzen. Doch was dann geschah, das war anders als sonst.

Einige ganz gewöhnliche Beiträge zogen meine Aufmerksamkeit auf sich, Berichte, deren ich mich gar nicht mehr entsinne, weil sie so alltäglich waren. Die Nachrichten klingen heute nicht anders als damals: Der Vorstand eines Bankenkonsortiums, dessen jährlicher Umsatz durch Investitionen in Chemie- und Autoindustrie gerade um ein Viertel gestiegen ist, beschließt Massenentlassungen, um im nächsten Jahr noch höhere Gewinne zu lukrieren. Der Präsident einer Atommacht, deren führender Ölkonzern von seinem engsten Parteifreund geleitet wird, erklärt einem kleinen Land mit großen Ölvorkommen den Krieg, um einer möglichen nuklearen Bedrohung vorzubeugen. Die Regierung eines anderen Landes wieder nimmt einschneidende Sozialkürzungen und Steuererhöhungen vor, kauft aber gleichzeitig milliardenschweres Kriegsgerät und verschafft damit dem Wirtschaftsimperium ihres wichtigsten Förderers entsprechend gigantische Gegengeschäfte.

Und so weiter. Man liest derlei ständig. Aber an jenem Tag las ich mit einem Mal zwischen den Zeilen, und plötzlich sah ich die Welt in einem neuen Licht, in einem Licht, das all die

Verdienste, die ich mir bis dahin erworben hatte, mit einem Schlag verblassen ließ. Mein Streben nach innerer Echtheit, mein Ringen um die Macht der Willkür, mein jahrelanger geistiger Freiheitskampf, all das erschien mir auf einmal so belanglos wie die unbeholfenen Versuche eines Wickelkindes, es den Erwachsenen gleichzutun. Die Erkenntnis brach so jählings über mich herein, dass ich ihr nichts engegenzusetzen hatte: Verglichen mit den wahren Herren über Schöpfung und Zerstörung, war ich nicht mehr als ein jämmerlicher Westentaschengott.

Diese Herren – und mit Ausnahme einiger weniger Frauen, die sich wie Männer gebärdeten, *waren* es Herren –, diese Herren bespielten den Rasen des Erdballs genauso erbarmungslos wie ich, aber sie taten es in Dimensionen, gegen die sich meine bescheidenen Streiche unsagbar lächerlich ausnahmen. Sie logen und manipulierten, betrogen und zerstörten in einem Ausmaß, von dem ich nur träumen konnte. Gesetze, die ich vorsichtig und mühevoll umgehen musste, ließen sie mit einem Achselzucken ändern, nachdem sie sie gebrochen hatten; mit dem geschliffenen Lächeln der Selbstgefälligkeit schickten sie heute ungezählte Menschen in den Tod, um sich morgen von den Überlebenden dafür preisen zu lassen. Ihre Möglichkeiten waren schier unbegrenzt: Sie verfügten über Mittel und Wege, um ganze Völker zu verhetzen; sie waren in der Lage, sich an der ganzen Welt zu vergehen, und sie taten es auch. Sie taten es täglich, und sie taten es ausgiebig. Ihnen war wirkliche Macht gegeben, Macht über Himmel und Hölle, und sie gebrauchten diese Macht mit einer Radikalität, die meine kleinen Zügellosigkeiten um ein Tausendfaches übertrumpfte. Nicht ich, sondern *sie* waren die ungeschlagenen Meister der Soziopathie ...

Ich fühlte mich also vom Thron gestürzt, gedemütigt, und der Schock darüber war groß, zu groß, um nicht auch mein

Urteilsvermögen zu trüben. Dabei hätte es nur eines kühlen Verstandes bedurft: Ein klarer Gedanke hätte die Dinge wieder ins Lot gebracht.

In Wahrheit waren sie nämlich klein, diese Herren am Schachtisch der Welt, nicht größer als ihre Figuren. In Wahrheit konnten sie mir nicht das Wasser reichen. Mochten sie auch die greifbare Welt beherrschen, die Erde, das Fleisch und das Geld, so waren und blieben sie doch nur Lakaien ihrer eigenen Gier. Mochten sie auch frei von Rücksicht oder Menschenliebe sein, so blieben sie doch von den dumpfen Motiven der Kleinbürgerlichkeit gefangen. Im Gegensatz zu mir waren sie schlecht, weil sie sich selbst für schlecht hielten: Obwohl sie sich einer ihnen anerzogenen Ethik verpflichtet zu fühlen schienen, entschieden sie sich unaufhörlich gegen sie. Von der Gier nach Macht und Besitz getrieben, überfraßen sie sich jeden Tag aufs Neue an den Früchten, die ihnen ihr eigener Glaube verboten hatte, und jeden Tag aufs Neue bedeckten sie ihre Blöße, überspielten sie ihr Gewissen mit verlogenen, selbstgefälligen Attitüden. Das verzerrte ihren Geist und ihr Gesicht; das machte sie hässlich: Sie waren hässlich, weil sie sich hassten; sie hassten sich, weil sie schlecht waren, und sie waren schlecht, weil sie *wussten*, dass sie es waren.

Ich dagegen war nicht hässlich. Ich tat, was ich wirklich und wahrhaftig tun wollte, ich hatte Spaß an einem Spiel, das nach wie vor das Spiel eines unschuldigen Kindes war, weil es nichts anderem diente als dem einen, dem einzigen Zweck: gespielt zu werden. Wer behauptet, Gott würfle nicht, irrt. Gott liebt es, mit dem Glück und dem Unglück der Menschen zu spielen – dass seine Würfel gezinkt sind, erhöht nur den Reiz …

Heute wundert es mich, dass ich nicht gleich darauf gekommen bin. Heute genügt ein Blick in die Zeitung oder in den Fernsehapparat, um die Schlüssigkeit meiner Gedanken zu untermauern: Da stehen sie dann, die Herren aus Wirtschaft und Politik, diese machtgeilen Hohepriester ihres numinosen Schöpfers und Erhalters, den sie *Markt* nennen. Da stehen sie, angetan mit ihren maßgeschneiderten Einheitssoutanen: Anzug, Krawatte, ein kleines falsches Lächeln und große falsche Worte …

Heute wundert es mich, dass ich nicht gleich darauf gekommen bin. Aber damals brauchte ich Jahre, um mich von meinem Rückschlag zu erholen. Trostlose Jahre, in denen ich willenlos dem Weg folgte, den die Gesellschaft für mich vorgesehen hatte: Ein Ameisenstaat ist die Summe der ihm ergebenen Ameisen. Sie dienen einem Komplex, der in erster Linie dazu taugt, die fette Königin zu mästen, die dafür die Schar ihrer Sklaven vermehrt. Ein lachhafter Kreislauf und zugleich ein perfektes Sinnbild der Menschenwelt: Der Mensch, so sagt man, braucht einen *Beruf*. Das heißt, er muss seine *Berufung* so lange verstümmeln, bis sie zum *Beruf* verkommt. Ich tat in all der Zeit nichts anderes. Zwar lernte ich weiter, aber ich tat es brav, konformistisch und ohne Freude. Die Lust am Spielen war mir vergangen; ich war dabei, eines von ungezählten Rädchen im Getriebe zu werden.

Die heilsame, reinigende Wahrheit, die mich wie Phönix aus der Asche steigen ließ, offenbarte sich so plötzlich, so überraschend wie damals, als ich neun Jahre alt gewesen war. Nun, mit dreiundzwanzig, erschuf ich mich ein weiteres Mal aus mir selbst.

Nicht anders als damals bedurfte es allerdings eines Anstoßes, einer roten Ampel gewissermaßen, also einer Gelegenheit, die, wie man so sagt, Diebe macht.

Ein junger Mann trat in mein Leben, ein unausgegorener Menschenfreund wie tausend andere in seinem Alter, und dann eine Frau, die schon fast eine Heilige war: Sie bewachte das Feuchtbiotop zwischen ihren Beinen, als sei es die Schatzhöhle des Ali Baba, und sie wäre vermutlich wirklich als Heilige gestorben, wäre ihr der erwähnte junge Mann nicht begegnet. Die zwei schienen füreinander geschaffen zu sein: Man konnte spüren, wie sich auf Anhieb ihre Liebesdrüsen öffneten, wie die Chemie ihrem Kreislauf die Sporen gab und wie ihre kleinen, folgsamen Herzen höher schlugen.

Sie entfesselten auch meine Phantasie von Anfang an. Bis ins Letzte berechenbar in ihrer positivistischen Denkensart und ihrem Überschwang, waren sie mehr als geeignet für einen kunstvoll erdachten, handgefertigten Schicksalsschlag. Trotzdem griff ich nicht zu. Es kommt mir heute so vor, als hätte ich auf ein Zeichen gewartet, nicht auf ein Zeichen von *oben*, von einem *höheren Wesen*, sondern auf einen Fingerzeig von dem, was die Welt umgibt und durchdringt: vom großen, schmunzelnden *Zufall*, der ich letztlich auch selbst bin.

Das Zeichen kam. Der Zufall schüttete sein unerschöpfliches Füllhorn über dem fidelen Pärchen aus. Ich muss gestehen, dass ich damals fast neidisch war: Den Schlag, der die beiden traf, hätte auch ich nicht besser führen können, er war eine Meisterleistung an Stil, Präzision und Geschick. Der Zeitpunkt war perfekt gewählt, die Folgen von köstlicher Grausamkeit: Schon aneinander gebunden, noch nicht miteinander vereint, so mussten die zwei voneinander Abschied nehmen. Der junge Mann war tot, aber nicht tot genug, um dem Vergessen anheim zu fallen; die junge Frau blieb lebendig, aber nicht lebendig genug, um sich von seinem Elend abzuwenden.

Während die beiden in ihrem stummen Schattenreich versanken, fühlte ich mich von neuer, nie da gewesener Kraft erfüllt. Die Krise war gemeistert, die Zweifel waren besiegt, und nicht nur das: Mit einem Mal begann sich eine Chance vor mir abzuzeichnen. Die Chance nämlich, mein Werk mit dem größten Sieg über Körper und Geist zu krönen, den man sich vorstellen kann: mit der Unsterblichkeit …

27 Unaufhörlich fällt der Regen auf das Land herab; gelangweilt zeichnet er seine Kreise in die laternenbeschienenen Pfützen. Der Lemming zieht die Glastür des Siegfried-Pavillons auf und huscht, eine feuchte Spur hinterlassend, über den menschenleeren Flur.

Er kann nicht mit Bestimmtheit sagen, was ihn hierher getrieben hat; es war wohl eher Instinkt als wohl geordnete Überlegung. Wie im Flug haben ihn seine Beine die Kellertreppe hinaufgetragen, haben sich hinter dem Liftschacht rasch der Pantoffeln entledigt, um im beschleunigten Schleichschritt Krotznigs Kollegin zu passieren, die gestikulierend in einer der beiden Telefonzellen stand, sind dann in die Nacht hinaus- und wie von selbst den Hügel hinabgelaufen. Jetzt erst, im Nachhinein, rechtfertigt die Logik die Intuition: Hier wird Krotznig zuletzt nach ihm suchen. Wahrscheinlich wird er zähneknirschend Unterstützung anfordern, wird seine kleine Privatpirsch zur Treibjagd erweitern. Das Haupttor mag ja verriegelt sein, das Gelände der *Ulmen* ummauert; dennoch ist es viel zu groß, um die Fahndung allein zu bewältigen. Außerdem muss Krotznig damit rechnen, dass der Lemming trotz allem einen Weg aus der Klinik gefunden hat. Es gilt also, die Zufahrtswege abzusperren, den Wald zu durchforsten und schließlich, eins nach dem anderen, die Gebäude zu inspizieren. Wenn überhaupt, dann wird sich die Suche erst spät auf den abgelegenen Pavillon konzentrieren. Ein perfekter Unterschlupf also, kurzfristig sicher – und trocken.

Einige wenige Schritte bringen den Lemming nun dahin, wo seine Krankengeschichte am Donnerstagmorgen begonnen hat: vor Robert Stillmanns Zimmer. Und das, so wird ihm mit einem Mal bewusst, ist ein weiterer Grund für die Wahl seines Zufluchtsorts: Er hat das Gefühl, der Lösung des Rätsels hier ein Stück näher zu sein. Blitzartig kehrt nämlich jetzt die Erkenntnis zurück, die Erkenntnis, die ihm Nestor

Balints schwarze Bibel vorhin im Keller beschert hat. Dieses widerliche Bild, das ihn hart an den Rand des Erbrechens brachte, obwohl es sich doch nur aus einzelnen, scheinbar harmlosen Puzzlesteinen zusammensetzt: ein König, Robert genannt. Eine Dame, die Rebekka heißt. Ein Bub namens Simon. Gabriel, der Engel der Verkündigung. Und schließlich der Heilige Geist, der ein Kuckuck ist. Ein Gott, der seine Eier in fremde Nester legt ...

Robert Stillmanns Zimmer liegt fast zur Gänze im Dunklen. Nur ganz hinten, über dem Betthaupt, leuchtet ein kleines Nachtlicht an der Wand und wirft seinen fahlen Schimmer auf eine Szene, die der Lemming sein Leben lang nicht mehr vergessen wird.
Am Fußende des Bettes steht Grock. In seinem weiten grauen Anzug steht er da wie ein stummer Diener, den Kopf gesenkt, zu einer tiefen Verbeugung erstarrt. Über dem linken, abgewinkelten Arm hängt ein triefender Regenschirm, den rechten hält er weit von sich gestreckt, als wolle er seinem Gegenüber die Hand reichen. Es ist aber keine Hand, die er berührt. Robert Stillmanns Fuß ist es, der starr und weiß unter dem Laken hervorragt. Grock steht völlig bewegungslos. Kein Wippen, kein Pendeln bewegt seinen schmächtigen Körper; selbst die Ankunft eines Dritten scheint ihn nicht zu irritieren.
Der Lemming tritt näher, ohne den Blick von den beiden Gestalten zu lassen. Noch kann er sich nicht erklären, was er da sieht; viel zu grotesk, zu gespenstisch und unerwartet ist dieses Bild, als dass es auf Anhieb zu deuten wäre. Stillmann und Grock: zwei versteinerte Wesen, deren eines die Zehen des anderen zwischen den Fingern hält ...
Und dann ertönt die Stimme des kleinen Autisten, fast lautlos, ein kaum zu erlauschendes Flüstern. Wenige Sätze nur

sind es, die er sagt; «Rosinenbrot» kann der Lemming hören und «Schafhändler» und etwas wie «lästige Talfahrt» … Der Rest erreicht seine Ohren nicht. Es ist auch egal: Er wäre sowieso nicht in der Lage, den Sinn der Worte zu entschlüsseln, ohne Stift und Papier und lange Stunden der Kontemplation …

Dennoch beginnt es dem Lemming nun langsam zu dämmern. Es ist keine jähe Erleuchtung, die ihn abrupt überkommt, sondern ein zähes, mühsames Ringen zwischen Erfahrung und Einsicht, Vernunft und Verstand: *Es kann nicht sein,* sagt die Vernunft. *Es kann nicht anders sein,* sagt der Verstand. *Es ist Unsinn,* sagt die Vernunft. *Es ist, was es ist,* sagt der Verstand. So kämpfen sie eine Weile miteinander, die Erfahrung beißt sich an der Einsicht fest wie ein spießiger Vorstadtköter an der Hose des Briefträgers, aber am Ende siegt doch der Weitblick, der Durchblick, die Scharfsichtigkeit. Es kann nicht anders sein, beschließt der Lemming. Es ist, was es ist.

Grock und Stillmann *reden* miteinander. Vom Schicksal betrogen, entrechtet von ihrer Natur, jeder auf andere Weise zu endloser Einsamkeit verdammt, sind sie doch auf eine gemeinsame Sprache gestoßen. Wahrscheinlich haben sich ihre Sinne gerade aus diesem Grund füreinander geöffnet: Sie sind sozusagen Verwandte im Geist, sie sind vom gleichen Schlag; sie wissen, was es bedeutet, für immer verschüttet und in sich selbst eingekerkert zu sein. Ihre einzige Stärke ist ihre Geduld, ihre einzige Habe die Zeit, die sie brauchten, um ihre Frequenzen in Einklang zu bringen, als wären sie zwei Sträflinge in Einzelhaft, die heimliche, nur füreinander bestimmte Botschaften an die Leitungsrohre klopfen.

Wie oft mag Grock wohl in den Siegfried-Pavillon geschlichen sein? Wie viele Nächte mag er hier verbracht haben, bis Stillmann sein anagrammatisches Sprachsystem dechiffriert und gelernt hat, es zu beherrschen? Und bis er selbst die winzige Stelle am schlaffen Leib des Gelähmten entdeckt hat, die dieser noch zu kontrollieren in der Lage ist? Die kleine Zehe des rechten Fußes, der Lemming kann es nun ganz genau sehen, an die der Autist seine Finger legt …

Irgendwann muss Ferdinand Buchwieser das Geheimnis der beiden entdeckt haben. So muss es gewesen sein. Entweder hat er Grock eines Nachts an Stillmanns Krankenlager überrascht, oder – und das erscheint dem Lemming wahrscheinlicher – die Bedeutung seiner verschrobenen Aussprüche hat sich dem Pfleger unversehens erschlossen, wie sie sich schließlich auch ihm, dem Lemming, erschlossen hat. Die respektvollen, beinah bewundernden Worte aus dem Mund des sonst so verächtlichen Buchwieser weisen darauf hin: *Grock, das Ass, Grock, der Trumpf* … Und so muss er auch auf den Rest gekommen sein, auf die ganze Geschichte, die sich um Stillmanns Familie rankt. Und auf den Urheber dieser Geschichte, den Joker, den Kuckuck, den Gott …

«Robert leidet …»

Grock hat Robert Stillmanns Fuß nun losgelassen. Ist von dessen Bett zurück- und an die schützende Wand getreten.

«Robert leidet …», sagt er noch einmal.

Verwirrung erfasst den Lemming. Er, der eben noch als unbeteiligter Beobachter im Halbschatten gestanden hat, fühlt sich auf einmal wie ein Überraschungsgast in einer dubiosen Talkshow; er sieht sich auf die Bühne gezerrt und dem Gleißen der Scheinwerfer ausgesetzt. Kein Zweifel: Grock hat die Worte an *ihn* gerichtet, und mehr noch: Er hat in *seiner* Sprache mit ihm gesprochen …

«Ich … Ich weiß … Ich meine … Ich kann es mir vorstellen …», stammelt der Lemming. Er geht nun zögernd zum Krankenbett, nicht ohne Grock einen fragenden, Erlaubnis heischenden Blick zuzuwerfen; unschlüssig hebt er die Hand und berührt Stillmanns Zehen, als wären es glühende Kohlen.

Und dann, ja dann kann auch er es spüren.

Es ist nicht mehr als der Hauch einer Bewegung, die Idee eines Lebenszeichens, das Stillmann von sich gibt. Und trotzdem liegt ein großes, ein jahrelanges Aufbäumen darin: Stillmann ist Robinson, Grock sein Freitag, der Lemming die Brigg, die weit draußen am Horizont vorüberzieht …

Man muss die Fingerkuppen an den Ansatz der kleinen Zehe legen, da, wo sie schon in den Fußballen übergeht; ganz sanft muss diese Berührung sein, weil sie den schwachen Impuls zu ersticken droht. Der Lemming schließt die Augen, versenkt sich ganz in seinen Tastsinn …

Fünf-, sechsmal lässt Robert Stillmann seinen winzigen Muskel spielen, dann legt er eine Pause ein.

«Herr Stillmann … Können Sie mich hören?»

Die Zehe zuckt. Einmal.

«Ich … Ich weiß nicht, was ich sagen soll … Das ist ja … phantastisch … Kann ich … Kann ich Ihnen irgendwie helfen?»

Stillmanns Reaktion lässt auf sich warten. Dann die Bewegung, und wieder einmal: *Ja.*

«Haben Sie Schmerzen, Herr Stillmann? Ich meine … körperliche Schmerzen?»

Zweimal drückt die Sehne gegen die Finger des Lemming: *Nein.*

«Gut … Gut …» Der Lemming denkt angestrengt nach, aber sein Fundus an Entscheidungsfragen ist erschöpft. Obwohl er weiß, was er wissen will, fällt es ihm schwer, die geeigneten Worte zu finden. Ein Gespräch dieser Art will ökonomisch geführt sein, ohne die üblichen Schnörkel und Ausschmückungen. Am rationalen Denken ist der Lemming noch selten gescheitert, das rationelle dagegen ist ihm von jeher fremd.

«Herr Stillmann ... Wollen Sie mir etwas sagen?»

Ja.

«Können Sie buchstabieren?»

Ja.

«Gut ... Nein, warten Sie ...»

Jetzt fällt ihm das Buch wieder ein, das er gelesen hat, dieses Buch, das eines der Opfer des *Locked-in-Syndroms* nur mit dem Augenlid diktiert hat. Während seine Frau oder einer seiner Freunde am Krankenbett saß und unaufhörlich das Alphabet hersagte, brauchte der Mann nur im rechten Moment ein Zeichen zu geben: Er visierte die Buchstaben an wie ein Jäger einen Fasan inmitten des aufflatternden Rudels ...

«Warten Sie, Herr Stillmann. Ich werde es für Sie tun ...»

Und der Lemming beginnt. Er deklamiert das Alphabet mit der Konzentration eines Abecedariers, langsam und voller Unterbrechungen. Als er beim *T* angelangt ist, gibt Stillmann sein Zeichen.

«T», wiederholt der Lemming, um sicherzugehen.

Ja.

Nun fängt die gleiche Prozedur von neuem an. Ein *O* und ein *E* sammelt der Lemming noch ein, dann ein weiteres *T*, bevor er versucht, das begonnene Wort auf eigene Faust zu ergänzen.

«T ... O ... E ... T ... Töten? Tötung?»

Nein.

«Töte?»

Ja.

«Töte also ...»

Zittrig klingt die Stimme des Lemming, der sich jetzt kurz vor der großen Enthüllung wähnt. Wen auch immer Robert Stillmann töten lassen will: Es muss sich um den großen Unbekannten handeln. Einige wenige Buchstaben noch, ein Name nur ...

«M … I … C … Michael?»

Nein.

Der Lemming verstummt. Er will es nicht sagen. Er will nicht. Doch da ist niemand, der es an seiner statt könnte.

«Töte mich …», flüstert er schließlich.

Ja.

«Aber ich … Ich kann nicht … Ich kann das nicht … Verlangen Sie das bitte nicht von mir …»

Gern würde er jetzt seine Hand zurückziehen, das empfindliche Band zerschneiden, das ihn mit Stillmann verbindet, und so tun, als sei gar nichts gewesen. Er möchte das Tor zur Hölle, in die er gerade geblickt hat, verschließen – von außen, versteht sich. Sein Gewissen verbietet es ihm.

«Denken Sie doch an morgen … Ihre Frau kommt sicher zu Besuch … Stellen Sie sich vor, wenn sie erfährt … Sie können wieder mit ihr reden, nach all der Zeit …»

Nicht die geringste Bewegung. Stillmann hüllt sich in Schweigen.

«Wollen Sie mir … noch etwas sagen?»

Ja.

«Gut. Dann fangen wir an … A … B … C …»

Eine Viertelstunde später kristallisiert sich der nächste Satz aus dem Letterngeflecht. Ein Satz, so lapidar und trocken wie ein Telegramm: Robert Stillmann hat das Verbum weggelassen, wahrscheinlich um Kräfte zu schonen und Zeit zu sparen.

«Simon – nicht – mein – Sohn …»

Benommen öffnet der Lemming die Augen. Stützt sich mit seiner freien Hand aufs Bettgestell. Jetzt, da er das Gehörte, nein, das Gefühlte laut ausspricht, wird er wieder von Übelkeit befallen. Er hat es geahnt, und seine Ahnung hat sich bestätigt.

«Herr Stillmann … Ihre Frau, Rebekka … Weiß sie es?»

Zweimal zuckt Stillmanns Zeh.

«Aber wie? Wie ist das passiert? Und vor allem: Wer? Wer ist das gewesen? Wer hat Ihnen das angetan? Ihnen und Ihrer Frau?»

Der Lemming schickt einen Hilfe suchenden Blick nach hinten, zu Grock, als könne ihm dieser auf rascherem Weg die Lösung verraten. Aber der kleine Autist ist verschwunden, hat irgendwann lautlos das Zimmer verlassen, das Feld geräumt, das nun ein anderer pflügt.

Und in diesem Moment wird es dem Lemming schlagartig klar. Grock *hat* die Lösung schon verraten. Klar und deutlich hat er es gesagt …

Robert leidet …

28

«Ganz ruhig, Herr Wallisch. Drehen Sie sich um und machen S' keinen Blödsinn.»

Die Stimme kommt von der Tür her. In der Tür steht ein Schatten. Inmitten des Schattens blitzt etwas auf.

Die Stimme hat der Lemming zuerst erkannt. Dann den Schatten, diese hagere Figur, deren Kopf die Lichter des Flurs mit einer roten Korona umhüllen. Schließlich den glänzenden Gegenstand in seiner Hand: Auch er ist dem Lemming vertraut.

«Odysseus passt, finde ich, besser zu Ihnen: Sie sind schon ein Held … Schmuggeln sich hier herein wie im Trojanischen Pferd, bezirzen unsere schöne Zauberin unten im Pförtnerhaus, steigen sogar in Herrn Stillmanns ganz privaten Tartaros hinunter … Bravo, Herr Wallisch. Ich bin selbst erst vorhin drauf gekommen, obwohl ich das Leck in Roberts System zwei Wochen lang gesucht hab … Ein Blick durchs Fenster, und da steht er, der kleine Herr Grock, unser Talkmaster, und

präsentiert mir die Lösung … Das hätte ihm niemand zugetraut … *Niemand*, also Sie, Herr Odysseus. Und natürlich
der Buchwieser … Danke jedenfalls, dass Sie mich hergeführt
haben …»

Jetzt tritt er näher, der Schatten, bis ihn der blasse Schein
der Wandlampe erfasst und in ein glitzerndes Dreigestirn
verwandelt: Oben funkeln die Augen, unten, in seiner Hand,
schimmert die silberne Damenpistole vom Naschmarkt.

«Ganz ruhig …»

Die Lachfältchen um Dieter Toblers Augen vertiefen sich. Ein
beruhigendes, gütiges Lächeln.

«Danke, dass Sie mir die Waffe zurückgebracht haben. Ich hab
sie dem Herrn Balint eigentlich nur leihweise überlassen, aber
er war, scheint's, zu durcheinander, um besser darauf Acht zu
geben … Egal. Hauptsache, der Herr Balint hat erledigt, was
er erledigen musste … Ach ja, bevor ich's vergesse …»

Tobler greift in eine der ausgebeulten Taschen seines weißen
Ärztemantels.

«Ihre Identität, Herr Odysseus … Ich hab's Ihnen ja versprochen: Die Erinnerung kommt ganz von allein wieder …»

Er zieht das Portemonnaie des Lemming heraus und legt es
behutsam auf Stillmanns Bettdecke.

«Jetzt haben S' Ihren Namen wieder, dafür haben S' Ihr Gesicht verloren», meint er bedauernd. «Ich werd es Ihnen
gleich desinfizieren; mit Blutvergiftungen soll man nicht spaßen. Wie ist das eigentlich passiert?»

«Bin gestolpert …», murmelt der Lemming.

«Gestolpert … verstehe. Na kommen S', setzen Sie sich einmal dorthin …»

Ein Wink mit der Waffe weist dem Lemming den Weg. Kurz
darauf sitzt er wieder im Rollstuhl, den Tobler an Robert
Stillmanns Bett schiebt. Der Arzt lässt sich ihm gegenüber
auf der Bettkante nieder.

«Warum, Herr Doktor? Ich will wissen, warum …»

«Was warum?»

«Warum haben Sie all diese Dinge getan? Ich verstehe es nicht …»

Tobler seufzt und holt eine kleine Taschenlampe hervor.

«Glauben Sie an Gott, Herr Wallisch? An eine Kraft, die Ihr Schicksal lenkt?»

«Ich … Ich weiß nicht … Wahrscheinlich schon …»

«Und wissen Sie auch, wie Gott mit Ihren Fragen und Bitten verfährt? Mit Ihren Gebeten? Ich werd es Ihnen sagen: Was wollen Sie? Ihr tägliches Brot? Gut. Es wird vergiftet sein. Ein langes Leben? Bitte sehr. Sie werden es an der Herz-Lungen-Maschine verbringen. Den Weltfrieden? In Ordnung, keine Kriege mehr. Nur ein unbekanntes Virus, das höchst friedlich drei Viertel der Menschheit dahinrafft. Oder wünschen Sie sich einen freien Parkplatz, samstagabends, mitten vor der Staatsoper? Wunderbar: Genau dort wird man Ihnen während der *Tosca* das Auto stehlen … Das ist Gottes Humor. Er ist eben so …»

«Worauf wollen Sie hinaus?», fragt der Lemming leise.

«Darauf, dass Ihr Herrgott alles andere als ein Moralist ist. Ethos? Gesetz? Gewissen? Ach, hören Sie mir auf. Oder können Sie sich einen Gott mit Gewissensbissen vorstellen? Er will einfach nur da sein und ein wenig Spaß mit Ihnen haben. Und mit sich selbst: Sie sind ja schließlich sein Ebenbild. Verstehen Sie? Sie sind so etwas wie die rechte Hand, mit der sich Ihr Himmelvater einen runterholt …» Der Doktor schmunzelt. «Ärgern Sie sich jetzt?»

«Nein», murmelt kleinlaut der Lemming. Dass es alleine die Angst ist, die seinen Zorn im Keim erstickt, fügt er nicht hinzu.

«Sollten Sie aber. Verlierer, die sich nicht ärgern, sind Spielverderber; es macht keinen Spaß, gegen sie zu gewinnen.

Der Robert zum Beispiel ...» Tobler greift zur Seite und streichelt liebevoll Stillmanns Fuß. «Der Robert ärgert sich seit fünfzehn Jahren. Ich kann's in seinen Augen sehen, jedes Mal, wenn ich auf ein Plauscherl bei ihm vorbeikomme. Gell, Robert? ... Was ich Ihnen damit sagen will, Herr Wallisch, ist nur, dass man mit seinen Wünschen achtsam sein muss. Sehr, sehr vorsichtig. Aber bitte: Wenn Ihr Wunsch die Wahrheit ist, dann werden Sie sie auch bekommen. Wie heißt es so schön? Die Wahrheit ist dem Menschen zumutbar ... Trotzdem: Alles zu seiner Zeit. Jetzt lassen Sie sich erst einmal anschauen ... Na servus, da sind Sie aber kräftig gestolpert. Übermütig wie ein junger Hund, der Herr Wallisch ... Hab ich Ihnen eigentlich gesagt, dass das Laufen und Springen im Anstaltsgelände verboten ist? Aber nur keine Sorge, wir kriegen das schon in den Griff ...»

Bald spürt der Lemming, wie sein wundes Gesicht betupft, gesäubert wird. Fühlt den brennenden Schmerz, der zugleich ein süßer Kindheitsschmerz ist. Damals sind es die ewig zerschundenen Knie gewesen, die versorgt werden mussten, heute ist es die linke Wange, hinauf bis über das Auge, und auch die Nase, die Nase vor allem. Tobler verrichtet seine Arbeit sanft und gewissenhaft – ein ruhiger, Vertrauen erweckender Mann, wäre da nicht die Pistole in seiner Hand, dieses doch eher ungewöhnliche Ärztebesteck ...

«Und jetzt krempeln S' den Ärmel hoch.»

«Wozu?»

«Haben S' schon einmal von Wundstarrkrampf gehört, Herr Wallisch?»

«Ja, aber es wäre mir trotzdem lieber ...»

Der Lemming hat Injektionen schon immer gehasst. Misstraut der Chemie, die listig das Blut infiltriert, durch den Körper schleicht, ihn unterwandert und verändert. Misstraut dem Unsichtbaren, gegen das man sich nicht wehren kann ...

«Ärmel hoch, hab ich gesagt.»

Der Lemming tut es, mehr übel als wohl …

Inzwischen entpuppt sich der Mantel des Arztes als unerschöpflicher Fundus: Aus einer anderen Tasche zaubert Tobler eine bereits gefüllte Spritze hervor. Legt sie neben sich aufs Bett und reinigt die widerwillig entblößte Armbeuge des Lemming.

«Herr Doktor?»

«Ja?»

«Ist das richtig? Ich meine, wird Tetanus intravenös …»

Aber zu spät: Tobler hat bereits zugestochen.

«Das *ist* keine Tetanusspritze …», meint er ruhig.

Sich vorbeugen, zusammenkrümmen. Ein wenig wimmern dabei: Erschütterung, Verzweiflung markieren. Dann aber schlagartig hochfedern, den Scheitel voran, und seinen Schädel mit aller Kraft in Toblers Fratze krachen lassen. Es geht um die richtige Schwerpunktverlagerung: vorbeugen, zielen, hochschnellen. Den Arzt entwaffnen, ihn unschädlich machen. Mit der Pistole hinüber ins Schwesternzimmer laufen. Nachtdienst, also: die Schwester wecken und dazu überreden, Bernatzky anzurufen. Fragt sich, wer Nachtdienst hat: Ines wird keine Probleme machen. Paula schon eher, diese bornierte Sau mit ihrem kugelsicheren Speckmantel. Gibt es da drüben ein Telefon? Sicherlich. Bernatzky wird mindestens eine Stunde brauchen, um hier zu sein. Eine halbe, vielleicht auch weniger, um das Gift zu bestimmen. Und dann? Gibt es ein Gegenmittel? Eines, das auch zu beschaffen ist? Man wird sehen. Jetzt aber: vorbeugen, hochschnellen …

Der Lemming schafft es nicht mehr: Zu rasch setzt die Wirkung der Spritze ein. Warm ist ihm plötzlich, fast unerträglich warm. Sein Herzschlag beschleunigt, wird fiebrig und drängend wie das Stampfen von Tieren im Schlachthof. Und

dann sein Körper, die Glieder: als hätte man kochendes Blei
hineingegossen. Ungläubig starrt er auf seinen Arm, auf die
Hände, die er zu heben versucht: Nichts geschieht, nicht das
Geringste. Unmöglich, sich noch zu bewegen, der Schwerkraft zu trotzen. Sie drückt ihn in den gepolsterten Sitz des
Rollstuhls, umklammert ihn unerbittlich, legt sich um seine
Brust, um seine Lunge wie ein eiserner Gurt. Auch scheint die
Luft dicker geworden zu sein, sie presst sich nur noch pfei-
fend durch die Bronchien. Der Lemming röchelt, von Panik
erfasst. Ich werde ersticken, denkt er. Ich werde ersticken …
«Sie werden's überleben», sagt Dieter Tobler im selben Moment. «Nur immer ruhig atmen, Herr Wallisch, ganz ruhig
und konzentriert, verstehen Sie? Es ist keine tödliche Dosis … hoffe ich jedenfalls. Kennen Sie Curare? Das indiani-
sche Pfeilgift. Also, was ich Ihnen gegeben hab, ist so ähnlich.
Ein so genanntes Muskelrelaxans. Sie werden eine Zeit lang
gelähmt bleiben, eine halbe, drei viertel Stunde vielleicht. Ich
hab nämlich noch was zu erledigen, etwas, wozu ich beide
Hände brauche, aber keinen Assistenten. Obwohl … Sie können doch was für mich tun: Sie können solange die Pistole halten.» Mit einem schalkhaften Grinsen legt Tobler die
silberne Pistole in den Schoß des Lemming. Er schiebt den
Rollstuhl ein Stück von sich weg und steht auf.
«Ein paar Dinge müssen Sie mir auch erklären, wenn Sie
wieder reden können. Zum Beispiel, wie Sie aus der Waschküche rausgekommen sind. Haben Sie etwa Freunde bei der
Polizei? Oder haben S' mich am Ende gar angeschwindelt, Sie
Schlingel, so eilig, wie Sie's plötzlich gehabt haben? Sind Sie
gar nicht auf die Nase gefallen, sondern …» Tobler lacht auf
und schüttelt den Kopf. «Sie sehen, Herr Odysseus: Ich trau
Ihnen inzwischen schon fast alles zu. Auch, dass Sie sich mit
unseren braven Staatsorganen herumschlagen, nur um Ihren
Urlaub *Unter den Ulmen* noch ein bisserl länger genießen zu

können … Jedenfalls haben Sie's geschafft, meine ganze Planung zunichte zu machen …»

Dieter Tobler verfällt in einen lockeren Plauderton, während er zu Robert Stillmanns Nachttisch tritt und ihn ans Fußende des Bettes rollt.

«Und dann, warum Sie überhaupt in den Keller gegangen sind. Sie müssen doch längst gewusst haben, dass mit der Einladung etwas nicht stimmt. Ach ja: Ich war vorhin kurz in Ihrem Zimmer und hab die zwei rosa Brieferln mitgenommen. Sie haben hoffentlich nichts dagegen? … Gut. Das beruhigt mich. Der Brief, den ich dem Herrn Balint im Namen vom Buchwieser geschrieben hab – ein kleines *Scherzo* meinerseits, um unseren nervösen Geiger zu seinem *Finale forte* vor dem *Café Dreher* anzustacheln: Ich hab eigentlich angenommen, dass er den Brief längst weggeworfen hat. Oder aufgegessen. Tagelang hab ich danach gesucht. Und dann kommen Sie daher und finden ihn einfach … Und gehen trotzdem zu diesem Rendezvous … Neugierde, nehme ich an. Der alte, unbezwingbare Forschergeist, oder?»

Dem Lemming fehlt die Kraft für eine Antwort. Sein Kopf ist längst zur Seite gekippt; Speichel läuft aus seinem Mund. Schwer atmend starrt er auf den Arzt, der jetzt die Nachttischlampe anknipst und eine Reihe kleiner Plastikbeutel aus seinem Kittel zieht. Er öffnet zwei davon, holt eine grünliche Haube und eine Maske aus Zellstoff heraus, stülpt sich die Haube über den Haarschopf, die Maske über Mund und Nase. Einem anderen Säckchen entnimmt er mit spitzen Fingern ein Tuch, das er auf die Bettdecke breitet. Er reißt die beiden Beutel auseinander, schiebt die Folie unter Stillmanns Fuß. Gedämpft klingt seine Stimme durch den Mundschutz, als er weiterspricht.

«Wissen S', Herr Wallisch, Sie sind mir schon ein Schlawiner. Völlig berechenbar … und trotzdem immer wieder überraschend. Was glauben Sie, wie ich gestaunt hab, dass Sie da bei uns aufkreuzen – als Patient? Ich hab sofort gewusst, wer Sie sind; der Herr Balint hat Sie mir ja haarklein beschrieben, gleich nach der Tat. Ich hab ihn in der Nähe des Naschmarkts aufgelesen, um ihn sicher zurück in die Klinik zu bringen. Ganz aufgeregt war er, der Arme, sein ganzes gebrochenes Herz hat er mir ausgeschüttet: dass seine Frau mit dem Buchwieser abhauen wollte und dass ihm Gott ein Zeichen gegeben hat, einen Auftrag zur Rache, einen silbernen Wink des Himmels sozusagen, der wie durch ein Wunder unter seinem Kopfkissen gelandet ist … Passen S' mir eh gut auf das kleine Gotteszeichen auf?»

Der Lemming röchelt. Entsetzt und gebannt folgt sein Blick den Händen des Arztes, der inzwischen die anderen Päckchen geöffnet und ihren Inhalt auf das Tuch geleert hat: Eine Schere kann der Lemming erkennen, eine Pinzette und eine seltsam gebogene Nadel. Einige Mullpölsterchen. Dann ein Paar dünne Gummihandschuhe. Und schließlich den Gegenstand, der auch die allerletzten Zweifel an Toblers Absicht verfliegen lässt: schlank und rasierklingenscharf, ein Skalpell …

«Mir ist aber ziemlich bald klar geworden, was Sie zu uns getrieben hat: Statt des Herrn Balint hat man Sie für den Mörder gehalten – ein unglaublicher Zufall, einfach köstlich: Ich hab mich halb totgelacht … Und deshalb wollten Sie die Sache auf eigene Faust klären, statt sich einfach der Polizei zu stellen. Sie wollten sich reinwaschen wie einer dieser Kinohelden … Wie Sie so rasch auf die *Ulmen* gekommen sind, ist mir allerdings ein Rätsel. Aber wie gesagt: Sie scheinen mir immer für eine Überraschung gut zu sein …»

Tobler nickt dem Lemming freundlich zu, gießt Desinfektionsmittel auf die bereitgelegten Tupfer, wäscht sich die Hände in der transparenten Flüssigkeit. Streift dann vorsichtig die Handschuhe über.

«Das mit dem Reinwaschen scheint ja nicht so gut geklappt
zu haben. Dafür hab ich den Herrn Balint reingewaschen. So
richtig gründlich … Ich glaube, es hat ihm sogar Freude bereitet: Immerhin hat sich sein Lebenstraum erfüllt, sein ewiger Wunsch nach vollkommener Sauberkeit. Ich denke, das
war ich ihm schuldig … Wie heißt es so schön? Eine Hand
wäscht die andere …»
Ein gurgelnder Laut dringt aus dem halb geöffneten Mund
des Lemming. Er will reden, will schreien, will irgendwie verhindern, was doch nicht zu verhindern ist. Nur nicht kotzen,
denkt er, jetzt nur nicht kotzen, das würde den zähen Ver-
kehr auf dem Atemhighway vollends zum Erliegen bringen.
Die Augen schließen vielleicht … Aber nein: Zu groß ist die
Angst davor, wegzudämmern, einzuschlafen für immer. Unmöglich also, es nicht mit anzusehen, unmöglich, den Blick
von den Händen des Arztes zu lösen, der jetzt beginnt, mit
Pinzette und Tupfer Robert Stillmanns Fuß zu waschen.
«Wollen Sie mir etwas sagen, Herr Wallisch? Oder du viel-
leicht, Robert? Ihr seid mir schon zwei Plaudertaschen, ihr
beiden …»
Tobler seufzt, legt die Pinzette aus der Hand und befühlt mit
Daumen und Zeigefinger Stillmanns kleinen Zeh.
«Kannst du nicht oder willst du nicht?», fragt er nach einer
Weile. «Ich glaube, er will nicht …», meint er dann, zum
Lemming gewandt. «Der Fluch der Mumie lastet auf mir …
Wissen Sie, Herr Wallisch, der Mensch ist ein seltsames Tier:
Seinen Göttern verzeiht er alles, seinen Mitmenschen nichts.
Die Bosheit, die, wie er glaubt, von oben kommt, sieht er als
Schicksal und nimmt sie demütig an. Das Schicksal, das ihm
seinesgleichen bereitet, sieht er als Bosheit und lehnt es wut-
entbrannt ab. Er hat nicht viel Respekt vor sich selbst, der
Mensch; die Unterwürfigkeit steckt ihm im Blut, er ist der
geborene Speichellecker …»

Für einen kurzen Moment glaubt der Lemming, ein Licht zu erblicken, das draußen, vor dem Fenster, durch die Baumwipfel huscht. Er bildet sich ein, das Bellen von Hunden zu hören. Aber nichts. Nur eine Wunschvorstellung …

«Mit mir», fährt Tobler fort, während er ruhig das Skalpell ergreift, «mit mir willst du also nicht reden. Dem Buchwieser hast dafür alles haarklein erzählt, gell, Robert? Aufs falsche Pferd gesetzt, nennt man das wohl. Und dem Herrn Grock? Ein rhetorischer Wallach, nicht grad das perfekte Sprachrohr. Ich schätze, ich werd ihm trotzdem bald den Gnadenschuss geben müssen … Ja, und dem Herrn Wallisch? Vielleicht ist ja der das richtige Pferd … abgesehen davon, dass er momentan ein bisserl lahmt. Wie auch immer, der Herr Wallisch wird sowieso noch eingeweiht, von mir höchstpersönlich. Hoch und heilig versprochen …»

Die Zeit ist gekommen. Tobler spreizt mit der Linken die Zehe vom Fuß und schneidet. Er führt das Messer rund um die Zehe, Blut quillt hervor, tropft auf das Plastik. Es ist gar nicht so viel, denkt der Lemming. Gar nicht so viel … Tobler greift nun zur Schere, drückt ihre Spitze in die Wunde. Fährt energisch unter die Haut, hebt sie an, dehnt sie aus, stülpt sie um wie ein zu langes Hosenbein. Stärker pulsiert nun das Blut, strömt seitlich an Stillmanns Fuß hinab und sammelt sich in einem kleinen roten Teich um seine Ferse. Tobler klemmt eine Ader ab, bindet sie mit Nähgarn zu. Beginnt dann, das Fleisch vom Knochen zu schälen, zu kratzen. Der Lemming röchelt, als sei er Stillmanns akustischer Stellvertreter. Krotznig kommt ihm in den Sinn: Wäre Krotznig nur da … Jetzt wünscht er sich plötzlich den Todfeind herbei, ja sehnt sich nach ihm. Er will nur, dass das Grauen ein Ende findet, ganz egal, wie … Lass Robert Stillmann wenigstens die Sinne schwinden, denkt er schließlich, lass ihn bewusstlos werden und erlöse ihn von seiner Ohnmacht …

«Zwei Millionen», sagt Tobler jetzt, ohne von seiner Arbeit aufzublicken. «Zwei Millionen Schilling wollte der Buchwieser von mir … Nicht, dass ich das Geld nicht gehabt hätte. Aber man muss derlei Stillosigkeiten nicht auch noch unterstützen, finde ich. Wer den Wert der Kunst an ihrem Preis misst, hat weder die Kunst noch den Preis verdient. Verstehen Sie? Die *Mona Lisa* zu stehlen, um sie täglich beim Frühstück betrachten zu können, ist ein durchaus hehres Unterfangen. Sie aber zu stehlen, um sie zu verhökern, ist primitiv und geschmacklos. Dem Buchwieser hat einfach der ästhetische Sinn gefehlt. Man braucht sich nur seine eigenen kleinen Aktionen anzuschauen: unterste Schublade, sag ich nur. Purer Sadismus, reine neurotische Triebbefriedigung … Er war schlichtweg zu blöd, um von mir was zu lernen, ein klassischer Fall von Selbstüberschätzung … Nach seiner Kündigung vor zwei Wochen hat er mich also angerufen und erpresst. Zwei Millionen, oder er erzählt die ganze Geschichte weiter: der Frau Stillmann und der Zeitung … Ich hab ihm ein bisserl Honig ums Maul geschmiert: wie klug er ist und dass seine Schlauheit durchaus belohnt gehört. Dass ich aber noch Zeit brauche, um das Geld zu beschaffen. Ein paar Tage später haben wir uns dann den Treffpunkt zur Übergabe ausgemacht. *Café Dreher* …»

Tobler schmunzelt, während er mit mehreren kurzen Schnitten die Sehnen an der Zehenwurzel durchtrennt.

«Und das nach allem, was er mir zu verdanken hatte … Das Gspusi mit unserer schönen Pförtnerin zum Beispiel. Sie haben die Frau Bauer ja kennen gelernt, Herr Wallisch, und haben ihr gleich den halben Keller leer gesoffen; jedenfalls hat mir ihr Mann so etwas erzählt … Traurige Sache, sag ich Ihnen, völlig zerrüttete Ehe … Ohne mich hätt der Buchwieser seine kleinen Buchwiesers in der Klomuschel versenken können statt in der lauschigen Pförtnerloge unserer Concierge … Aber bitte, zugegeben, ich hab das traute Glück der Bauers nicht auf die Probe gestellt, damit der Buchwieser auch einmal zum Stich kommt. Die waren einfach reif für eine Lektion, für einen kleinen Liebestest. Und den haben sie nicht wirklich bestanden … Da sehen Sie's, Herr Wallisch: Vertrauen ist das A und O in jeder Beziehung. Würden die Menschen sich und einander mehr vertrauen, hätte Gott bald keinen Auftrag mehr …»

Es knirscht zwischen Dieter Toblers Fingern. Langsam dreht er Stillmanns Zehe aus dem Gelenk, durchschneidet eine letzte vergessene Sehne, die sie noch mit dem Fuß verbindet, und wendet sich dann, das abgetrennte Glied in der Hand, dem Lemming zu.

«Voilà! Hier haben Sie die Wurzel allen Übels: *diabetische Gangrän*. Bei Zuckerkranken kommt's leider oft zum Gewebe- und Knochenbrand. Da muss man stante pede handeln, da darf man als Arzt nicht lange fackeln, wenn grad kein Chirurg in der Nähe ist … Immerhin hat dieses Zecherl schon zwei Leute das Leben gekostet, und zwei weitere sind wohl nicht mehr zu retten, wenn ich das so unverblümt diagnostizieren darf … Aber keine Angst, Herr Wallisch, Sie kriegen den Rest Ihrer Wahrheit. Ich muss nur noch rasch die Wunde zunähen, damit auch alles gut verheilt. Dann ist unser Robert bald wieder der Alte …»

29 Unsterblichkeit ist weit mehr als der Sieg über den kleinen Geist des Menschen: Unsterblichkeit ist der Sieg über den Tod, der diesen Geist in seinen Klauen hält …

Da waren sie also, die beiden desolaten Liebenden, der Stumme und die Jungfrau, der Brave und die Heilige. Und noch einer war da, einer jener kleinen Bürger nämlich, deren liebstes Sportgerät die Karriereleiter ist. Ich will ihn den Krawattenmann nennen, denn seine Krawatte war Mittel und Zeichen seiner Gesinnung. Wie ein nervöser Alpinist, der sich auf seinem Aufstieg sichert, band er sie fest an jede neue Sprosse, die er erklomm. Wäre er gestolpert und abgerutscht, es hätte ihn seinen Hals gekostet. Kein Wunder, dass er sich auf den Schlips getreten fühlte, als ich ihn plötzlich, ohne es zu wollen, überholte: Man ließ mich wissen, dass ich für jenen leitenden Posten vorgesehen war, auf den er es von jeher abgesehen hatte …

Nachdem das Schicksal den Braven gelähmt, ihm gleichsam ins Hirnwerk gepfuscht hatte, durchschritt seine heilige Frau die üblichen Phasen der Enttäuschung: Entsetzen und Erschütterung zunächst, dann eine maßlose Wut, gefolgt von Verzweiflung, Trauer und Müdigkeit. Viele Menschen verharren in dieser Müdigkeit, bis sie der ewige Schlaf übermannt. Andere verdrängen das Gewesene, stornieren die Aufträge an ein vergangenes Leben und wenden sich einem neuen zu. Die Heilige tat weder das eine noch das andere. Sie wollte das scheinbar Unmögliche, sie wollte den Golem noch einmal zum Leben erwecken. Mir war es eine Freude, ihr dabei zu helfen.

Medizinisch gesehen funktionierte der Körper des Braven durchaus noch: Sein Herzschlag lief auf vollen Touren, er atmete ohne Probleme, auch seine Verdauung arbeitete einwandfrei. Aufs Vegetative reduziert, konnte er alles, was eine Pflanze können muss, vor allem aber eines: seinen Samen versprühen. Es kommt nicht von ungefähr, dass wir von *Fortpflanzung* sprechen statt von *Fortmenschung*; die Fähigkeit, sich zu vermehren, ist der kleinste gemeinsame Nenner des Lebens. Sie war auch ihm noch gegeben, dem Braven; sein kleiner schlaffer Penis tat zuweilen, was sein großer schlaffer Leib nicht mehr vermochte: Er richtete sich auf.

Und das blieb der Heiligen nicht verborgen.

Seit dem Tiefpunkt ihrer Hochzeit war etwa ein Jahr vergangen, als sie mich, nicht weniger verlegen als hoffnungsvoll, um Hilfe bat. Sie fragte mich, ob es möglich sei, von ihrem Mann ein Kind zu bekommen, einen kleinen Schössling von ihrem vertrockneten Zimmerpflänzchen, und sie erwies sich zugleich als wahre Mimose: Sie meinte, es sei ihr nicht bestimmt, mit ihm die Ehe zu vollziehen; seinen halb toten Leib zu besteigen käme einer Vergewaltigung gleich und daher keinesfalls infrage. Außerdem, so fügte sie schamhaft hinzu, sei es ihr unerträglich, sich auf derart prosaische Weise selbst zu entjungfern ... Die Defloration stand also der Bestäubung des Mauerblümchens im Wege, und das war weit mehr als eine Wortspiel: Es war der Auftakt zu einem Drama von biblischen Ausmaßen.

Ich versprach ihr also, eine Lösung zu finden, und sie vertraute mir so blind, dass sie sich dankbar von mir an die Hand nehmen ließ. Ich konnte sie führen, wohin immer ich wollte, und ich führte sie auch ans Ziel. Dass es ein anderes als das ihre war, bemerkte sie nicht ...

Ich verkaufte die Apotheke, die ich über die Jahre verpachtet hatte, suchte dann mit einem Teil des Erlöses einen jungen Frauenarzt auf, den ich aus meiner Studienzeit kannte, und machte ihm ein Angebot, das er nicht ablehnen konnte. Es kostete mich einen Batzen Geld und auch ein wenig Überredungskunst, doch schließlich war er bereit, das Ungesetzliche zu tun, der Jungfrau nämlich ohne Einverständnis ihres Mannes dessen Samen einzupflanzen.

Die Aktion musste nicht nur des Nachts geschehen, sie musste auch mehrmals vonstatten gehen: Wie der Frauenarzt uns wissen ließ, kommt es nur äußerst selten vor, dass eine künstliche Befruchtung auf Anhieb funktioniert. Zudem wurde das Krankenhaus, in dem ich beschäftigt war und in dem auch der Brave seine Wurzeln geschlagen hatte, als geschlossene Anstalt geführt. Ich schlich mich also alle vier Wochen, wenn die Heilige fruchtbar war, zur Pforte, um sie ihr und dem Gynäkologen zu öffnen. Trotz aller Umsicht mussten wir damit rechnen, dass uns über kurz oder lang ein Paar neugieriger Augen entdecken und dass schon bald Gerüchte über unser nächtliches Treiben kursieren würden. Das kam mir gar nicht ungelegen: Niemand sollte Zweifel an der Herkunft des Kindes hegen, wenn es denn einmal heranwuchs.

Einmal im Monat breitete der Frauenarzt seine Instrumente in einem unbenutzten Raum aus, der an das Zimmer des Braven grenzte. Nebenan machte sich indessen die Jungfrau an die Arbeit, getrieben von ihrer Mission, wenn auch nicht ganz ohne schlechtes Gewissen. Ihre Kleider konnte sie vorerst noch anbehalten, aber Hand anlegen musste sie trotzdem: Der Zapfhahn ihres Mannes hatte keine Fernbedienung.

Mir war die Aufgabe zugedacht, Wache zu stehen. Ich sollte vor der Zimmertür warten, bis der Brave fertig gemolken war und mir die Heilige den Gral herausreichte, den sterilen Becher nämlich, in den sie seinen Samen gefüllt hatte. Während sie ans Bett ihres Mannes zurückkehrte, um dem doch eher nüchternen Akt einen Touch von Romantik zu geben, ging ich ins Nebenzimmer und kredenzte dem Gynäkologen den frisch gepressten Lendensaft.

Er hatte ein rundes, elektrisches Gerät aufgebaut, eine Zentrifuge, wie er mir erklärte, die dazu diente, die kräftigen von den schwächlichen Samentierchen zu trennen. Er goss die Spermien in ein Röhrchen und schleuderte sie: Wer der Fliehkraft widerstand, der zählte zur Crème de la Crème, wer sich aber nach außen treiben ließ, der hatte bereits verloren. Ein politisch höchst lehrreicher Vorgang also, der da am Anfang des Lebens stand … Die so gewonnene Elitetruppe wurde dann in einen biegsamen Plastikschlauch umgefüllt, wo sie marschbereit auf ihren Kreuzzug in die Heilige wartete. Ich ging also, um sie zu holen, und bezog wieder meinen Posten vor der Tür, bis die Sache für dieses Mal erledigt war.

Wie ich erwartet hatte, begann man schon bald über uns zu munkeln, und wie es der menschlichen Natur nun einmal entspricht, ist es von der Fama bis zur Infamie nicht weit: Schon beim dritten Befruchtungsversuch tauchte unvermittelt der Krawattenmann auf und stellte mich zur Rede. Er ließ keinen Zweifel daran, dass er das verbotene Spiel durchschaut hatte, erhob seine Stimme und gestikulierte wie einer, der die moralische Entrüstung vor dem Spiegel trainiert hat. Was er in Wirklichkeit bezweckte, war mir völlig klar: Endlich hatte er eine vermeintliche Schwäche bei mir gefunden, die ihm die Möglichkeit gab, meinen Ruf zu beschädigen und mich bei der Obrigkeit anzuschwärzen. Es war natürlich nichts Persönliches, es ging ihm nur darum, meine beruflichen Chancen zu schmälern, um die seinen zu wahren.

Was soll es schon bringen, sich Feinde zu machen? Der mühsame Weg, auf dem er in den Himmel strebte, interessierte mich nicht. Ich brauchte nicht mehr hoch hinauszuwollen. Ich war es schon längst ... Also gab ich kurzerhand klein bei: Ich erklärte mich bereit, zu seinen Gunsten auf die Pfründe zu verzichten, die man mir in Aussicht gestellt hatte. Dafür sollte er sich in Schweigen hüllen und unsere Unternehmung für sich behalten.

Er war zufrieden, und ich war's nicht minder, denn ich hatte erreicht, was ich wollte. Vom standhaften Schweigen des Krawattenmanns gedüngt, sprossen bald neue Gerüchte aus dem Boden, verdrängten die alten und warfen ein strahlendes Licht auf mich: Man liebte mich für das, was ich getan hatte. Ich war der selbstlose Retter und Held der heiligen Jungfrau ...

Am Anfang war das Wort, und das Wort hieß: *Du*.

Man hat behauptet, du seist das Kind eines Mannes, der sein Leben verloren hat, noch ehe du gezeugt und geboren wurdest. Man hat behauptet, du seist das Kind einer Liebe, so stark, dass sie über die Zeit und das Schicksal triumphiert.

Heute, an deinem fünfzehnten Geburtstag, schenke ich dir die Wahrheit.

Ich habe damals nicht Wache gestanden. Ich habe nicht vor der Tür gewartet. Ich bin auf die Toilette gegangen, um dich aus mir herauszulocken. Jeden Monat aufs Neue. Beim vierten Mal bist du gekommen, als ich kam, und deine Mutter ist schwanger geworden. Genau genommen hast du also das Licht der Welt auf dem Klo eines Irrenhauses erblickt. Oder auf dem Himmelsthron, wenn dir das lieber ist …

Es war nicht schwer, die beiden Becher zu vertauschen, den falschen Gral mit dem richtigen. Der richtige war der, in dem du damals schon geschwommen bist: Du bist aus der Crème de la Crème de la Crème entstanden …

Unendlich viele Menschen vermehren sich, aber ihr Streben nach Selbstverewigung ist immer zum Scheitern verurteilt. Mit groben, ungeschickten Händen versuchen sie, geschönte Klone ihrer selbst zu modellieren. Sie drillen und drohen, dozieren und strafen; mit ihren jämmerlichen Überredungskünsten verwässern sie das Blut, verstümmeln sie den Geist ihrer Kinder. Was bleibt, ist nicht mehr als ein Stück ihres Fleisches, eine eigenwillig gebogene Nase vielleicht oder die Neigung zur Fettleibigkeit. Es ist erbärmlich.

Ein heilsamer Schock tut dir besser, mein Sohn.

Heute, an deinem fünfzehnten Geburtstag, schenke ich dir, und nur dir allein, diese Zeilen. Es gibt keinen besseren Zeitpunkt, um die Wahrheit zu erfahren. Sei du nur aufgewühlt. Du weißt schon: zuerst das Entsetzen, die Erschütterung, dann die maßlose Wut, gefolgt von Verzweiflung, Trauer und Müdigkeit. Sei ruhig enttäuscht, es ist das Beste, was dir passieren kann, weil es das Ende der Täuschung ist. Heute, an deinem fünfzehnten Geburtstag, schenke ich dir ein neues Leben. Nie wieder wirst du sein, was du gewesen bist, und wenn der Zorn und der Schmerz einmal verflogen sind, dann wirst du Geschmack an meinem Vermächtnis finden. Du kannst gar nicht anders. Die Lunte brennt bereits, dein geistiger Urknall steht kurz bevor.

Weißt du, warum der Gott deiner Mutter den Tod erfunden hat? Aus einem einzigen Grund: nur, um dir Angst zu machen. Deine Furcht ist sein Schlüssel zur Macht. Entreiß ihm diesen Schlüssel, und du beendest seine Herrschaft. Stürz also Gott von seinem Thron, mein Sohn, nimm seinen Platz ein, wie dein Vater es getan hat, und hab Spaß. Hab einfach nur enorm viel Spaß ...

Was mich betrifft, so habe ich den Tod schon lange, bevor es dich gab, zu beherrschen gelernt. Durch dich beherrsche ich nun auch das Leben: Mein Geist wird in dir fortbestehen; ich vermache ihn dir in diesem Testament.

Weißt du, wie frei wir ohne Ängste, ohne Wünsche sind? Wenn uns jedes erdenkliche Schicksal gleich viel gilt, wenn uns Leben und Tod also vollkommen gleichgültig sind? Grenzenlos frei, das kannst du mir glauben. Unendlich, unendlich frei ...

30

«Unendlich, unendlich frei ...», murmelt der Lemming.

Er schließt das lederne Buch, das vor ihm liegt, wendet sich ab und erbricht sich auf den feuchtkalten Boden. Zum dritten Mal in dieser Nacht? Zum vierten? Er weiß es nicht mehr.

Stockfinster ist es über ihm und totenstill. Nichts als der runde, helle Fleck, in dem er kauert, der ruhige Schein der Petroleumlampe, der die Decke nicht annähernd erreicht. Wie spät mag es wohl sein? Ist die Sonne schon aufgegangen? Wie viele Stunden sind verstrichen, seit Tobler ihn hierher gebracht hat?

Verschwommen ist die Erinnerung. Der Arzt hat Robert Stillmanns wunden Fuß versorgt, nach allen Regeln der Kunst, soweit der Lemming das zu beurteilen vermochte. Hat die Haut vernäht und verbunden, hat schließlich die Reste beseitigt, die blutigen Tücher und Tupfer, die Handschuhe und das Skalpell. Ist dann mit dem Lemming in die Nacht hinausgefahren.

Der Regen war weitergezogen, die Wolken hatten sich gelichtet. Der Mond hat Bäume und Büsche in blassblaues Licht getaucht: ein schöner, ein traumhafter Anblick. Gute Bedingungen auch für die nächtliche Großfahndung, hat der Lemming gedacht. Es wird noch alles gut, zumindest das, was noch gut werden kann. Krotznigs Leute werden mich finden …

Aber da sind keine Leute gewesen. Und keine Scheinwerfer, und auch kein Hundegebell. Adolf Krotznigs unverbrüchlicher Wille, den Lemming höchstselbst zu vernichten, hat wie ein trotziges Schweigen über der Landschaft gelegen. Keine Verstärkung, kein Suchtrupp, nur dieser stille, schwarze Wald, durch den Tobler den Rollstuhl geschoben hat: ein Totenacker für den letzten Hoffnungsschimmer, ein Friedhof wohl auch für den Lemming selbst.

Die üblichen Phasen der Enttäuschung? Nein. Da war einfach keine Kraft mehr für Entsetzen und Wut und Verzweiflung. Stattdessen ist der Lemming gleich zur Müdigkeit übergegangen. Hat die Augen geschlossen, hat endgültig kapituliert. Ist fast auf der Stelle eingenickt, den einzigen, letzten Gedanken im Kopf: Krotznig, du verbohrter Supertrottel …

Und wieder ist es nicht vorbei gewesen. Wieder nicht ...

Die Wirkung der Spritze ist abgeklungen, der Druck nach und nach von der Brust des dösenden Lemming gewichen. Er ist nicht erstickt. Natürlich nicht. Tobler hatte ihm ja die versprochene Wahrheit noch nicht präsentiert ...

Jetzt liegt sie vor ihm, die Wahrheit: das lederne Notizbuch, das ihm der Arzt zum Schluss in seinen Kerker geworfen hat. Rosafarbene Seiten, ungelenke Schrift: die Offenbarung des Dieter, das dritte Testament, die Bibel dieses selbst ernannten apokalyptischen Gottes ... Toblers Vermächtnis. Der Lemming räuspert sich, dass es von den nackten Wänden hallt, und spuckt auf das Buch. Kaum widersteht er dem ungeheuren Drang, es zu zerreißen, zu verbrennen. Doch es macht keinen Sinn, das Machwerk zu vernichten: Tobler wird es noch einmal schreiben. Wahrscheinlich besitzt er bereits ein Duplikat. Nächste Woche wird er es Simon zum Geburtstag schenken. Simon, seinem jungferngeborenen Sohn ...

Aber der Reihe nach.

Irgendwann hat der Arzt den Lemming sanft an der Schulter gerüttelt. «Tut mir Leid, dass ich Sie wecken muss», hat er ihm zugeraunt. «Ich hoffe, es geht Ihnen besser; wir sind gleich am Ziel ...»

Ein paar Meter ist es noch durch das Unterholz gegangen, dann haben sich vor den Augen des Lemming die Zweige geteilt und den Blick auf ein mehr als verblüffendes Bild freigegeben. Wild umrankt erhob sich da eine Kathedrale im silbernen Mondschein, als wäre sie eben erst aus dem Boden gewachsen. Ein winziger Dom allerdings, schon eher ein Dömlein, und dennoch schien es mit seinen großen Geschwistern in Wettstreit treten zu wollen: Schlank und elegant schraubten sich Pfeiler und Türmchen in die Höhe; das filigrane Giebelwerk, die verspielten Friese wirkten wie in der Bewegung erstarrt. Erst bei näherer Betrachtung hat der

Lemming gemerkt, wie verfallen das Bauwerk in Wirklichkeit war; abgeblättert der Verputz, brüchig die Ziegel darunter, die hohen Spitzbogenfenster vermauert und blind.

«Und hier unser kleines Architekturjuwel», hat Tobler mit dem leicht gelangweilten Tonfall eines unterbezahlten Fremdenführers gesagt. «Die Sisi-Kapelle. Es handelt sich um das seltene Exemplar eines im, ich würde sagen, postromantisch-gotizistischen Stil entworfenen Mausoleums. Errichtet im Jahr 1854 anlässlich der Hochzeit unseres seligen Kaisers Franz Joseph mit seiner reizenden Sisi. Der Erbauer, ein gewisser Freiherr von Sothen, ist übrigens später von seinem Oberförster erschossen worden, und wissen Sie, wie der Förster g'heißen hat? Hietler hat er g'heißen, aber das nur nebenbei … Der Freiherr und seine Frau haben hier jedenfalls ihre letzte, wenn auch ein bisserl unruhige Ruhestätte gefunden. Im Zweiten Weltkrieg ist die Kapelle schwer beschädigt worden, dann peu à peu ausgeplündert und angeblich sogar von Teufelsanbetern entweiht – schwarze Messen, sag ich nur. Deshalb hat man sie schließlich zugemauert. Aber …», Tobler ist nun an die Seite des Lemming getreten und hat die Pistole gehoben, «aber wir haben keine Mühen und Kosten gescheut, um unseren interessierten Gästen einen Blick ins Innere zu ermöglichen … Können Sie aufstehen? Natürlich können Sie: Wenn Ihr Leibarzt das sagt …»

Und ein weiteres Mal hat der Lemming gehorcht. Ihm wäre auch nichts anderes übrig geblieben: keine Wäschemangel weit und breit, und die Kraft in seinen Gliedern hat gerade noch dazu gereicht, um sich auf schwankenden Beinen zu halten. Also ist er, Tobler voran, auf die Grabstätte zugetorkelt. Der Arzt hat ihn mit Waffe und Taschenlampe um das Gebäude dirigiert, bis er zu einem hohen Gebüsch an der Seitenfront gelangte.

«Bitte einzutreten», hat Tobler gesagt und das Dickicht angestrahlt. Und wirklich: Von den Blättern verborgen, war da ein Riss in der Wand, mannshoch und gerade breit genug, um sich mit angelegten Armen durchzuzwängen.

«Brav so … Gehen Sie jetzt vier Schritte nach links und probieren S' keine Dummheiten. Wenn Sie dadrinnen stolpern, ist Ihre Nase das Geringste, was Sie sich brechen …»

Dann sind sie in der Kapelle gestanden, in dieser schwarzen, nach Fäulnis stinkenden Ruine. Kalt war es hier, kälter als draußen. Der Lemming hat seinen Schlafrock enger gezogen. Er hätte sich gern auf den Boden gehockt, sich hingelegt, um weiterzuschlafen …

«Ein bisserl Geduld noch, Herr Wallisch. Sie werden bald Ihre Ruhe haben … Drei Schritte vor, wenn ich bitten darf. Und jetzt nach rechts. Weiter … weiter … Stopp!»

Die ganze Zeit über hatte Tobler die Lampe auf seinen Gefangenen gerichtet, jetzt aber hat er sie gesenkt, und da, keine zehn Zentimeter vor den nackten Füßen des Lemming, ist der Abgrund zwischen den Steinplatten sichtbar geworden. Ein kreisrunder Kessel von ungefähr zwei Meter Durchmesser, der senkrecht in die Tiefe führte. Auf der gegenüberliegenden Seite hat der Lemming die oberste Sprosse einer Leiter erblickt, die aus der Schlucht ragte.

«Und hier», hat Tobler gesagt, «der Abgang zur Krypta. Unten ist alles verschüttet, zum Teil auch vermauert; man kommt also leider nicht in die Gruft. Vielleicht ist Ihnen das ja ganz recht: So kann Sie der Herr von Sothen nicht belästigen. Er soll ein ziemlich unangenehmer Mensch gewesen sein … Na kommen S', Herr Wallisch, nur immer munter voran. Die Wahrheit ruft …»

Vier, fünf Meter vielleicht ist der Lemming hinuntergestiegen, bis er wieder festen Boden unter den Füßen hatte. Tobler hat sofort die Leiter hochgezogen und, gewissermaßen als Entschädigung, das Buch in die Grube geworfen.

«Sie werden sich schon zurechtfinden», hat er dem Lemming zugerufen. «Ich muss jetzt den Rollstuhl zurückbringen und ein wenig die Lage peilen. Wer weiß, vielleicht hat man den Mörder vom Herrn Balint inzwischen gefasst ...»

Und weg war der Arzt. Hat nichts zurückgelassen als die Wahrheit und die Finsternis. Eine Zeit lang hat der Lemming nur so dagesessen und gegen den Schlaf angekämpft. Aber schließlich hat er sich aufgerafft und damit begonnen, sein Verlies zu untersuchen. Auf Knien ist er über den schlüpfrigen Boden gerutscht, bis seine Hände die Petroleumlampe ertastet haben. Gleich daneben ein Feuerzeug: Dieter Tobler hatte an alles gedacht.

Im Licht der Lampe hat der Lemming erkannt, dass eine Flucht aus diesem Loch unmöglich war. Zwar hat sich an einer Seite ein bogenförmiger Gang geöffnet, aber der reichte nicht tiefer als einen Meter in die Wand: Eine Halde aus Schutt und Erde hatte ihn versiegelt. Die Wände selbst waren aus glattem, feuchtem Stein, sie boten dem Kletterer keinerlei Halt. Ein perfekter Kerker also, perfekt jedenfalls aus der Sicht des Kerkermeisters.

Damit war wohl auch eine weitere Frage geklärt, nämlich die nach Nestor Balints Verbleib in den letzten drei Tagen. Höchstwahrscheinlich war auch der Geiger in diesem Kessel gefangen gewesen, bevor er von Tobler der Waschtrommel zugeführt wurde. Und wie zur Bestätigung seiner Gedanken ist dem Lemming in einer Ecke der Nische ein Häufchen aufgefallen, klein und verschämt, notdürftig mit Erde bedeckt ...

Da hat er sich das erste Mal übergeben. Und dann noch dreimal, während er Toblers Vermächtnis gelesen hat. Jetzt weiß er es wieder, der Lemming, jetzt hat er sein Gedächtnis wieder im Griff ... Er lehnt sich zurück. Schließt die Augen. Aus dem Erdreich auf der anderen Seite lösen sich einige Steine und kullern herab. Zwei Hände wühlen sich durch den Schutt, vertraute Altersflecken auf der dünnen Haut. Die Großmutter.

«Will der Poldi schlafen gehn, muss er z'erst das Licht abdrehn», mahnt sie und wischt sich den Schmutz von der Schürze.

«Mach ich ja gar nicht», murmelt der Lemming. «Viel zu müde zum Schlafen … und durstig …»

«Nicht dass d' mich anschwindelst, Bub …»

«Ehrlich … Der Durst bringt mich noch um …»

«Geh, reiß dich zusammen, Poldi. Dein Opapa und ich, wir haben damals ganz andere Sachen durchgemacht …»

Der Lemming schreckt hoch. Schüttelt die Traumbilder ab. Not ist die Schwester der Sparsamkeit, hat seine Großmutter immer gesagt, und Chaos der Bruder der Ordnung. Oder war es umgekehrt? Egal. Er dreht den Docht der Lampe nach unten, bis die Flamme zum Flämmchen wird, bis sie errötet und endlich verlischt.

31

Über die goldenen Felder rasen die Wolken. Ihnen entgegen hebt sich der Blick des Betrachters im Flug, gleitet und schwebt im Pfeifen des Windes, richtet sich dann auf das wogende Weizenmeer. Zwischen den schwirrenden Nebeln lassen sich vier Gestalten erkennen, die laufen und springen, halb von den Ähren verborgen, in südlicher Richtung. Sie haben einander die Hände gereicht: Seite an Seite ziehen sie so ihre Spur durchs Getreide; wäre der Sturm nicht so laut, man könnte sie jauchzen hören. Wallend und weiß sind ihre Gewänder, die flatternden Ärmel, bunt nur die fröhlichen Mützen auf ihren Köpfen …

Außen läuft Hanno, der Inka, sein mächtiger Leib ist von

seltsamer Leichtigkeit; neben ihm Theo, der Pfleger, ein seliges Lächeln auf dem Gesicht. Ihm folgt Willi Tourette mit großen, glänzenden Augen, und schließlich … er selbst. Der Lemming. Schwerelos, unversehrt, glücklich. Er singt …

«Die Sonne, der Regen, der Wind und der Schnee, der himmlische Segen von Faun und von Fee …»

Déjà-vu. Ein klassisches Déjà-vu, denkt der Lemming. Wo habe ich das schon erlebt? Und er beginnt, seinen Geist nach der Erinnerung zu durchkramen wie eine Jukebox, die nach der richtigen Platte sucht.

Was man zerteilt, zerlegt, das funktioniert nicht mehr. Oder, um es mit den Worten Karl Kraus' zu sagen: *Psychoanalyse ist die Krankheit, für deren Therapie sie sich hält* … Und so zerrinnt das schöne Bild; Hanno und Theo und Willi verblassen. Der Lemming erwacht.

Nach wie vor herrschen Stille und Dunkelheit. Nur eine Kleinigkeit scheint sich geändert zu haben, seit ihn der Schlaf übermannt hat: Die Finsternis wirkt nun um eine Spur weicher; ins undurchdringliche Schwarz mischt sich ein vager Hauch von Dunkelgrau. Der Lemming hebt blinzelnd den Kopf. Er hat sich nicht getäuscht: Weit oben, an der Decke der Kapelle, wird ein schmaler, blasser Lichtstreif sichtbar, gleichsam ein Abklatsch des Tages, der Sonne, eine Schablone der Wirklichkeit wie die Schattenbilder im berühmten Höhlengleichnis Platons … Der Lichtstreif flackert ein wenig, verliert für einen Augenblick an Helligkeit, um gleich danach wieder aufzuleuchten. Wahrscheinlich ein Windstoß, der mit den Zweigen spielt, denkt der Lemming. Nur dass er kein Raunen, kein Blätterrauschen vernehmen kann. Dann aber, plötzlich, ganz leise, dringt etwas anderes an seine Ohren …

«Wir tanzen, wir tanzen bei Tag und bei Nacht …»

Der Lemming springt auf, verwundert, dass ihn die Beine

noch tragen, und schreit, nicht minder erstaunt von der Kraft seiner Stimme.

«Hallo! … Hallo!»

«… und loben und preisen die irdische Pracht …»

So tief es geht, holt er jetzt Luft, füllt sich die Lungen, bis sie zu platzen drohen, und brüllt. Springt dabei auf und nieder in seinem Verlies, krallt die Finger in Spalten und Ritzen der steinernen Wand, bis sie bluten. Und brüllt. Und brüllt.

«Hilfe! Hilfe! Hier bin ich! Hier!»

Und dann, der Lemming kann es kaum glauben, erstirbt der Gesang. Er klingt nicht langsam ab, entfernt sich nicht, nein, er verstummt mit einem Schlag.

«Hallo! Hier!»

Die Lampe, fährt es dem Lemming im selben Moment durch den Kopf. Man kann mich hier drinnen nicht sehen. Der Abgrund. Die Finsternis … Schon malt er sich aus, wie vier schwergewichtige Frauen aus vier Meter Höhe auf seinen Schädel fallen – eine Pointe, auf die er mit Freuden verzichten kann. Und so tasten die zitternden Hände geschwind nach dem Feuerzeug, suchen die Lampe, zünden sie an.

«Hier! Hier im Brunnen!»

Es dauert nicht lange, da gehen vier Monde auf, vier helle, runde Gesichter, die sich, eins nach dem anderen, über den Rand der Grube schieben.

«Schau doch! Der Süße!»

«Was machst du denn da?»

«So süß …»

«Willst du mit uns tanzen gehen?»

Ein verlockendes Angebot. Da muss der Lemming nicht lang überlegen.

«Ja», ruft er hinauf. «Gerne, sehr gerne. Gehen wir tanzen …»

«Das wird lustig!»

«Ja, das wird sicher lustig. Ihr müsst mir nur die Leiter herunterlassen. Die muss irgendwo da oben liegen …»

«Hast du sie denn vergessen?»

«Ja, leider. Hab's zu spät gemerkt, als ich schon hier unten war …»

«Ist der süß …»

«So süß …»

Der warme Boden. Das schillernde Grün des Waldes. Der Gesang der Vögel in den Baumkronen: Ein herrliches Gefühl ist das, ein einziges Fest für die kalten Füße, die ausgehungerten Sinne. Während der Lemming ins Freie tritt, fügt er dem Lied der vier Nymphen im Geist eine weitere Strophe hinzu: Die Sonne, die Wärme, das Licht und die Luft, der Gräser und Blumen unschätzbarer Duft …

Sie haben es also geschafft. Haben die Leiter gefunden und sie mit vereinten Kräften, nicht weniger achtsam als unbeholfen, in die Gruft hinabgelassen. Haben den Lemming befreit. Und wie um sein Glück noch zu steigern, nimmt ihn nun eine der vier an der Hand und sagt:

«Komm, wir wollen draußen tanzen …»

«Wir tanzen immer draußen», meint kichernd eine der anderen.

«Du darfst es aber keinem erzählen; es ist unser großes Geheimnis …»

Keine zehn Meter hinter der Sisi-Kapelle erhebt sich, halb von mächtigen Sträuchern verdeckt, die Mauer der Klinik. Hier oben, in der vergessenen nördlichen Ecke des Geländes, trägt sie ein anderes Gesicht als vorne beim Pförtnerhaus. Rissig, verwittert, zerfurcht steht sie da, überwuchert von Moosen und Farnen, gezeichnet vom Wechsel der Jahreszeiten. In Würde gealtert, immer noch rüstig zwar, aber im Abbau begriffen.

«Komm, na komm schon, hier ist es …»

Der Lemming wird ins Unterholz gezerrt. Er fängt schon jetzt zu tanzen an, hüpft über Dornen und spitze Steine, die seine Fußsohlen malträtieren, kämpft gegen Zweige, die ihm ins Gesicht schnalzen, taumelt strauchelnd durchs Gesträuch. Und dann, inmitten der Stauden, sieht er die Pforte im brüchigen Mauerwerk, den völlig verrotteten Rest einer Tür. Das also ist er, der Fluchtweg der Downie-Girls, der ihrem armen Pfleger Theo so viel Kopfzerbrechen bereitet: verwildert, verwachsen, auch von der anderen Seite der Mauer nicht zu erkennen, ein wundervolles Geheimnis …

Weiter wird der Lemming fortgerissen, bis er endlich, halb gezogen, halb geschoben, aus den Büschen bricht. Er wendet den Kopf und kann es kaum fassen: Die *Ulmen* liegen hinter ihm.

Freiheit, denkt er, Freiheit. Alles ist gut …

«Wir tanzen, wir tanzen …»

Sie halten ihn fest und lassen ihn nicht mehr los, sie wirbeln mit ihm durch das Laub, dass es aufstiebt bis zu den Hüften. Vier Feen, ein Faun im wogenden Reigen, ein nicht eben sehr elegantes Panoptikum pirouettierender Waldgeister, plump die einen, verwirrt und erschöpft der andere, aber trotz aller Schwerfälligkeit ein Ausbund an Lebenslust. Auch die Gedanken des Lemming tanzen jetzt, sie durchtanzen die jüngsten Ereignisse, die ihn aus seiner wasserdurchfluteten Wohnung in diesen lichtdurchfluteten Wald geführt haben. Noch einmal durchlebt er im Geist das ganze Geschehen, den Schrecken, den Irrsinn, den Schmerz und die Angst der letzten drei Tage. Und während sich seine Erinnerung in zügigem Tempo der Gegenwart nähert, verlangsamen sich seine Schritte. Er löst seine Hände aus jenen der Frauen und bleibt stehen.

Nichts ist gut.

Nichts ist gut für den kleinen, verschrobenen Grock, der sich in höchster Gefahr befindet. Nichts ist gut für Simon Still-manns junges Gemüt, das bald für immer zerstört zu wer-den droht. Nichts ist gut für Rebekka, die an der furchtbaren Wahrheit zerbrechen wird. Stummer denn je gellt Robert Stillmanns verzweifelter Hilferuf: Auch für ihn ist nichts gut. Und schließlich für den Lemming selbst: Nach wie vor trach-ten ihm Krotznig und Tobler nach dem Leben, nach wie vor gilt er als der Mörder Balints und Buchwiesers, nach wie vor vermag er das Gegenteil nicht zu beweisen. Denn der einzige Hinweis auf seine Unschuld ist Toblers Notizbuch, Toblers Vermächtnis ...

Und das hat er in der Kapelle vergessen.

Gar nichts ist gut.

«Was ist denn mit dir? Tanz doch weiter ...»

«Ich kann nicht ...», murmelt der Lemming und schüttelt den Kopf. «Ich kann nicht mehr ...»

Klein und verzagt und gebeugt, geknickt von der eigenen Unbedachtheit, so verlässt er seine Gefährtinnen, um in die Klinik zurückzukehren.

Noch einmal kämpft er sich durch das Gestrüpp, humpelt, so schnell es ihm möglich ist, auf die Kapelle zu, schlüpft durch den Wandspalt ins Innere. Die Lampe brennt immer noch in der Grube, weist ihm den Weg, ein Glück nur, denkt er, dass sie von der sparsamen Großmutter nicht gelöscht wor-den ist ... Er tastet sich vor, klettert die Leiter hinab. Hebt das Buch auf und schiebt es rasch in die Tasche von Balints Sakko.

Jetzt nichts wie raus hier, denkt er, weg von diesem wider-lichen Ort und auf direktem Weg in die Stadt hinunter. Am besten sofort zum nächsten Anwalt. Oder doch zur Polizei? Es gibt auch andere Krimineser als Krotznig, solche, deren Blick nicht getrübt ist von Hass und Borniertheit und Eng-herzigkeit. Solche, die sich vor den Lemming stellen, ihm zur

Seite stehen und ihm den Rücken decken werden. Eigentlich gibt es *nur* andere Krimineser als Krotznig; ihm kann keiner das Wasser reichen …

Abermals zwängt sich der Lemming jetzt durch den Riss in der Mauer. Schließt kurz die Augen, blinzelt, um sich an das gleißende Licht zu gewöhnen. Hebt dann den Kopf … und blickt in ein schwarzes Loch.

Ein wohl bekanntes schwarzes Loch.

Kugelrund.

Durchmesser neun Millimeter.

«Servus, Burli …»

Neben ihm malt die Sonne den Schatten des Teufels an die Wand, und als wäre einer nicht genug, tritt prompt noch ein zweiter hinzu: hoch gewachsen und hager, mit fröhlich zerzauster Frisur.

«Herr Wallisch, Herr Wallisch … Was machen S' denn für Sachen?» Einen tief bekümmerten Ausdruck auf dem Gesicht, bleibt Dieter Tobler neben Krotznig stehen. «Stimmt das, was mir der Herr Kommissar da erzählt? Dass Sie den Herrn Balint … Ich kann's gar nicht fassen …»

«Und den Buchwieser …», meint Krotznig grimmig, ohne den Blick vom Lemming zu wenden. «Den Buchwieser dürfen S' net vergessen, Herr Doktor. Den hat er auch abgekragelt …»

«Eine furchtbare G'schicht … Also ich weiß gar nicht, was ich sagen soll … Herr Kommissar, wenn ich noch irgendwas tun kann …»

«Gar nix, Herr Doktor, gar nix. Sie haben Ihnen eh schon genug verdient gemacht, weil ohne Sie hätt i die Sau … also hätt i den Herrn Wallisch da in der Einschicht sicher net g'funden … Jedenfalls besten Dank im Namen der Republik, der Rest ist eine reine Amtshandlung …»

«Dann kann ich jetzt gehen?»

«Aber sicher, Herr Doktor. Wir melden uns dann bei Ihnen ...»

Dieter Tobler dreht sich um, macht zwei Schritte, hält dann noch einmal inne.

«Ach, Herr Kommissar, bevor ich's vergesse ...»

Der Arzt steht nun schräg hinter Krotznig, halb verdeckt von dessen breitem Leib. Über der Schulter des Majors sind nur seine Augen zu sehen, freundliche Augen, wach und ein wenig verschmitzt.

«Ja bitte, Herr Doktor?»

Kurz blitzt es auf in diesen freundlichen Augen, so, als wäre Tobler eben ein besonders guter Scherz eingefallen; dann krachen zwei Schüsse.

Für einen Moment scheint die Zeit stillzustehen. Sogar die Vögel halten den Atem an. Der Lemming starrt auf Krotznig, der nach wie vor seine Dienstwaffe auf ihn richtet. Krotznig starrt auf den Lemming wie jemand, der plötzlich versteht, dass er gar nichts versteht. Blöde, unendlich blöde ist der Ausdruck auf seinem Gesicht, der Mund, der nach der Art der Karpfen auf- und zuklappt, sein leicht zur Seite geneigter Kopf, die zitternden Schnurrbartspitzen. Nach langen Sekunden erst, ganz gemächlich, sinkt Krotznig auf die Knie.

Jetzt ist er es, der vor dem Lemming kniet, jetzt ist er es, der seine Lippen zum letzten Gebet öffnet.

«Du Oasch ...»

Und so, als hätte der Herr Major mit diesen zwei Worten das wohl überlegte, geistvolle Resümee seines Lebens gezogen, so, als gäbe es diesem prägnant formulierten Extrakt seines Daseins nun nichts mehr hinzuzufügen, kippt er nach vorne und rührt sich nicht mehr. Major Adolf Krotznig ist tot.

«Komischer Mantel ...»

Dieter Tobler, durch den Fall des Bezirksinspektors wieder in vollem Umfang sichtbar geworden, grinst und deutet auf die steifen Mantelschöße Krotznigs, die krumm und zerknittert nach oben ragen. «Ziemlich schlecht gebügelt …», fährt er fort, während er mit erhobener Pistole auf den Lemming zutritt. «Außerdem ist er undicht …»

Das stimmt allerdings. In der Mitte des Krotznig'schen Rückens lassen sich nun zwei winzige Löcher erkennen. Wie hat der Major die silberne Waffe so treffend genannt? *Schwuchtelrevolver* … Für seine Lederrüstung hat sie allemal gereicht …

«Aber bitte, ich will mich nicht mokieren … De mortuis nihil nisi bene, das betrifft auch die Toilette der Toten …», sagt Tobler jetzt. «Als Arzt hat man sich schließlich um die Lebenden zu kümmern. Wissen Sie eigentlich, Herr Wallisch, dass Sie mir wirklich ein Rätsel sind?»

Der Lemming schweigt. Er ist auch nicht ganz bei der Sache, nicht voll aufs Gespräch konzentriert. Zwei andere Dinge bewegen sein Gemüt weit mehr: Da ist zunächst der seltsam schockierende Anblick des Toten, der vor ihm auf dem Boden liegt. Nicht, dass ihm bei diesem Anblick das Herz gebrochen wäre. Krotznig hat sich eigentlich kaum verändert; er ist schon zu Lebzeiten nur eine leere Hülle gewesen. Nein, die Plötzlichkeit des Geschehens ist es, die den Lemming erschüttert, vor allem aber die Leichtigkeit, mit der dieser geifernde Primat, diese Entgleisung der Natur, dieser Gipfelstürmer der Niedertracht, dieser Schandfleck aus seinem Dasein radiert worden ist. Ein winziger Druck auf den Abzug, so einfach, so unspektakulär … Ist ein solcher Tod dem Leben Krotznigs angemessen? Kann man so nebenbei Abschied nehmen von seinem ewigen Gegner, seiner steten Bedrohung, seinem jahrelangen Herzensfeind?

Man kann.

Der Lemming wendet sich also der zweiten, weitaus brisanteren Frage zu: Warum hat Dieter Tobler das getan? Im Grunde ahnt er die Antwort bereits, er kennt das Gefühl, vom Regen in die Traufe zu geraten, von der Traufe in den Sturzbach, vom Sturzbach in den Dammbruch … Wenn Krotznig ein Schandfleck war, dann ist Tobler eine ganze Müllhalde. Sondermüll, wohlgemerkt: strahlend und absolut tödlich …

«Wirklich, Herr Wallisch. Sie überraschen mich doch jedes Mal aufs Neue. Wie um alles in der Welt sind Sie aus der Gruft getürmt? Falls Sie geflogen sind, muss ich Sie auf einen klassischen Stilbruch hinweisen: Der mit den Flügeln war nicht Odysseus, sondern Ikarus. Und wie wir ja wissen, ist er dem Himmel ein bisserl zu nahe gekommen …»

Tobler wartet vergeblich auf Antwort. Er seufzt.

«Sie wollen also nicht mit mir reden. Sie halten mich für, wie soll ich sagen … für das Böse schlechthin. Und mit dem Bösen spricht man nicht, das haben wir ja von klein auf gelernt. Man könnte sich daran infizieren, stimmt's?»

Langsam hebt jetzt der Lemming den Kopf, blickt dem Arzt ins Gesicht.

«Nein», sagt er ganz leise. «Nein. Sie sind nur … unglaublich verspielt …»

Einen Moment lang scheint es so, als wäre Dieter Tobler ehrlich verblüfft. Sein schalkhaftes Grinsen friert ein, taut dann als warmes Lächeln wieder auf. In seine Augen tritt ein weicher Glanz.

«Schade, dass wir einander nicht früher begegnet sind. Ich hätte viel Spaß mit Ihnen haben können … noch mehr Spaß, als ich ihn sowieso schon hatte. Sie sind so herrlich … sensibel.» Mit dem versonnenen Ausdruck eines Kindes, das den letzten Bissen Schokolade genießt und zugleich bedauert, betrachtet Tobler den Lemming. «Aber es hilft ja nichts», meint er endlich und zuckt die Achseln. «Wir sollten die Sache zu Ende bringen, bevor man uns hier aufstöbert. Gut möglich, dass man die Schüsse drüben in *Walhall* gehört hat … Also drehen Sie sich um, Herr Wallisch, und gehen S' dann ein paar Schritte rückwärts …»

Der Lemming gehorcht. Ihm bleibt keine andere Wahl. Viel zu müde sind seine Beine, als dass er weglaufen könnte, viel zu wund seine Fußsohlen. Viel zu nahe ist er dem Arzt, um kein perfektes Ziel für dessen Kugeln abzugeben, aber viel zu weit weg, um einen Angriff zu wagen. Viel zu weit entfernt liegt auch *Walhall,* um in den folgenden zehn Minuten mit Hilfe rechnen zu können.

«Gut so. Bleiben S' jetzt stehen. Ich sag Ihnen, was wir als Nächstes machen. Ihre Wahrheit haben Sie ja gehabt, wie versprochen. Mein Buch haben S' wahrscheinlich irgendwo versteckt; ich glaube kaum, dass Sie so dumm waren, es zu verbrennen: Erstens wäre es Ihr Ticket in die Freiheit g'wesen, wenn noch ein Zug dahin gefahren wär, und zweitens brauch ich's noch; es ist nämlich mein einziges …»

Obwohl Dieter Tobler nun hinter ihm steht, kann der Lemming sein schelmisches Schmunzeln spüren, seinen Triumph.

«Das hätten Sie nicht geglaubt, oder? Also wollen Sie mir verraten, wo Sie es gelassen haben? Oder liegt es etwa noch unten in der Krypta, beim Freiherrn von Sothen? Egal, ich kann es nachher auch noch suchen … Was wir also tun werden, Herr Wallisch, ist so einfach wie ruhmreich: Wir verschaffen Ihnen einen Ehrenplatz in der österreichischen Kriminalgeschichte. Sie haben den Ferdinand Buchwieser auf dem Naschmarkt abgemurkst, dann psychiatrische Hilfe *Unter den Ulmen* gesucht, hier heroben den armen Nestor Balint kaltgemacht, und später, auf der Flucht, den netten Herrn Kommissar ins Jenseits befördert. Akute Psychose, würde ich sagen, ein äußerst schwerer Fall. Und weil Sie's am Ende nervlich nicht mehr ertragen haben, haben Sie …»

… haben Sie sich selbst erschossen, denkt der Lemming den

Satz zu Ende. Er reißt die Arme hoch, wirbelt herum, doch zu spät. In seinen Ohren explodiert schon der Schuss. Ein Knall, der ihm das Trommelfell zerfetzt …
Beinahe jedenfalls.
So also ist es, wenn man stirbt …
Beinahe jedenfalls.

Auf dem Boden findet sich der Lemming wieder, und er findet sich am Leben. Lange liegt er nur so da, mit aufgerissenen Augen, und lauscht dem Dröhnen in seinem Kopf. Schließlich hebt er die Hände, ganz vorsichtig, und betastet seinen Körper, sein immer noch angstverzerrtes Gesicht, seine Schläfen. Keine Schmerzen, keine neuen jedenfalls. Keine Löcher in seinem Leib, die nicht schon vorher da gewesen sind. Nur Blut, frisches Blut, und davon eine ganze Menge …
Um ihn und auf ihm ist nicht mehr viel Leben. Rechts die gläsernen Augen Adolf Krotznigs, die wachsbleiche Haut, der halb geöffnete Mund, aus dem es noch immer ein wenig nach Kognak riecht. Und links Dieter Tobler.
Sein schlanker Leib liegt im saftigen Gras, sein roter Schopf ist auf der Brust des Lemming zur Ruhe gekommen. Sehr rot, dieser Schopf, und dieses Rot kommt von innen … Über dem Haaransatz hat sich ein Krater aufgetan, ein kleiner Vulkan aus Knochen und Hirn, dort sickert es munter heraus, rinnt über die Stirn des Arztes und tropft auf Nestor Balints weißes Hemd, auf seinen Anzug. Der Lemming starrt auf die Wunde, ertappt sich dabei, einen Blick in Toblers Schädel erhaschen zu wollen, ins Haupt Gottes sozusagen, als etwas anderes seine Aufmerksamkeit auf sich zieht. Ein winziges, beinah unmerkliches Zucken um Toblers Mundwinkel, ein letzter Versuch, wie es scheint, dem Schicksal, dem Leben, dem Tod mit einem überlegenen Lächeln zu begegnen …
Lange noch wird sich der Lemming fragen, ob dem Arzt die-

ses Lächeln gelungen ist oder ob er noch rechtzeitig da war, der Tod, um es im Keim zu ersticken …

«Ich fürchte, den Herrn Doktor hat das Zeitliche gesegnet … Wenn ich Ihnen vielleicht behilflich sein dürfte, Herr Wallisch …»

Schlanke Hände wälzen die Leiche von ihm, ergreifen seine Arme, zerren ihn hoch.

«Für den Herrn Bezirksinspektor bin ich wohl zu spät gekommen … ein Jammer … Friede seiner Asche …»

Krotznigs Kollegin wiegt betrübt den Kopf hin und her, hakt dann den Lemming unter und zieht ihn mit sich.

32 «Es ist in höchstem Maße Ekel erregend, zum Kotzen, wenn ich das so formulieren darf …»
Inspektor Wilma Pollak schließt das lederne Buch und lehnt sich zurück. Blass ist sie jetzt, fast grün im Gesicht; der Lemming hätte ihr so viel Empfindsamkeit gar nicht zugetraut. Aber vielleicht, so denkt er, ist es ja nur das Grün des Waldes auf ihrer hellen Haut.

Sie sitzen im Schatten des halb verfallenen Pavillons, den der Lemming schon gestern, auf seinem Spaziergang mit Rebekka Stillmann, besucht hat. Sie sitzen Seite an Seite und grübeln, und ihre stummen Gedanken übertönen das Zwitschern der Vögel, das Rauschen des Windes bei weitem. Schließlich wendet sie sich dem Lemming zu, bedeutet ihm, die Arme vorzustrecken, und nimmt ihm die Handschellen ab.

Gemeinsam sind sie in Richtung *Walhall* zurückmarschiert, der Lemming hinkend und lahm, die Polizistin mit eiligen Schritten, schweigsam und grüblerisch. Offenbar gab es da etwas, das ihr Sorgen bereitete, vielleicht die Fülle von Arbeit, die nun auf sie wartete. Oder, so hat der Lemming überlegt, geht ihr Krotznigs Tod etwa mehr zu Herzen, als sie zugeben möchte?

«Tut mir Leid für Sie, das mit dem Major …»

Da ist sie stehen geblieben und hat den Lemming stirnrunzelnd angesehen.

«Sollte ich Ihnen den Eindruck vermittelt haben, dass mir der Herr Bezirksinspektor näher stand, als es seinem Charakter angemessen war, dann lassen Sie mich das mit dem gebotenen Nachdruck berichtigen. Was mir dagegen weit mehr zu denken gibt, ist die Frage, inwiefern Sie, Herr Wallisch, in die ganze Sache verwickelt sind. Zugegeben, ich habe die letzten Worte dieses Doktor Tobler gehört, und es spricht, wie ich meine, alles dafür, dass er es ist, der die Morde zu verantworten hat … Aber klug werde ich trotzdem nicht aus alledem. Ich denke, Herr Wallisch, ich werde Sie besser verhaften …»

Und mit diesen wohlgeformten Worten hat die Frau Inspektor ein Paar Handschellen aus ihrer Jacke gezogen.

«Aber ich schwöre Ihnen …»

Er hat den Satz nicht zu Ende gesprochen. *Ich schwöre Ihnen* … Das ist schon immer die Standardfloskel der Räuber, Mörder und Kinderschänder gewesen, damals schon, als er sich selbst, mit Fesseln und Dienstpistole bewaffnet, auf die tägliche Jagd nach Verbrechern gemacht hat.

«Tun Sie uns beiden einen Gefallen, Herr Wallisch, und wehren Sie sich nicht. Falls Sie unschuldig sind, wird sich das früh genug herausstellen. Sie haben selbstverständlich das Recht zu schweigen, weiters das Recht auf einen Anwalt, einen Arzt und einen Anruf …»

«Danke», hat sie der Lemming unterbrochen, «der Herr Major hat mir meine Rechte schon erzählt …»

Handschellen also, und dann die unvermeidliche Leibesvisitation. Natürlich hatte der Lemming schon vorher mit dem Gedanken gespielt, der Polizistin das Buch zu geben, aber immer, wenn er kurz davor gewesen war, hatte es ihm eine innere Stimme verboten. Und nun hat sie es selbst gefunden.

«Darf ich Sie fragen, was das ist?»

«Nichts. Gar nichts. Nur ein Kalender …»

«Nur ein Kalender … Ich verstehe nicht, dass Sie mir das nicht gleich gezeigt haben …»

Sie sieht den Lemming fragend an, senkt dann den Blick auf das Buch und fügt mit sanfter Stimme hinzu: «Doch … Ich glaube, ich kann es verstehen …»

«Dann bin ich also wieder aus der Haft entlassen?»

«Ja … Solange Sie mich nicht *Mausi* zu nennen belieben.»

Ein schmunzelnder Engel schwebt über die Lichtung, verschwindet zwischen den Bäumen.

«Danke», sagt der Lemming. «Danke auch, dass Sie mir das Leben gerettet haben …»

«Bedanken Sie sich bei Professor Bernatzky. Ohne ihn wäre ich nicht so rasch bei der Kapelle gewesen …»

«Bernatzky?»

«Bernatzky, ja. Er ist vor etwa einer Stunde in die Klinik gekommen, obwohl ich, um ehrlich zu sein, nicht genau weiß, wozu. Die Leute von der Spurensicherung waren längst fertig mit ihrer Arbeit, der Mann aus der Waschmaschine ist schon unterwegs ins Kühlhaus gewesen. Ich glaube, der Professor war ein wenig verärgert darüber, dass wir ihn nach dem Leichenfund nicht umgehend geweckt haben. Wir sind ihm im Foyer begegnet, der Herr Bezirksinspektor und ich. Sie können sich vielleicht vorstellen, in welcher Laune erst der Herr Bezirksinspektor war. Die halbe Nacht hindurch sind wir schon auf der Suche nach Ihnen gewesen: das Hauptgebäude, das Schwesternheim, den Pavillon unten im Süden, nichts, was wir nicht überprüft hätten, und alles zu zweit. Verstärkung anzufordern ist natürlich nicht infrage gekommen, Sie wissen schon, warum … Wir sind also in der Eingangshalle gestanden, gemeinsam mit dem Herrn Professor, als plötzlich dieser Arzt aufgetaucht ist. Der Doktor Tobler … Er hat sich höchst interessiert nach dem Stand der Ermittlungen erkundigt, hat dann den Herrn Bezirksinspektor zur Seite genommen und auf ihn eingeredet. Und plötzlich hat es der Herr Bezirksinspektor ziemlich eilig gehabt, obwohl er das augenscheinlich verbergen wollte vor dem Professor Bernatzky und mir. Er hat gemeint, er müsse noch rasch eine Kleinigkeit erledigen, und ist dann gemeinsam mit dem Arzt verschwunden. Dem Herrn Professor war die ganze Szene, glaube ich, nicht recht geheuer. Er hat mich am Arm genommen und gemeint, ich solle den beiden doch besser folgen, nur um sicherzugehen. *Bei so einem ausgefuchsten Kerl wie dem Wallisch*, hat er gesagt, *kann man gar nicht genug aufpassen …*»

«Das hat er wirklich gesagt?», unterbricht der Lemming.

«Das hat er gesagt.»

Ein Lächeln huscht jetzt über Wilma Pollaks Lippen.

«Aber zugegeben, er hat mich angezwinkert dabei …», fügt sie hinzu. «Der Rest der Geschichte ist Ihnen ja weitgehend bekannt. Ich bin den beiden nachgelaufen, habe dann die Schüsse gehört und den ergreifenden Schlussmonolog des Doktor Tobler, und bin gerade noch rechtzeitig gekommen …»

«Um meinen Kopf zu retten …»

«Ja, auch das … Und ihm den seinen … zurechtzurücken. Für einen Warnruf ist mir keine Zeit mehr geblieben; er hatte die Waffe schon an Ihrer Schläfe, war schon im Begriff, Sie zu exekutieren …»

«Ja. Ich weiß …»

Eine Zeit lang herrscht Schweigen zwischen den beiden, eine Stille, die immer befangener, immer drängender wird, ein Schweigen, das förmlich danach schreit, gebrochen zu werden: Die eine, große Frage liegt in der Luft, und keiner möchte sie stellen. Es ist der Lemming, der sich dann doch dazu überwindet.

«Das Buch ... Was geschieht jetzt damit?»

«Ja ... Was geschieht jetzt damit?» Wilma Pollak betrachtet Toblers Notizbuch. Wiegt es nachdenklich in ihrer Hand und schlägt es endlich auf. Sie blättert sich langsam von hinten nach vorne, fährt mit dem Finger die Zeilen entlang, bis sie die Stelle gefunden hat, die sie sucht.

«Sie entfesselten auch meine Phantasie von Anfang an ...», beginnt sie zu lesen. *«Bis ins Letzte berechenbar in ihrer positivistischen Denkensart und ihrem Überschwang, waren sie mehr als geeignet für einen kunstvoll erdachten, handgefertigten Schicksalsschlag ...»* Noch einmal blättert sie weiter, dann wieder zurück, und atmet tief durch, wie um sich selbst zu ermutigen. Sie legt das Buch übers Knie, rafft kurz entschlossen die hintersten Seiten zusammen und reißt sie mit einem Ruck heraus.

«Wenn Sie so freundlich wären, Herr Wallisch, das hier zu entsorgen ... Der Rest wird nach meiner bescheidenen Meinung für eine adäquate Rekonstruktion der Geschehnisse ausreichen.»

Und sie legt die zerknitterten rosa Bogen in die Hände des Lemming.

«Danke, Frau Inspektor ... Danke...»

«Ich bin es, die zu danken hat. Wie Sie wohl aus eigener Erfahrung wissen werden, laufen genügend Psychopathen herum, die der Exekutive das Leben schwer machen. Ich kann darauf verzichten, mich auch noch mit dem jungen Herrn Stillmann herumzuschlagen. Oder gar mit seiner Mutter ...»

«Aber ... Was werden Sie schreiben? Ins Protokoll, meine ich?»

«Es wird nicht allzu schwierig sein, die Sache mit dem Apothekerpaar zurückzuverfolgen. Vielleicht sogar diesen scheinbaren Unfall im Waisenhaus. Und was die große Pointe der Geschichte anbelangt: Man wird sich etwas zusammenreimen. Die besten Pointen entstehen aus dem Stegreif ...»

Wilma Pollak nickt dem Lemming zu und steht auf.

«So Leid es mir tut, Herr Wallisch, aber nach dem tragischen Hinscheiden des Herrn Bezirksinspektors bin ich ja nun ganz auf mich alleine gestellt. Die Arbeit ruft, Sie wissen schon ...»

«Sperrst du den Tatort und sicherst die Spur, machst du gute Figur auf der Kommandantur», grinst der Lemming. «Ja, ich kann mich dunkel erinnern.»

Die Polizistin lächelt zurück. «Wollen Sie mich begleiten?»

«Ich denke, Sie werden ohne mich schneller sein», meint der Lemming. «Wir sehen uns dann später ...»

«In Ordnung ...»

Mit festen, fast militärischen Schritten entfernt sich die kleine Frau, als dem Lemming noch etwas einfällt.

«Frau Inspektor?»

«Ja?»

«Sagen Sie ... Ihr Vater ist doch Hausbesitzer ... Glauben Sie, er hat eine freie Wohnung für mich?»

Wilma Pollak denkt kurz nach und meint dann, ohne eine Miene zu verziehen: «Selbstverständlich, Herr Wallisch. Es ist gerade erst eine frei geworden. Schlüsselfertig und möbliert. Wollen Sie sie?»

Aber da winkt der Lemming dankend ab.

33

«Komm, Wallisch, steig ein, ich bring dich nach Hause.»

Ein wenig abseits der Freitreppe *Walhalls,* vor der sich ein beachtlicher Wagenpark aus blaulichtbewehrten Funkstreifen und schwarzen Dienst- und Leichenwagen angesammelt hat, wartet ein klappriger 2CV mit zurückgeklapptem Verdeck: Professor Bernatzkys berühmte rote Ente. Bernatzky sitzt hinter dem Steuer, rundlich und klein, und putzt seine Brille. Auf seiner hohen Stirn, die bis in den Nacken reicht, glitzern winzige Schweißtröpfchen. Es wird ein warmer Tag.

«Na komm schon …»

Der Lemming steigt ein.

«Grüß Sie, Professor …»

«Servus, Wallisch.»

Beim dritten Versuch springt krächzend der Zweitakter an. Ein heftiger Ruck, und sie fahren.

«Müssen Sie gar nicht hinauf … zu den Toten?»

«Aber geh, Wallisch, was brauchen mich die Toten? Das können meine Kollegen genauso gut erledigen. Glauben sie jedenfalls. Für die Binnenwasserleich heut Nacht haben s' mich schließlich auch nicht g'rufen … Außerdem is heut Samstag, heut hab ich frei.»

«Danke», murmelt der Lemming. «Danke, dass Sie gekommen sind …»

Auf halber Strecke zwischen Walhall und dem Pförtnerhaus steht ein Mann am Straßenrand. Ein kleiner, grauer, regloser Mann. Der Lemming klappt das Fenster hoch und winkt ihm zu. Aber der Mann winkt nicht zurück. Seine dunklen Augen folgen dem Wagen bis hin zum weit geöffneten Haupttor, an dem zwei Uniformierte Wache halten. Der Lemming beachtet die beiden Polizisten nicht, die vor Bernatzkys Ente salutieren und den Weg freigeben. Er streckt den Kopf aus dem Fenster und winkt und winkt, bis Grock nicht mehr zu sehen ist.

An ihnen vorbei streicht der Wald. Lichtflecken tanzen über die Windschutzscheibe. Obwohl der Professor langsam fährt, streichelt der Fahrtwind die Haare des Lemming: ein Vergnügen, das dem beinahe kahlen Bernatzky versagt bleibt. Er sitzt auf der kunststoffbezogenen Bank wie ein Herrenreiter, den Rücken gestreckt und das Kinn hoch erhoben, um über das Lenkrad spähen zu können.

«Professor?»

«No was denn, Wallisch?»

«Könnten Sie kurz anhalten?»

«Sicher … Aber such dir einen Busch; nicht dass d' mir auf die Reifen wiescherlst …»

Der Lemming öffnet die Autotür, steigt aufs Trittbrett und lauscht. Es dauert kaum eine Minute, da kann er leise, ganz leise vernehmen, worauf er gewartet hat.

«Wir tanzen, wir tanzen …»

«Können Sie das hören, Professor? Können Sie die Stimmen hören?», flüstert der Lemming, ein Lächeln auf dem Gesicht.

Bernatzky mustert ihn lange und skeptisch. Dann meint er: «Net bös sein, Wallisch. Aber ich glaub, du brauchst jetzt ein bisserl Urlaub vom Gugelhupf …»

Bald knattern sie die Himmelstraße hinunter, direkt nach Grinzing, das noch seinen Kater vom Vorabend ausschläft. Vor den geschlossenen Pforten der Heurigen baumeln die *Buschen* im Sonnenlicht, kleine Sträuße aus Föhrenzweigen, mit denen die Wirte signalisieren, dass *ausg'steckt*, also im Grunde geöffnet ist.

«Jetzt sag einmal», nimmt Bernatzky nach einer Weile den Faden wieder auf. «Wie war's denn so bei den Verhaltenskreativen?»

«Es war … Es war schlimmer, als Sie sich vorstellen können.

Wenn mir die Patienten nicht geholfen hätten, dann hätten mich die Irren völlig wahnsinnig gemacht …»

Der Professor lacht auf. Er weiß nicht, wie ernst es dem Lemming ist.

«Verstehe … Die Pollak hat mir schon so was gesagt. Ich schlag vor, wir gehen demnächst auf ein Achterl und du erzählst mir die ganze G'schicht, aber net da in Grinzing, in der verkitschten Touristenfalle … Morgen Abend vielleicht, wennst Zeit hast, beim Zawodil drüben, da war i scho lang nimmer …»

«Gut …», sagt der Lemming. «Gut. Morgen Abend.» Ein Reiter, der vom Pferd stürzt, denkt er, sollte sofort wieder aufsteigen. Dass sein Aufstieg zum Himmel beim Zawodil begonnen hat, spricht folglich dafür, sofort wieder hinzustürzen. Den Zawodil trifft keine Schuld, denkt der Lemming. Ich lass mir den Zawodil nicht vermiesen …

Über Grinzinger Allee und Billrothstraße nähert sich die Ente der Rossau, schaukelt der devastierten Wohnung des Lemming entgegen, seinem Ententeich im dritten Stock.

«Können Sie vorne beim Gürtel abbiegen, Professor? Ich … will nicht nach Hause …»

Bernatzky horcht auf. «Und wohin soll die Reise gehen?», fragt er mit prüfendem Seitenblick.

«Nach Ottakring. Zur Klara …»

Der Lemming hat eine Entscheidung getroffen: Es kommt ihm auf einmal so vor, als könne er nun gar nicht mehr genug bekommen von der Wahrheit, und sei sie auch noch so nackt und ungeschminkt. Jetzt will er es wissen. Jetzt will er alles wissen, endgültig alles, und er wird es Klara nicht ersparen, ihm dieses Alles ins Gesicht zu sagen: das *Wo* und das *Wann* und das *Wie-lange-schon*, vor allem aber das *Warum* …

«Weißt, was der Ibsen g'sagt hat? Der Norweger?» Bernatzky zwinkert dem Lemming zu, während er den Wagen schlin-

gernd in die Kurve legt. «Ich weiß nicht, wie ich grad jetzt drauf komm, es is nur so eine Ahnung. Er hat g'sagt, der Ibsen: *Man sollte nie seine beste Hose anziehen, wenn man hingeht, um für Freiheit und Wahrheit zu kämpfen …*»
Bernatzky, du alter, durchtriebener Fuchs …
«Aber morgen, Wallisch, beim Heurigen, sei mir so lieb und zieh dir wenigstens Schuhe an …»

Über Klara Breitners Haus in Ottakring hängt ein weißes Ei am Firmament. Der Lemming hebt zögernd die Hand, fährt sich über die Augen, aber das Ei lässt sich nicht vom Himmel wischen. Ein Zeppelin, denkt der Lemming erleichtert, es ist nur ein Zeppelin … Er stößt die Gartentür auf, hinkt den Kiesweg entlang, entschlossen und grimmig, und als er die Klingel drückt, kommt ihm einmal mehr Odysseus in den Sinn: Odysseus, der nach seiner Irrfahrt als Bettler verkleidet im Haus Penelopes erscheint, um seine Rivalen niederzumetzeln …
«Ja bitte?»
Da steht sie, die Wahrheit. Ungeschminkt und nackt steht sie vor ihm, halb nackt zumindest, und es ist nicht Klara Breitner. Ein Mann ist es, ein Hybride aus Waschbrett und Kleiderschrank, der in kurzen, gebügelten Leinenshorts steckt. Der Rivale ist es, der Nebenbuhler, der Feind, mit einem Wort: Rolf.
«Moment … Sie sind doch … der Herr Wallisch, oder?»
Der Lemming antwortet nicht. Er macht einen Schritt nach vorne, aber bevor er sich noch an dem Hünen vorbei durch die Tür schieben kann, versperrt der ihm den Weg.
«Ich glaube nicht, dass die Klara mit Ihnen reden will …», meint Rolf und verschränkt mit neckischem Muskelspiel die Arme vor der Brust. Natürlich spricht er von oben herab, wie könnte er anders, wo er den Lemming doch bei weitem

überragt, dieser blonde, germanische Prinz, dieses männliche *Stürmer*-Pin-up, dieser feuchte Traum jeder großdeutschen Hausfrau …

«Die Frau Breitner weiß wohl selbst am besten, mit wem sie reden will …», gibt der Lemming jetzt zurück, und seine Stimme ist ein einziges Gewittergrollen. «Gehen Sie zur Seite …»

Aber Rolf, der Recke, rührt sich nicht vom Fleck.

«Die Klara hat's wirklich nicht leicht mit Ihnen, Herr Wallisch …», sagt er stattdessen. «Wenn ich Ihnen einen wohlgemeinten Rat geben darf …»

Ein Zittern läuft durch den Körper des Lemming. Sein Blut wallt auf, rauscht unaufhaltsam durch die Adern in den heißen Schädel und rollt in mächtigen Flutwellen gegen die Augen, gegen die Trommelfelle. Das System steht kurz vor dem Kollaps, die Schaltzentrale vibriert, funkensprühend brennen die Sicherungen durch, und endlich, mit einem lauten, wenn auch nur für den Lemming hörbaren Peitschenknall, reißt der Geduldsfaden.

Er ballt die Fäuste und schlägt zu.

Rolf taumelt zurück, im wahrsten Sinn des Wortes vor den Kopf gestoßen. Er fängt sich an der Wand des Korridors, greift sich verwundert ans Kinn, befühlt seine Nase und sieht den Lemming dann an wie jemand, der nicht nur äußerlich aus dem Gleichgewicht geraten ist: verwirrt. Betreten. Ein großer, blonder, begossener Pudel.

«Dann kommen S' halt herein, wenn Sie glauben …», meint er kleinlaut. «Die Klara ist in der Küche …»

Es duftet nach frischem Kaffee in der Breitner'schen Stube. Nach frischem Kaffee und frischem Gebäck. Ein gemütlicher Duft. Klara steht im Pyjama am Herd, den Rücken zur Tür gekehrt. Als der Lemming eintritt, dreht sie sich um.

«Servus, Klara.»

Kein Gruß. Keine Erwiderung. Nur ein Blick, ein langer, stummer Blick. Nach einer Weile wendet sie sich wieder ab, nimmt die Espressomaschine vom Herd und setzt sich an den schweren Bauerntisch. Gießt sich bedächtig eine Tasse ein.

«Dein Koffer steht draußen am Gang», meint sie trocken.

«Mein Koffer? Ach ja, mein Koffer … Danke … Nett, dass du ihm nicht auch noch meine Zahnbürste angeboten hast …»

«Wem?»

«Na *ihm*, deinem neuen … deinem neuen … was auch immer …»

Haltung bewahren, Lemming. Nicht aufstampfen und, vor allem, nicht mit den Armen rudern. Kühl und freundlich bleiben, maßvoll distanziert …

«Nein, der Koffer ist unangetastet. Deine Kleider wären dem Rolf ohnehin zu klein …»

Der Lemming stampft auf. Schnappt nach Luft. Ringt nach Worten. Rudert hilflos mit den Armen in der Luft herum.

«Du … du … du bist wirklich … das Letzte!», stößt er hervor.

Klara steht langsam auf, ohne den Blick von ihm zu wenden. Durch die karierten Gardinen fällt ein Sonnenstrahl, streift ihre glänzenden, schwarzen Haare und ihr Gesicht. Auf ihrer breiten Elfenbeinstirn prangt jetzt die kleine, blaue Ader, die immer hervortritt, wenn sie sich aufregt. Der Lemming hat dieses Zeichen des Zorns und der Lust noch selten so deutlich gesehen …

«Ich bin also das Letzte …», beginnt Klara, und sie spricht in verhaltenem Flüsterton, «ich bin also das Letzte … Schön. Ich danke dir für deine Offenheit. Dann bin jetzt wohl ich dran, *dir* zu sagen, was du bist …»

«Bitte. Tu dir keinen Zwang an.»

In den folgenden zwei Minuten wird der Lemming ein wahres *Crescendo* erleben: Klara wird sukzessive die Lautstärkeregler aufdrehen, wird ihre Stimme nach und nach bis zum *Fortissimo* steigern.

«Du tauchst hier einfach so auf, mitten unter der Woche, um fünf in der Früh, ohne Ankündigung, dafür mit frisch gepacktem Koffer. Erwartest dir anscheinend einen Kniefall zur Begrüßung, einen roten Teppich und ein Willkommensständchen der Ottakringer Blasmusik. Rauschst dann beleidigt ab, weil die Welt wieder einmal nicht so funktioniert, wie du dir das vorgestellt hast. Und hetzt mir … und hetzt mir stattdessen … diese stinkende Bullensau auf den Hals! Diesen Dreckfaschisten! Fünf Mal, verstehst du, gezählte fünf Mal hat das Mistschwein bei mir angeläutet! Und dann die ganze Nacht hindurch vor dem Haus im Auto gewartet. Und jetzt rat einmal, auf wen! Auf einen gewissen Herrn Wallisch vielleicht, der in der Zwischenzeit irgendwo durchgesoffen und sich im Selbstmitleid gesuhlt hat? Schau dich doch an, schau dich an, wie du daherkommst: wie ein Irrer, der grad aus der Anstalt entlaufen ist. Und was glaubst du, was passiert wär, wenn der Rolf nicht da gewesen wär? Ein Neun-Millimeter-Edelstahlklistier für die Frau Doktor Breitner, so wie voriges Jahr? War es das, was du wolltest? Ja? War es das?»

«Du kannst dich ja neuerdings vor Männern gar nicht mehr retten», rutscht es dem Lemming heraus. Es tut ihm auf der Stelle Leid.

«Verzeih … Das war nicht so gemeint …»

Aber zu spät. Klara starrt ihn an, als sei er ihr mit einem Mal unendlich fremd geworden: Die Wut in ihren dunklen Augen erlischt. Was bleibt, ist eine große Traurigkeit.

«Hör mir zu, Klara … bitte. Lass uns das Ganze mit Anstand zu Ende bringen … Ich bin nicht zum Streiten gekommen, verstehst du? Ich bin nur gekommen, um … um einige Dinge zu klären. Also erstens: Der Krotznig wird dich nicht mehr belästigen. Nie wieder. Der Krotznig ist nämlich tot …»

Klara horcht auf. «Was soll das heißen?», fragt sie stirnrunzelnd. «Hast du ihn etwa …?»

«Nein. Du kannst es heute in der Abendzeitung lesen … Aber ich bin auch deshalb nicht gekommen. Ich will einfach nur wissen … warum.»

«Warum was?»

«Warum du … warum du mit diesem … mit diesem …»

Zügle dich, Lemming.

«Also warum du dir mit diesem Rolf was angefangen hast …»

Sie dreht sich langsam um und setzt sich. Nimmt einen Schluck aus ihrer Tasse. Stützt dann gedankenverloren das Kinn in die Hände und meint: «Weißt, Poldi, du bist so ein Trottel …»

«Verstehe … Herzlichen Dank für die akkurate Erklärung. Und warum Trottel?»

Die Antwort kommt von hinten, von der Tür her.

«Weil ich mit Frauen in dieser Hinsicht nichts anzufangen weiß, Herr Wallisch. Ich bin nämlich schwul, erzschwul, und zwar seit ich denken kann …»

Ein kleiner Ruck geht durch die Welt, als sie in ihre geordnete, zumindest in ihre *verständliche* Bahn zurückkehrt. Die Angst und die Verzweiflung, der Zorn und die Enttäuschung der letzten Tage, all das fällt mit diesem kleinen Ruck vom Lemming ab. So ähnlich, denkt er, muss sich ein echter Amnestiker fühlen, der seine Erinnerung wiederfindet …

«Du hast Recht, Klara … Ich bin wirklich ein Trottel. Was für ein Trottel … Entschuldigen Sie meinen Ausbruch, Herr Rolf, entschuldigen Sie tausendmal …»

Der Lemming hat schließlich auch eine Tasse Kaffee bekommen. Rolf hat Teewasser aufgestellt. Und dann haben sie sich an den Tisch gesetzt, um die Sache zu klären. Zuerst haben

Klara und Rolf erzählt, und zwar ohne Sarkasmen und Spitzen. So hat sich, Schritt für Schritt, die ganze Geschichte zusammengefügt, bis alle Fragen beantwortet waren. Alle bis auf eine:

«Warum bin ich nicht gleich darauf gekommen?», murmelt der Lemming. «Eine Gefälligkeit ... Nur eine Gefälligkeit ...»

Am Montag hat Rolf den Zoo in Schönbrunn ein wenig früher verlassen und ist nach Hause gefahren, um dort seinen Freund zu überraschen: Die beiden hatten nämlich ihren Jahrestag. Unterwegs hat er noch rasch eine Flasche Sekt und einen Blumenstrauß gekauft.

Die Überraschung ist mehr als gelungen. Rolf hat seinen Freund in der Badewanne gefunden, wo er sich gerade mit dem Nachbarn vergnügte ...

Nach einer Nacht auf der Straße ist Rolf am Dienstag mehr als geknickt zur Arbeit erschienen, und Klara hat ihm sofort Asyl angeboten: Das Zimmer ihres Bruders steht bis auf weiteres leer; Max ist mal wieder auf Einkaufstour, auf Geschäftsreise, wie er es zu nennen beliebt. Man kann nie genau wissen, wann er wiederkommt oder ob er schon längst hinter Gittern sitzt, irgendwo in Tanger oder Istanbul ...

Am selben Abend hat sich Rolf in der Roterdstraße einquartiert. Castro hat das offenbar gar nicht behagt; er hat knurrend und zähnefletschend sein Missfallen bekundet. Kein Zweifel: Der Hund ist demselben Irrtum erlegen wie später der Lemming ...

«Und wie geht es jetzt weiter, Herr Rolf? Bekommt Ihr Freund noch eine Chance von Ihnen?»

«Ich weiß nicht ...» Nachdenklich reibt sich Rolf das gerötete Kinn. «Ich muss immer an diesen Satz vom Friedrich Rückert denken: *Das sind die Weisen, die durch den Irrtum zur Wahrheit reisen. Die bei dem Irrtum verharren, das sind die Narren ...*»

Es ist schon seltsam, denkt der Lemming: Jeder weiß etwas über die Wahrheit zu sagen, und kaum einer kennt sie …

«Jetzt bist du dran», sagt Klara. «Was ist mit dir? Wo hast du die letzten drei Tage gesteckt?»

Der Lemming beginnt zu berichten. Aber schon nach wenigen Sätzen wird er von Klara unterbrochen. Sie schlägt sich an die Stirn und ruft: «Ein Wasserrohrbruch! Ein simpler Wasserrohrbruch! Warum ich nicht gleich darauf gekommen bin …»

Er wird die Geschichte erst später weitererzählen, am Abend, bei einer Flasche Wein. Denn im selben Moment dringt ein leises Geräusch an seine Ohren. Ein fernes Heulen, fast ein Gesang …

«Sag, Klara … Wo hast du ihn eigentlich gelassen?»

«Wen?»

«Na, den Castro?»

«Mein Gott, der Hund! Der Arme ist noch oben im Schlafzimmer …» Klara springt auf. Hält in der Bewegung inne, als habe sie etwas vergessen, und sieht den Lemming an.

«Möchtest du duschen?», fragt sie leise.

«Danke, Klara. Gerne …»

Und er löst sich von ihrem Lächeln, um Castro begrüßen zu gehen.

34

Lieber Herr Wallisch,
verzeihen Sie mir bitte, dass ich mich erst jetzt bei Ihnen melde. Wie Sie sich vorstellen können, ist die vergangene Woche sehr aufwühlend für mich gewesen, und noch vor wenigen Tagen war ich außer mir vor – ich gebe es zu – vor Wut auf Sie. Ich weiß nicht, ob Sie das verstehen können. Immerhin sind Sie der Auslöser für all die Dinge gewesen, die in der Ul-

menklinik geschehen sind. Ohne Ihr Auftauchen hätte Robert vielleicht seine Zehe noch, könnte noch sprechen ... Aber ohne Ihr Auftauchen wüsste ich nicht, dass er es überhaupt konnte ... Es ist alles sehr verwirrend, aber nach und nach wird mir natürlich klar, wie viel wir Ihnen zu verdanken haben. Unendlich viel.

Ich habe lange mit der Polizeibeamtin gesprochen, die Dieter Tobler – es fällt mir schwer, seinen Namen zu schreiben –, die ihn also seiner Strafe zugeführt hat. Ob es für das, was er getan hat, die angemessene Strafe war, wage ich zu bezweifeln. Sie hat mir erklärt, warum all diese Morde geschehen sind und was sich in jener Nacht in Roberts Zimmer zugetragen hat. Sie hat mir auch dieses Tagebuch gezeigt. Und obwohl ich die Wahrheit kaum ertragen kann, muss ich sie wohl akzeptieren. Dann ist also alles ganz anders gewesen. Dann wurde Roberts Schlaganfall bewusst herbeigeführt. Die Polizeibeamtin hat gemeint, es spreche alles dafür, dass Tobler damals, an unserem Hochzeitstag, die Insulinampullen vertauscht hat. Er hat dem Robert offensichtlich ein falsches, viel höher konzentriertes Präparat untergejubelt. Es kann nicht schwierig für ihn gewesen sein: Als Erbe einer Apotheke hatte er Zugang zu Medikamenten jeglicher Art, und als angehender Mediziner wusste er ganz genau, worauf er bei seiner Tat achten musste ...

Denken Sie, er hat es aus Eifersucht getan? Oder einfach nur aus einer Laune, wie bei seinen anderen Opfern? Ich weiß es nicht; jedenfalls habe ich nie gemerkt, dass er tiefere Gefühle für mich hegt. Was mir wohl immer ein Rätsel bleiben wird, ist der Umstand, dass er später so hilfsbereit, so aufopfernd gewesen ist. Ohne ihn hätte Robert niemals den Pflegeplatz in der Klinik «Unter den Ulmen» bekommen. Ohne ihn hätte Simon niemals das Licht der Welt erblickt. Hat ihn am Ende doch sein verkümmertes Gewissen eingeholt? Hat er deshalb die letzten Seiten aus seinem Tagebuch gerissen? Hat er all die Verbrechen

der letzten drei Tage nur begangen, um zu vertuschen, dass
er Robert und mir vor siebzehn Jahren unser Leben gestohlen
hat? Ich kann es nicht glauben. Also muss ich mich wohl mit
der einen Erklärung begnügen, die mir noch bleibt: Tobler war
nichts als ein böser und kranker Mann. Ein abgrundtief böser,
unvorstellbar kranker Mann …

Natürlich habe ich dem Robert alles erzählt. Und ich habe den
Eindruck, es hat ihm gut getan. Er wirkt auf seltsame Weise mit
seinem Schicksal versöhnt. Halten Sie mich meinetwegen für
verrückt, aber ich kann es in seinen Augen sehen: Sie sind seit
Simons Geburt nicht mehr so friedlich gewesen.

Überhaupt scheint nun ein anderer Wind «Unter den Ulmen»
zu wehen. Die Leute sind plötzlich netter zueinander, fast so, als
würde mit einem Mal eine Freundlichkeit freigesetzt, die sich
bisher alle nur für Dieter Tobler aufgespart haben. Lotte Lang
hat mir erzählt, dass sie und Hardy ihrer Beziehung noch eine
Chance geben wollen, sogar die zerstrittenen Bauers aus dem
Pförtnerhaus reden wieder miteinander. Und erst gestern habe
ich Theo, den Pfleger, zusammen mit Schwester Paula … Aber
darauf will ich hier nicht näher eingehen.

Am vergangenen Freitag haben wir alle gemeinsam Simons
Geburtstag gefeiert. Fünfzehn Jahre alt ist er jetzt, aber die Pu-
bertät ist ihm kaum anzumerken. Ein stiller, bedachtsamer und
intelligenter Bub, fast schon ein Mann. Ich bin sehr stolz auf
Simon, und ich danke Gott dafür, dass ich ihn habe: Er ist das
Beste, was mir passieren konnte.

Er ist eben ganz sein Vater …

In tiefer Dankbarkeit

Ihre Rebekka Stillmann

Wolf Haas

«Wolf Haas schreibt die komischsten und geistreichsten Kriminalromane.» Die Welt

Auferstehung der Toten
Roman
«Ein erstaunliches Debüt. Vielleicht der beste deutschsprachige Kriminalroman des Jahres.» (FAZ)
Ausgezeichnet mit dem Deutschen Krimi-Preis 1997.
rororo 22831

Der Knochenmann
Roman. rororo 22832

Komm, süßer Tod
Roman
Ausgezeichnet mit dem Deutschen Krimi-Preis 1999. rororo 22814

Silentium!
Roman
Ausgezeichnet mit dem Deutschen Krimi-Preis 2000. rororo 22830

Ausgebremst
Der Roman zur Formel 1
rororo 22868

Wie die Tiere
Roman
Der beste Freund des Hundes ist der Pensionist – und das Kleinkind sein natürlicher Feind … «So wunderbar, dass wir beim Finale weinen müssten, hätten wir nicht schon alle Tränen vorher beim Lachen verbraucht.» (Die Zeit)

rororo 23331

Weitere Informationen in der Rowohlt Revue *oder unter* www.rororo.de

1, 2, 3, 4 oder 5 Sterne?

Wie hat Ihnen dieses Buch gefallen?

Bewerten Sie es auf

www.LOVELYBOOKS.de

Das Literaturportal für Leser und Autoren

Finden Sie neue Buchempfehlungen,
richten Sie Ihre virtuelle Bibliothek ein,
schreiben Sie Ihre Rezensionen,
tauschen Sie sich mit Freunden aus
und entdecken Sie vieles mehr.